K. T. Milner

Ritter RELOADED

Die Suche nach dem Königsgrab

Mit besonderem Dank an
Kathryn Borg

Bereits lieferbar:
Ritter reloaded Band 1: Die Tafelrunde kehrt zurück,
ISBN 978-3-451-71295-1

MIX
Papier aus verantwortungsvollen Quellen
FSC® C083411

Für die deutschsprachige Ausgabe:

www.kerle.de

Titel der Originalausgabe: Knight Book 2

Covergestaltung: Veronika Preisler, München
Layout und Satz: Sandra Hacke, Dachau
Druck: CPI books GmbH, Leck
Printed in Germany

ISBN 978-3-451-71299-9

K. T. Milner

Ritter RELOADED

Die Suche nach dem Königsgrab

Aus dem Englischen übersetzt
von Ulrike Seeberger

Illustrationen von Timo Grubing

KeRLE
Freiburg · Wien · Basel

1

Die Überreste unserer ausgebrannten Schulturnhalle waren ringsum mit einem Sicherheitszaun aus Stahl abgeriegelt. Ich mochte diesen Zaun. Er sah so furchterregend aus wie der achteckige Käfig in einem Kampfsportwettbewerb.

Der Rauchgestank hing noch in der Luft, und von der Kletterwand waren nur noch ein paar angekohlte Sprossen übrig. Kleine Ascheberge deuteten an, wo einmal das Pferd und die Kästen gestanden hatten, und die Matten waren zu einem Häufchen Plastikschaum zusammengeschmolzen.

„Das ist es, Leute", sagte ich. „Cool, oder?"

„Äh, ja, cool trifft es ganz gut", erwiderte Safi. „Aber wie kommen wir jetzt da rein?"

Am Zaun hing ein Schild mit der Aufschrift:

EINSTURZGEFAHR
BETRETEN VERBOTEN

„Streng deine Fantasie ein bisschen an", sagte ich. „Das ist doch der perfekte Ort zum Abhängen, oder?"

Mit „Abhängen" meinte ich, dass wir hier mit unseren Zauberwaffen trainieren konnten. Ich kletterte den Zaun hoch, schwang mich obendrüber und landete auf beiden Füßen, wobei ich eine Wolke aus Asche aufwirbelte.

„Voll die Apokalypse“, meinte Gavin, als er neben mir aufkam. Einen Augenblick später schwang sich Nathan mit müheloser Leichtigkeit über den Zaun und landete völlig geräuschlos neben uns. Er strich mit einer schnellen Handbewegung sein Haar wieder zurecht, schaute sich um und lächelte.
„Käfigkämpfe. Na, dann mal los.“
Wir gingen in die Mitte und mussten uns ducken, als ein Schwarm Tauben aus den verbogenen Stahlträgern über unseren Köpfen aufflog. Dieser Teil der Schule war während der Schlacht mit der Feuerhexe Morgana le Fey in Schutt und Asche gelegt worden. Fragt lieber nicht nach. Ich hatte deswegen allerdings kein sonderlich schlechtes Gewissen – die Bruchbude war ohnehin schon kurz vor dem Einstürzen gewesen. Das Gute daran war, dass man diesen Bereich von den neuen Gebäuden und den Behelfshütten aus beinahe nicht sehen konnte und er daher der ideale Ort für unser Training war.
Die anderen waren noch dabei, alles in sich aufzunehmen. Safis Stirnrunzeln verriet mir, dass sie noch nicht ganz überzeugt war. Nate auch nicht, aber der sorgte sich wahrscheinlich eher darum, dass er Asche auf seine makellosen Turnschuhe kriegen würde. Keiner von uns war für einen Kampf richtig angezogen. Wir trugen noch unsere Schuluniform: schwarze Hose, weißes Hemd, Blazer. Nur Nathan hatte seine weiße Sportmontur an, makellos wie immer.
Mir juckte es buchstäblich in den Fingern wieder loszulegen. Das Zeichen meines Schwertes auf der Handfläche leuchtete bereits grellrot.

Der Zaun klirrte noch einmal, als auch Safi zu uns heruntersprang.
„Die Luft ist rein“, sagte sie, zog ihr Kopftuch zurecht und klopfte sich den Staub von der Hose. „Niemand hat gesehen, wie wir aufs Schulgelände gekommen sind.“
„Egal. Los, lasst uns kämpfen“, meinte Nathan, rannte auf der Stelle und rollt den Kopf, dass es krachte. Ich hasste dieses Geräusch, halb Knirschen, halb Knacken. Ich könnte schwören, er machte das nur, um mich zu ärgern.
„Moment, ich muss erst dieses Turnier eröffnen.“ Gavin schritt in die Mitte und forderte uns mit einer Handbewegung auf, in die Ecken zu gehen. Dann führte er die Hand an den Mund, als hielte er ein Mikrofon. „Und heute im Käfig: Michael – der König – Veryan!“, brüllte er und zeigte auf mich. Dann drehte er sich um. „Ihm gegenüber steht Nathan – die Frisur – Rogers. Und dort drüben haben wir Safi – Arm aus Stahl – Richardson. Und zu guter Letzt ich – schlicht DER GRÖSSTE!“ Er verneigte sich. „Meine Herren, beschwört eure allmächtigen Waffen herauf, bitte!“
„Ähem!“, wandte Safi ein, die sich gerade einen Platz gesucht hatte. „Ich bin auch noch da.“
„Damen und Herren!“, korrigierte sich Gavin. „Die Waffen, bitte.“
Er streckte die Hand aus, und die Luft ringsum begann zu flimmern, während sich darin allmählich die Umrisse eines langen, schlanken Bogens abzeichneten.
„Wer kämpft gegen wen?“, fragte Nathan und grinste mich an. „Ich will Michael.“ Er gluckste leise. „Oder bist du zu feige?“

„Nein. Ich kämpfe gegen dich.“ Ich kratzte mir die Handfläche, federte auf den Fußballen. Von wegen feige, die Bemerkung würde ich ihm noch heimzahlen. „Warte nur, schon bald wirst du vor Schmerzen kreischen.“ Ich wand mich innerlich, weil mir nur eine derart lahme Antwort eingefallen war, aber ich versuchte ja auch gleichzeitig verzweifelt, meine Waffe heraufzubeschwören. *Komm schon!* Ich schaute auf meine juckende Hand. Nathans Lanze, die Lanze des Schicksals, bildete sich bereits aus der Luft, zwei Meter lang und grausam scharf.

Safi schaute uns über ihren Schild hinweg an, dessen rotes Kreuz im Dämmerlicht der Turnhalle glühte und vom Stahlzaun widergespiegelt wurde. „Ähem, Jungs, ihr wisst schon, dass das hier nur Training ist, ja? Schaltet mal ’nen Gang runter!“

Nathan lachte, und seine Hand umfasste den schön verzierten Schaft. Er stemmte die Füße breitbeinig in den Boden, klemmte sich das hintere Ende der Lanze unter den Arm und zielte mit der langen, schmalen und scharfen Spitze auf mich. „Ja klar, ganz entspannt. Den schlage ich locker, ob im Training oder nicht.“ Dann stieß er die Spitze in den Boden. Mit einem Zischen drang die Lanze geradewegs in den Betonboden der Turnhalle ein wie ein heißes Messer in die Butter. Er lächelte. „Mach dich bereit, deinem Schicksal ins Auge zu sehen, König Artus!“

„Träum weiter.“ Ich wusste, dass er mich nur aufzog, weil er wollte, dass ich ausrastete. Mir war klar, dass ich ihn ignorieren sollte, obwohl er mich nun schon tagelang triezte, aber ich schaffte es nicht. Meine Hand wurde ganz heiß. Endlich tauchte der glühende Umriss meines Schwertes auf. Ich konzentrierte mich mit aller Macht darauf. Der Umriss knisterte nur so vor statischer Elektrizität, füllte sich dann mit ungeheurer Kraft. Licht blitzte daran entlang und verlosch dann zu einem glatten stählernen Schein. Der Griff verfestigte sich in meiner Handfläche. Die Smaragde darin blitzten und sprühten grüne Strahlen.

Mein Schwert, schon immer und für alle Zeiten. Excalibur.

Ich umfasste den Griff fest und schwenkte das Schwert in einem leuchtenden Bogen, stellte mir vor, wie die Klinge auf ihrem Weg sogar die Moleküle durchschnitt. Als sie auf den Zaun hinter mir auftraf, schnitt sie durch die Maschen, als wären es Spinnweben. Selbst jetzt erfüllte mich das Schwert mit Ehrfurcht. Wenn ich es nicht in der Hand hielt, hatte ich das Gefühl, als fehlte ein Teil von mir. Ich wollte es nie wieder loslassen.

„Kannst du behalten, gehört dir allein", grummelte Gavin in meinen Gedanken. Er hatte nicht nur seinen Zauberbogen, sondern besaß auch noch die Gabe, Gedanken zu lesen und zu übertragen.

„Ich hab dir gesagt, du sollst das sein lassen", tadelte ich ihn. „Das ist aufdringlich."

„Ich kann nichts dagegen machen", antwortete er. „Jedenfalls habe ich genug damit zu tun, Yumi unter Kontrolle zu bringen." Sein schwarz-gelber Samurai-Bogen hatte sich inzwischen vollständig materialisiert und brummte wie ein ganzer Schwarm Wespen. Er war so lang wie Gavin, und der hielt ihn

mit beiden Händen umklammert und mühte sich ab, ihn unter Kontrolle zu bekommen.
„Ganz ruhig, schön brav sein!", sagte er besänftigend, strich über den bebenden Bogen und schaute schlau zu Safi hinüber. „Safi schaut dich voller Bewunderung an und wünscht sich, sie könnte nur ein einziges Mal mit dir Pfeile abschießen."
Safi stieß einen halb erstickten Schrei aus: „He! Ich hab das nur eine Sekunde lang gedacht! Nie im Leben würde ich meinen Blutroten eintauschen!"
Der Blutrote, so hieß ihr Schild, den sie in der Hand hielt: schneeweiß mit einem scharlachroten Kreuz darauf.
„Dann mach dich besser bereit." Gavin zielte mit seinem Bogen, und ein Pfeil aus reinen Blitzen bildete sich, als er die Sehne spannte.
„Ich bin bereit", verkündete Safi hinter ihrem Schild hervor.
Gavin versuchte, ihre Gedanken zu lesen und warf ihr einen Blick zu, starrte sie mit zusammengezogenen Brauen und verengten Augen an, aber sie grinste nur. Nach ein paar Sekunden gab er auf. „Du sagst in Gedanken das Einmaleins auf! Das ist nicht fair!"
Safi lachte. „Pech. Kümmre dich um deine eigenen Gedanken und lass meine in Ruhe. Kämpfen wir jetzt, oder was ist?"
„Du hast es nicht anders gewollt!"
Gavin ließ die Sehne losschnellen, und ein Strahl aus reinem Licht schoss durch den Käfig. Safi war bereit, hielt ihren Schild so, dass der Pfeil mit einem Klang wie ein Gongschlag darauf traf und nach oben abgelenkt wurde, wo er von einem der Strahlträger abprallte.

„Daneben!“, krähte Safi triumphierend.
Aber Gavin spannte die Sehne bereits wieder. Diesmal zielte er absichtlich auf den Stahlträger. Der Pfeil flog hoch, donnerte vom Träger zurück, schrammte am Stahlzaun hinter Safis Kopf entlang und flog direkt auf ihren Rücken zu. Safi wirbelte herum und hob den Blutroten hoch, Millisekunden, ehe es zu spät war.
„Wow – beinahe!“, schrie Gavin. „Fast hätte ich dich erwischt.“
Safi würdigte das keiner Antwort, sie schwang nur den Arm und warf ihren Schild wie einen Diskus, der so knapp über Gavs Kopf hinwegsegelte, dass sie ihm beinahe die Haare gestutzt hätte.
Ich überließ die beiden ihrem Kampf. Jetzt war es Zeit für mich und Nathan. Der wartete schon ungeduldig. Sobald ich mich ihm zuwandte, packte er den Eichenschaft seiner Lanze fester und senkte sie, bis sie parallel zum Erdboden war. Die Spitze bebte einen knappen Meter vor mir in der Luft. Nathan stand zwei Meter weiter hinten, außerhalb der Reichweite meines Schwertes Excalibur. Aber obwohl die Lanze des Schicksals meinem Schwert an Länge überlegen war und mich Nathan vom Leib hielt, ist doch eine Klinge immer schneller. Ich musste nur nahe genug an Nathan herankommen, irgendwie an dieser tödlichen Spitze vorbeigelangen.
„Bist du so weit?“, fragte ich.
Nathan grinste. „Bereit, dich aufzuspießen.“
Ich hob Excalibur zweihändig an, wie berauscht davon, wieder das Gewicht und die Kraft meines Zauberschwertes zu spüren. In der Klinge schimmerte der rote Widerschein von Safis

Schild, sodass sie aussah, als wäre sie schon in Blut getaucht. Als Nathan mit einem lauten Schrei vorwärtsstürzte und die Lanze mit aller Macht auf mich zustieß, schwang ich Excalibur so mächtig und schnell im Bogen, dass das Schwert einen Lichtschweif hinter sich herzog. Schwert und Lanze trafen mit einem gewaltigen Krachen aufeinander, das mich bis in die Knochen erschütterte und Nathan zurücktaumeln ließ. Aber sein Griff an der Lanze ließ nicht nach, sein Grinsen auch nicht.

Sofort ging er wieder auf mich los, führte diesmal die Lanze wie einen Speer, als wöge sie gar nichts. Die Spitze zielte auf mein Herz. Ich sprang zur Seite. Die Spitze zischte da vorbei, wo kurz vorher noch meine Rippen gewesen waren. Ich ließ Excalibur erneut auf den Schaft der Lanze heruntersausen. Nathan fluchte und wäre beinahe in die Knie gegangen, schaffte es aber irgendwie, die Lanze des Schicksals zur Seite zu schwingen und mich damit zurückzudrängen. Jetzt war ich mit Fluchen an der Reihe. Ich taumelte und wäre beinahe gefallen, fing mich aber und sprang wieder hoch.

„Wow, beruhigt euch mal, ihr beiden", rief Safi, als sie gerade einen Blitzpfeil aus der Turnhalle hinaus und in die Ruine der Schule lenkte. „Keiner von euch wird gegen Mordred viel ausrichten können, wenn ihr tot seid."

Mordred. Unser Todfeind. Der Zauberer, der die Seele meines Vaters in der Unterwelt eingesperrt hatte. Schon bei der Erwähnung des Namens packte ich den Griff von Excalibur noch fester, so als wäre er Mordreds Hals. Nathan und ich begannen einander zu umkreisen wie kämpfende Hunde, jeder hielt Ausschau nach einer Schwachstelle in der Verteidigung des Gegners. Bilder zuckten mir durch den Kopf – Mordred in Gestalt eines Drachen, der uns beinahe bei lebendigem Leibe verbrannt hätte, oder in seiner eigenen Gestalt als blasser, gruftiger Junge, der seine Macht dazu missbrauchte, uns in die Falle zu locken, der schwor, nicht eher zu ruhen, als bis er uns vom Angesicht der Erde getilgt hatte.

„Ja, warum legen wir nicht eine kleine Pause ein, entspannen uns ein wenig", sagte Gavin, senkte Yumi rasch und versuchte, zwischen mich und Nathan zu treten. „Lasst uns über andere Leute reden, die sich unseren Tod wünschen, zum Beispiel über Hector. Der war heute Morgen im Frühstücksfernsehen in den Nachrichten."

Ich spürte, wie mein Blut noch mehr in Wallung geriet. So wie immer, wenn mein böser Stiefvater erwähnt wird. „Ich weiß, ich habe es gesehen", antwortete ich, ohne die Augen von Nathan zu wenden. Was klug war, denn nun stürzte er wieder auf mich zu, zielte mit der Lanzenspitze erneut auf mein Herz. Ich wich aus, hob gleichzeitig Excalibur mit beiden Händen in die Höhe, rammte die Lanzenspitze mit höchster Kraft nach unten und nagelte sie am Boden fest. „Da ging's um Fracking", knurrte ich und hielt das Schwert mit aller Macht unten, während Nathan versuchte, seine Waffe zu befreien.

„Fracking? Nie gehört", meinte Gav nervös. „Kommt, wir legen eine Pause ein und reden über Fracking, ja?"

Ich ignorierte ihn. Wir hatten eine Pattsituation. Nathan und ich kauerten ein paar Meter voneinander entfernt. Er versuchte verzweifelt, seine Lanze des Schicksals unter Excalibur

wegzureißen, und ich war wild entschlossen, sie weiter am Boden festzuhalten.
„Er meint, dass Hectors Unternehmen nach Erdgas bohrt", sagte Safi und senkte ihren Blutroten. „Die Protestierer sagen, dass das Erdbeben verursachen könnte."
Ich wusste, dass sie uns abzulenken versuchte, genau wie Gav. „Wahrscheinlich stimmt das auch, so wie ich Hector kenne", erwiderte ich. Meine Arme begannen zu zittern, aber ich wollte auf gar keinen Fall als Erster aufgeben.
„Ob Ellie wohl wieder bei den Protestierern ist?", fragte Safi. Einen Augenblick lang ließ meine Konzentration nach. Nathan erkannte seine Chance, zerrte die Lanze unter Excalibur hervor und brachte mich damit aus dem Gleichgewicht. Seine Augen blitzten auf, als er sich auf mich stürzte und mich nach hinten zurückdrängte, bis ich gegen den Stahlzaun prallte. Der bebte, und dann erschallte irgendwo über mir ein gequältes, metallisches Kreischen. Die Spitze der Lanze landete schmerzhaft auf meiner Brust.
„Nein, dann hätte ich sie doch gesehen", sagte ich und versuchte, so gelassen wie möglich zu wirken, als hätte mich die Erwähnung von Ellies Namen nicht abgelenkt. „Die sind die ganze Nacht draußen vor unserem Haus, schwenken ihre Banner und schreien. Ich bin fix und fertig."
„Ach du je. Der arme Michael in seinem kleinen Millionärs-Penthouse kann nicht schlafen", spottete Nathan und sagte dann in übertrieben vornehmem Tonfall: „Ich lasse mir von meinem Butler immer ein Schälchen Kaviar bringen, wenn ich nicht einschlafen kann."

Ich schob die Spitze der Lanze zur Seite und hob Excalibur an. „Spar dir den Atem! Ich habe deine Geschichte vom armen Waisenkind schon viel zu oft gehört.“ Ich bewegte mich blitzschnell, hielt Excalibur weiter hoch, sodass Nathan mit einem wütenden Knurren die Lanze anheben musste, um das Schwert abzuwehren. Ja! Eine Lücke in seiner Verteidigung! Ich duckte mich unter die Lanze und war endlich nah genug an ihn herangekommen. Sobald ich hinter der Spitze der Lanze war, musste Nathan sich rückwärtsbewegen, um sich vor meinem Schwert in Sicherheit zu bringen. Immer weiter voranstürmen, das war mein Plan. Wie ein Fechter stieß und parierte ich und rückte immer näher, einen Fuß vor, dann noch einen, immer näher, bis ich einen scharfen Schnitt landete und einen Aufschrei von Nathan hörte, ehe ein Stück weißes Turn-T-Shirt auf den Boden flatterte.

Nathan verzog das Gesicht. „Das wirst du mir büßen“, zischte er.

Ich hätte am liebsten gelacht, aber ich hatte zu viel damit zu tun, ihn weiter nach hinten zu drängen. Excalibur wirbelte wie wild. Nathan war nicht mehr der Einzige, der die Beherrschung verloren hatte. Ich preschte vor, trieb ihn immer weiter quer durch die Turnhalle vor mir her. Bald würde er an den Zaun stoßen und hätte keinen Ausweg mehr. Das wusste er. Mit einer Drehbewegung kauerte ich mich hin, duckte mich unter den Lanzenschaft und führte das Schwert in einem großen Bogen. Er jaulte auf vor Angst, als ich es auf seine Körpermitte zu schwenkte. Ich hörte auch die anderen japsen. Hätte ich den Griff nicht verdreht, hätte Excalibur ihn in zwei

Stücke zerschnitten, aber so traf ich ihn nur mit der flachen Seite der Klinge auf den Bauch. Er krümmte sich, schnappte nach Luft.

„Alles in Ordnung ?", rief Gavin.

„Das wirst du mir büßen!", japste Nathan.

„He, tut mir leid", sagte ich. Excalibur verschwand, als ich Nathan auf die Beine half.

Er sprang blitzschnell auf, hatte die Lanze mit beiden Händen gepackt und rammte sie mir quer vor die Brust.

Instinktiv griff ich zu, fiel nach hinten und rollte mich ab, riss die Lanze und Nathan mit mir um. Gleichzeitig stemmte ich ihm beide Füße in die Brust, drückte fest und schleuderte ihn über meinen Kopf. Als ich wieder auf den Beinen war, war auch Excalibur wieder da und funkelte wie meine Wut. Nathan rappelte sich auf und klopfte sich den Staub ab.

Gavin und Safi waren zurückgewichen. Jetzt standen nur noch wir beide mitten im Käfig. Nathan wirbelte die Lanze herum, bis sie nur noch ein verschwommener Kreis war. Er war so blitzschnell und sicher auf den Füßen wie eine Katze. Als er angriff, sprang ich zur Seite und hieb mein Schwert nach unten. Excalibur zischte durch die Luft, krachte in den Boden und ließ vom Zaun Funken aufstieben. Die Spitze der Lanze berührte meinen Hals, und das warme Rinnsal in meinem Nacken verriet mir, dass er mir eine blutende Wunde verpasst hatte.

„Jungs, jetzt reicht es!", rief Safi.

Aber Nathan wollte nicht aufgeben. Er stürmte wieder auf mich los und hätte mir den Arm gebrochen, wenn ich ihn nicht mit Excalibur abgeblockt hätte. Ich duckte mich, riss die Klinge herum und kratzte ihn am Bizeps an. Jetzt bluteten wir beide. Nathan rammte mich mit der Schulter, und wir prallten Kopf an Kopf gegen den Zaun. Es gab ein ungutes Krachen. Ich schaute auf, als ich Metall kreischen hörte. Einer der Dachträger, der schon vom Feuer verkrümmt war, hatte sich noch mehr verbogen.

„Alle beide, wollt ihr wohl aufhören! Das Dach ist nicht mehr stabil!", sagte Safi und umklammerte ihren Schild.

„Los, weg!", brüllte Gavin.

Ich hörte ihn kaum. Ich konnte nur an Nathan denken und an den Kampf. Ich sah nur sein grinsendes Gesicht, das mich weiter antrieb. Ich bebte vor Wut, aber meine Klinge war ruhig.

„Los, weiter", zischte Nathan.

„Ihr seid völlig verrückt, Jungs", japste Gavin. „Wir hauen ab. Sofort."

Mit einem Aufschrei schob ich Nathan von mir weg, packte Excalibur mit beiden Händen und schwang das Schwert. Nathan schlängelte sich zurück, ich verfolgte ihn. Das Schwert und ich waren eine Einheit, präzise in unseren Bewegungen. Bei jedem meiner Hiebe musste Nathan um sein Gleichgewicht kämpfen. Seine Lanze wurde von seinem geschwächten Arm mitgeschleift. Ich schlug sie zur Seite, und er stolperte und landete auf dem Hinterteil neben dem Zaun.

„Unentschieden?", japste er.

Ich traute ihm nicht und näherte mich mit der Spitze des Schwertes. Seine Augen weiteten sich vor Schreck.

Ein dumpfer Knall und dann ein kreischendes Röhren ließen uns beide aufblicken. Mein Herz machte einen Sprung, als oben ein Stahlträger bebte und sich von der Decke löste. Dann stürzte alles in einer Lawine aus Metall nach unten.
„Rennt!", schrie Safi. Es war zu spät. Ich fiel auf ein Knie, die Arme schützend über dem Kopf. Dann hörte ich nur noch Lärm. Der Boden zitterte, und Staub erfüllte die Luft. Ich wartete auf den Schmerz, den zerquetschenden Aufprall, rechnete jeden Augenblick mit tödlicher Schwärze. Nichts kam. Ich schlug die Augen auf. Nathan kauerte neben mir, aber über unseren Köpfen war Raum – von Safis Schild frei gehalten, der nun so groß war wie ein Strandsonnenschirm. Sie stand mit in den Boden gestemmten Beinen zitternd vor uns, während ihr Schild uns vor der Stahllawine schützte. Ringsum fiel Schutt über die Ränder des Schildes.
„Jungs!" Ein kaum hörbarer Schrei. Es war Gavin, der außerhalb der Staubwolke stand. „Sagt was!"
„Ja, es geht uns gut", schrie ich zurück. „Kannst du noch festhalten?", fragte ich Safi.
Sie nickte nur, aber ich wusste, dass hier sogar ihre Riesenkräfte auf die Probe gestellt wurden.
Gavs Gesicht tauchte auf. „Vielleicht hört ihr das nächste Mal auf mich?"
Nathan und ich schafften es, uns einen Weg unter dem Schild hervorzubahnen. Einige Mauerreste der Turnhalle standen noch, aber im Dach klaffte ein Loch, durch das man den Himmel sah. Der riesige Stahlträger – er musste wohl ein paar Tonnen wiegen – lag quer über dem blutroten Schild. Er hätte

uns sonst zerquetscht wie Käfer. Safi biss die Zähne zusammen und warf ihn mit einer gewaltigen Kraftanstrengung zur Seite. Er knallte auf den Boden und wirbelte noch mehr Staub auf.

„Wie wär's jetzt mit einem Dankeschön?", sagte sie.

„Danke", antworteten Nathan und ich wie aus einer Kehle.

„Wir sollten jetzt gehen", meinte Gavin. „Das war ein ziemlicher Krach. Irgendjemand kommt bestimmt bald nachschauen."

„Ja, das war's dann wohl mit unserem Käfig", murrte Nathan.

Vom Dach grollte es noch einmal. Wir begriffen und rannten.

Jemand hatte den Krach tatsächlich gehört. Ein Feuerwehrauto raste an uns vorüber, als wir vor einem Laden in der Nähe auf der Mauer saßen und versuchten, völlig unschuldig zu schauen. Ein Streifenwagen folgte kurz darauf und bog zur Schule ab.

„Was zum Teufel habt ihr euch bloß dabei gedacht?", fragte Safi und knuffte uns auf die Schulter.

„Ja, Jungs, reißt euch gefälligst am Riemen", grummelte Gav. „Wir sind ein Team. Wir sollten lernen, wie eine Einheit zu kämpfen – und uns nicht gegenseitig umbringen."

Ich zuckte die Achseln. Nathan sagte nichts. Es war blödsinnig, diese Augenblicke der Wut hätten uns umbringen können. Gav und Safi bohrten nicht weiter nach.

Wir saßen in mürrischem Schweigen auf der Mauer und schauten zu, wie sich immer mehr Feuerwehrleute und Polizisten vor der Ruine des alten Schulgebäudes versammelten.

Ehrlich gesagt tat ich mir selbst am meisten leid. Im Augenblick war mein Leben echt Mist: Mein mordlustiger Stiefvater und ein Herrscher der Unterwelt hatten es auf mich abgesehen. Und jetzt musste ich nach Hause gehen, denn mein Stiefbruder hatte Geburtstag. Das hieß, ich würde nett zu ihm sein müssen oder zumindest der Versuchung widerstehen, ihn mit seiner selbstgefälligen Visage in den Geburtstagskuchen zu drücken.

2

Man könnte meinen, die Tatsache, dass ich die Reinkarnation von König Artus bin, würde mir irgendwie ein paar Vorteile bringen – dass ich schulfrei kriege oder mir auf der Straße die Mädchen haufenweise hinterherrennen. Oder dass ich in mein sogenanntes Zuhause zurückkehren kann, wann ich will, ohne dass die Leute gleich durchdrehen.

Weit gefehlt. Heute kam ich zum dritten Mal in dieser Woche zu spät zum Abendessen, und heute war noch dazu der neunzehnte Geburtstag meines allerliebsten Stiefbruders, und es gab eine „Familien"-Feier. Ha! Schöne Familie! Problemfamilie war noch vorsichtig ausgedrückt. Wörter wie „Mord" und „das Böse" wurden zwar nie ausgesprochen, hingen aber immer in der Luft.

Doch meine Mum hatte mir gesagt, ich sollte heute unbedingt dabei sein, und jetzt war ich schon zwanzig Minuten zu spät dran. Also rannte ich in Höchstgeschwindigkeit die Treppen zu der Penthouse-Suite hinauf und wartete nicht, bis die uralte Lady mit ihrem mindestens genauso uralten Chihuahua röchelnd zum Aufzug gewackelt war.

Schließlich stand ich mit hochrotem Kopf und weichen Knien vor der Wohnungstür, wühlte in meiner Schultasche nach dem Schlüssel und schlich mich leise in Hectors Wohnung.

Wirklich nicht besonders königlich.

Ich hoffte, alle würden glauben, ich wäre schon die ganze Zeit in meinem Zimmer gewesen und hätte Hausaufgaben gemacht. Als ich mich hineinschlich, sagte ich in Gedanken wieder meinen Spruch auf, wie jedes Mal, wenn ich irgendwo in Hectors Nähe sein musste. Er lautet folgendermaßen:

Ich muss so tun, als wären wir eine glückliche Familie. Ich muss Hector anlächeln, als wäre er immer noch nur der gute alte Onkel Heck. Ich darf mir nicht anmerken lassen, dass ich weiß, dass er mich in Cornwall zu töten versucht hat, mich und meine Kumpel. Mum hat recht, es ist wichtig, dass wir dieses Geheimnis wahren. Hector hilft Mordred, und Mordred hält Dads Seele als Geisel in der Unterwelt fest. Deswegen werde ich ihm nicht ins Gesicht schlagen …

Ich rief mir auch wieder ins Gedächtnis, dass ich keine Darts mehr auf Fotos von seinem dämlichen Sohn werfen durfte, nur weil ich vage hoffte, dass es Voodoo wirklich gibt. Edwin seinerseits würde mich ebenfalls liebend gern umbringen. Aber der egoistische Blödmann braucht wahrscheinlich alle seine Hirnzellen für seine supertolle Militärausbildung, da kann er natürlich keinen Gedanken an Mordred und seine Armee von Schreckensgestalten verschwenden, die ihm bei seinen Mordplänen helfen könnten.

Auf Zehenspitzen ging ich über den Flur zu meinem Zimmer, kickte dort die Schuhe von den Füßen und warf meinen Rucksack auf den Boden, ehe ich ganz gemütlich zur Küche spazierte. So weit, so gut. Es war keine Menschenseele da. Vielleicht waren sie ohne mich zum Essen ausgegangen. Das

war alles besser, als Hector und Edwin gegenübersitzen zu müssen, während sie sich Essen in die Mäuler schaufelten.
Eine gute Sache an dieser Wohnung war das Essen. Es gab immer reichlich. Ich wühlte in einem der Schränke, nahm eine Tüte Erdnüsse heraus und wanderte weiter, während ich mir Hände voll Nüsse in den Mund stopfte. Ich hätte wieder in mein Zimmer gehen und am Computer zocken können, aber irgendwie kam ich nicht zur Ruhe. Na ja, nach dem Kampf mit Nathan und nachdem wir beinahe zu Tode gequetscht worden wären schwappte wohl einfach noch zu viel Adrenalin durch meine Adern. Ich schaltete den riesigen Fernseher im Wohnzimmer ein, überlegte kurz, ob ich mich in voller Länge auf das weiße Sofa werfen sollte, aber irgendwie hatte ich keine Lust, mir was anzuschauen. Also wanderte ich weiter, beachtete weder all die hässlichen, aber superteuren Gemälde an der Wand noch die chinesischen Seidenteppiche, die herumschlitterten, sobald man darauftrat.
Gavin und Safi fanden es toll, dass ich in solchem Luxus lebte, und ich wusste, dass Nathan krank vor Neid war. Aber ich hätte all das hier ohne eine Sekunde Zögern eingetauscht, um wieder in unserer alten Wohnsiedlung zu sein, nur ich und Mum und meine Kumpel um die Ecke. Ich steckte den Kopf zur Tür des Fitnessraums hinein – genau, Hector hatte einen eigenen Fitnessraum plus persönlichen Trainer – aber der war auch leer. Ich grinste vor mich hin – anscheinend hatte noch niemand mein kleines Missgeschick entdeckt. Das ist letzte Woche passiert. In diesem Raum besteht eine ganze Wand nur aus Spiegeln, damit Edwin und Hector sich bewundern

können, wenn sie sich auf dem Crosstrainer oder auf der Rudermaschine abplagen. Eines Tages war ich allein dort und wollte vor dem Spiegel ein wenig Schwertfechten üben. Okay, also stellte ich mich davor. Nur habe ich ein bisschen die Kontrolle über Excalibur verloren und aus Versehen in den Lenker des Hometrainers gehackt. Man kann die Scharte kaum sehen, denn die Klinge hat einen Millimeter Stahl stehen lassen, der alles noch zusammenhält, aber wenn Hector oder Edwin das nächste Mal aufs Rad steigen, landen sie platt auf der Nase.

Grinsend bog ich um die Ecke und prallte mit einer Frau zusammen, die aus Hectors Büro kam. „Hoppla!", sagte ich, als wir voneinander zurückfuhren. Ihr starkes Parfüm blieb geradezu an mir kleben. Sie war groß und wirkte streng, hatte ihr rotes Haar straff zurückgebunden und trug einen engen Rock, eine enge schwarze Jacke und hochhackige Schuhe. Ich hatte sie noch nie gesehen.

Der Karton, den sie in den Händen hielt, wäre beinahe zu Boden geflogen, aber ich half ihr, ihn festzuhalten. Ich glaube nicht, dass ihr das gefallen hat, denn sie klappte rasch den Deckel zu, der ein wenig aufstand. Doch vorher konnte ich noch einen Blick in den Karton werfen und sah, dass er mit den verrückten Gegenständen aus Hectors Büro vollgestopft war. Mein erster Gedanke war, dass die Frau vielleicht eine Edeldiebin war, die sich auf alte Pistolen, mittelalterliche Dolche und japanische Wurfsterne spezialisiert hatte. Sie fing sich wieder und zwang sich ein kleines Lächeln auf ihre grellroten Lippen.

„Tut mir leid, hab ich dich erschreckt? Ich bin Miss Lott, Mr Boomgardts persönliche Assistentin. Du musst Michael sein?“ Sie hatte eine tiefe Stimme. Sie streckte mir eine Hand mit falschen Fingernägeln hin, die wie Krallen aussahen.
„Ja.“ Ich schüttelte ihr nicht die Hand. Ich mochte sie nicht und traute ihr nicht über den Weg. Irgendwas an ihr alarmierte alle meine Rittersinne und ließ mir kalte Schauer über den Rücken laufen. Allein dass sie für Hector arbeitete, machte sie von vornherein verdächtig. Sie war wie eine Geschäftsfrau gekleidet, aber ich witterte Gefahr.
„Ich nehme an, Sie wissen nicht, wo Hector oder meine Mum sind?“, murmelte ich.
Sie wedelte mit der Hand. „Die sind da draußen auf der Dachterrasse.“
„Oh. Okay. Danke.“ Ich zog den Kopf ein und ging fort. Ich konnte beinahe körperlich spüren, wie sie mir nachschaute. Ich seufzte erleichtert auf, als ich außer Sichtweite war und auf die große Schiebetür zulief, die auf die Terrasse führte – und blieb wie angewurzelt stehen.
Durch die Tür hatte ich einen guten Blick auf die breite Dachterrasse mit den riesigen Pflanztöpfen voller Bäume und Büsche und dem großen Eichentisch und den Stühlen, wo alles für das Geburtstagsessen vorbereitet war. Meine Mum stand am Balkongeländer und schaute auf den Park hinunter. Gav sagt, dass ich wie meine Mum aussehe, aber das finde ich nicht. Wir haben das gleiche braune Haar, klar, aber mein Gesicht ist breit, ihres dagegen ziemlich schmal. Manchmal beinahe herb. Ich habe eine Spur von einem Grübchen im

Kinn, von meinem Dad geerbt. Mum runzelt oft die Stirn – ich erwische sie manchmal dabei –, aber sie kann das im Bruchteil einer Sekunde abschalten und eine Maske aufsetzen. Jetzt runzelte sie die Stirn, während sie hinunterschaute. Sie hatte ja auch ziemlich viele Sorgen, nicht zuletzt die, dass sie mit einem Mann verheiratet war, der ihr Todfeind war.

Apropos Hector - der schlich sich jetzt ins Bild, quer über den Patio, bis er direkt hinter ihr stand. Er war nicht mehr unser netter Onkel Heck aus meiner Kleinkinderzeit, sondern der wahre Hector, der böse Hector, meine Nemesis. Als er sich Mum näherte – und sie hatte ihn immer noch nicht bemerkt –, hob er beide Hände. Mein Puls begann zu rasen. Ein Stoß, und sie würde über das Geländer stürzen und zig Stockwerke weiter unten auf dem Gehweg der Park Lane aufschlagen. Nein, das würde er nicht machen, nicht hier, nicht in seiner eigenen Wohnung. Aber jetzt war er ganz nah hinter ihr, und sein Gesicht war wirklich böse, voller Hass.

Ich hechtete auf die Tür zu und riss sie auf. Excalibur juckte mir in der rechten Hand und wollte erscheinen. „He, stopp!", brüllte ich. Beide wandten sich mit verdatterten Gesichtern zu mir um. Mums Miene schlug rasch auf ein Lächeln um.

„Mikey!"

Hector lächelte auch, aber kurz vorher hatte ich noch Abscheu auf seinem Gesicht gesehen. In seiner aalglatten Art legte er Mum die Arme um die Taille, aber sein Lächeln war so falsch, dass es aussah, als hätte er ein schlechtes Gebiss. „Stopp womit?", fragte er.

Ich stopfte die Hand in die Tasche und verbannte alle Gedanken an das Schwert aus meinem Kopf, damit es sich nicht am Ende in meiner Hosentasche materialisierte und mir das Bein abschnitt. Ich zwang mir ein Lächeln aufs Gesicht.
„Ich habe gedacht, ihr hättet ohne mich angefangen zu feiern. Tut mir leid, dass ich zu spät komme. Bin zu spät vom Fußball weg“, sprudelte ich hervor.
„Macht nichts, Mikey, jetzt bist du ja da!“, sagte Hector freundlich. „Allerdings sagst du uns bitte beim nächsten Mal Bescheid, wenn …“ Er unterbrach sein übliches Klagelied über meine Pünktlichkeit, als durch die ganze Wohnung hörbar die Eingangstür zuknallte. Dann hörte man Dröhnen und Krachen und dumpfe Laute, weil jemand schrecklich schimpfte. Hectors Lächeln war nun aufrichtig.
„Ah, hervorragend! Es klingt ganz so, als wäre das Geburtstagskind nach Hause gekommen“, meinte er. „Die Party kann beginnen!“

3

Es ist echt die schwerste Ausbildung der Welt. Viel schwerer als die Ausbildung der Royal Marines. Das ist ja nur ein Haufen von Schwächlingen."

Edwin unterbrach seinen Redefluss kurz, um noch eine Riesengabel voll Fleisch zu verschlingen. Er erinnerte mich immer an einen Elch: massig, blöd und unbeholfen, aber gelegentlich gefährlich. Im Augenblick gab er mächtig an. „Stellt euch vor – wenn ihr Weicheier das überhaupt könnt –, es ist Nacht, und ihr habt dreißig Kilo volle Montur an, und es regnet, und ihr müsst über ein Moor rennen, ein richtiges Moor, das euch verschlingen kann, wenn ihr auf die falsche Stelle tretet. Der Schlamm klebt an euren Stiefeln, und ihr sinkt bis zu den Knien ein und müsst euch über Hindernisse hieven und an Kletterwänden hoch – im Dunklen! Aber jetzt kommt das Beste …"

Er schaute sich um, wollte sicher sein, dass alle zuhörten. Wir hatten keine andere Wahl, denn wir saßen auf der Terrasse um den Tisch herum, und er laberte nun schon, seit wir mit dem Essen angefangen hatten. Zwischendrin schaufelte er sich das großartige Sirloin-Steak des Chefkochs in sein Riesenmaul, als wäre es irgendein Billig-Burger.

„… also, das letzte Hindernis, da muss man unter diesem Gewirr aus Drähten durchkriechen – und stellt euch vor, die stehen unter Strom! Inzwischen waren wir ja alle klatschnass. Ich geh also runter und fang an zu kriechen, und zack!, kriege ich einen Elektroschock, direkt bis ins Gehirn!"

„Das erklärt so manches", murmelte ich vor mich hin.

Edwin hörte darüber hinweg. Hector auch, aber das lag daran, dass er auf seinem Handy eine SMS tippte. Clementine, Edwins glubschäugige, treu ergebene Freundin, hatte es jedoch mitbekommen und schaute mich stirnrunzelnd an.

„Das ist aber nicht sehr nett, Michael", sagte sie einfältig lächelnd. „Edwin hat doch Geburtstag."

Wenn Edwin ein Elch war, dann war sie eine Stabheuschrecke in einem geblümten Schlabberkleid. Eine Kette aus Hippie-Perlen klirrte, als sie sich zu ihrem Herzallerliebsten beugte. „Nicht wahr, Babe?"

Edwin wischte sie mit einem Handwedeln weg.

„Ja, ja. Haltet einfach alle die Klappe und hört zu. Das Beste kommt erst noch." Er begann zu lachen. „Wir haben da diesen voll mickrigen Kadetten in unserer Gruppe, einen echten Totalversager, und der musste als Letzter unter dem Netz mit den Elektroschocks durchkrabbeln. Also haben wir beschlossen, ihm das Leben ein bisschen schwerer zu machen! Wir haben die Steuerung für den Strom gefunden und einfach bis zum Anschlag aufgedreht!" Er prustete los und hätte beinahe eine halbgekaute Fritte ausgespuckt. „Das hättet ihr sehen sollen, jedes Mal, wenn er sich bewegt hat, ging's zack – Schrei – zack – Schrei – zack. Großer Gott, als der endlich durch war, hat er Rotz und Wasser geheult. Wir wären beinahe gestorben vor Lachen."

Schade, dass das mit dem Sterben nicht hingehauen hat, dachte ich, sagte es aber diesmal nicht laut. Stattdessen saß ich mit versteinerter Miene da, während Edwin grölte und Clementine kicherte. Dann schaute mich Mum an und schielte so lange, bis ich grinsen musste. Ich nahm an, das war auch ihre Absicht gewesen. Edwin schmollte gewöhnlich, wenn wir über seine angeblich so lustigen Geschichten nicht lachten.
Mum rang sich ein höfliches Lächeln ab und sagte dann: „Wie du mir, so ich dir, Edwin. Du solltest vorsichtig sein, falls eines Tages jemand so etwas mit dir macht." Mit ruhigem Lächeln nahm sie die Servierplatte. „Na, wer schafft das letzte Steak?"
Hector hatte viele Fehler, aber eines musste man ihm lassen: Er wusste, wie man einen guten Chefkoch findet. François hatte sich mit den Steaks, den superknusprigen Fritten und der Mayo selbst übertroffen. Ich hob die Gabel. „Ich!"
Edwin stieß mit seiner Gabel nach meiner Hand. „He, ich habe Geburtstag!" Er spießte das saftige Stück Fleisch auf und klatschte es sich auf den Teller. „Und du hast ja noch was."
Er hatte nicht begriffen, dass ich meinen letzten Bissen für jemand anderen aufsparte. Als Edwin wieder anfing, über die Army zu schwafeln, nahm ich das kleine Stück Steak von meinem Teller und ließ meine Hand ganz lässig neben mir über das Balkongeländer hängen, während ich so tat, als schaute ich auf Park Lane und den Regent's Park dahinter. Aber mich interessierte die Aussicht überhaupt nicht, meine Augen waren fest auf den eleganten braunen Vogel gerichtet, der auf dem Gebäude gegenüber auf dem Dach saß. Und das Falkenweibchen hatte seine durchdringenden Bernsteinaugen genauso

fest auf das Stückchen Fleisch in meiner Hand gerichtet. Strongclaws hatte mich während all meiner Leben als König Artus begleitet, und ich hatte ihr stets einen Leckerbissen aufgehoben, wenn sie sich zeigte.

Sie schwang sich vom Dach in die Luft. Im selben Augenblick ließ ich das Steak fallen, und mein Herz begann heftig zu pochen. Es sah nicht mal aus, als beeilte sie sich, während sie ihre Flügel schwang, sich nach unten stürzte, zwischen einem Bus und einem Taxi hindurchsegelte und den fallenden Leckerbissen schnappte. Ohne auch nur zu stocken, schwebte sie wieder elegant auf einen Laternenmast hinauf. Ich verkniff mir den Applaus, als sie begann, das Fleisch zu verschlingen. Niemand hatte es gesehen, außer meiner Mutter, und die lächelte nur und zwinkerte mir wissend zu. Genau wie ich liebte sie Greifvögel und war ganz bezaubert von Strongclaws. Wir beobachteten beide unauffällig, wie das Falkenweibchen den Leckerbissen auffraß, sich wieder in die Lüfte schwang und hoch über uns am Himmel schwebte. Ich sehnte mich danach, bei ihr dort oben zu sein, meine Flügel auszubreiten, auf den Luftströmungen zu segeln, weit weg von dieser sogenannten Party.

„He, Blödmann, ich rede mit dir!"

Ich kam wieder auf die Erde zurück. „Hä? Was?"

„Ich habe gesagt, jetzt ist es wohl Zeit für die Geschenke." Er schob seinen Stuhl zurück. Sein Hemd spannte sich so straff über seinem Bauch, dass die Knöpfe beinahe abplatzten. „Stimmt's, Dad?"

Hector war noch mit seinem Handy beschäftigt, hielt es unter dem Tisch und tippte wie verrückt. Hätte ich das bei Tisch

gewagt, hätte Hector mir das Ding aus der Hand gerissen und über das Balkongeländer geworfen.
„Dad?“, wiederholte Edwin.
Hector schaute verdattert auf. „Was? O ja. Alle fertig? Eine gute Zeit für Geschenke.“ Er schaute mich geradewegs an. „Du zuerst, Michael.“
Er dachte wahrscheinlich, ich würde nichts für Edwin haben. Da irrte er sich. „Bitte schön, Edwin. Nur für dich.“ Ich zog einen Umschlag aus der Tasche, schnipste ein paar Stäubchen weg, versuchte, die Knitterfalten glatt zu streichen, und reichte ihn dann Edwin. „Ich bin echt gespannt. Das gefällt dir bestimmt.“
„Ein kleiner Umschlag“, erwiderte er. „Wie aufregend.“ Edwin warf mir einen bitterbösen Blick zu, als er ihn aufriss und vorsichtig hineinschaute. Glaubte er etwa, es wäre eine Briefbombe? Ich lächelte vor mich hin. Ich war ja schwer in Versuchung gewesen, aber der Umschlag war harmlos, enthielt nur eine Karte. Edwin hielt sie hoch und starrte mit leerem Blick auf ein Foto von ein paar Affen in einem Baum.
„Das kapier ich nicht“, sagte er mit einem Achselzucken.
„Mach sie auf“, sagte ich und versuchte verzweifelt, ein ernstes Gesicht zu bewahren.
Er klappte die Karte auf, und sein Gesicht wurde röter und röter, als er den Text darin vorlas: „Gratulation, mit Ihrem Geschenk wird ein Hektar brasilianischer Regenwald geschützt und die Artenvielfalt dort gefördert.“ Er ließ die Karte auf den Tisch fallen. „Mann, Worte können kaum ausdrücken …“

„Ach, sei doch nicht so, Eds.“ Ausnahmsweise war Clementine mal auf meiner Seite. „Das ist doch toll. Du bist der Beschützer eines echten Stücks Regenwald! Stell dir nur vor, wir könnten da zusammen hinfahren und uns die kleinen Schimpansen anschauen!“

„Das sind eigentlich Kapuzineräffchen“, sagte ich. „Schimpansen leben in Afrika.“

„Mir doch egal“, sagte Edwin. Er schnipste die Karte weg. „Ich hasse alle Primaten.“

Ich saß da und versuchte, nicht zu grinsen. Aber er hatte sich schon bald wieder erholt. Er hieb mit der Hand auf den Tisch. „Gut, also jetzt zu den *richtigen* Geschenken.“ Er schaute Hector ganz gierig an. „Dad?“

Hector legte das Handy mit dem Display nach oben auf den Tisch. „Bitte sehr, mein Sohn.“ Er reichte Edwin eine mit rotem Samt bezogene Schachtel.

Edwins Augen leuchteten auf wie die eines Hundes, der eine Leckerei wittert. Er schnappte sich die Schachtel. „Das ist doch schon eher was.“

Ich wusste genau, was er darin zu finden hoffte. Monatelang machte er nun schon Andeutungen, dass Hector ihm einen Aston Martin DB10 kaufen sollte.

Edwin riss die Schachtel auf, und sein Gesicht wurde lang. Statt den Schlüssel zu einem Sportwagen hielt er einen wuchtigen goldenen Siegelring in die Höhe, der so aussah, als hätte man ihn auf der Kirmes für ein Pfund aus dem Greifautomaten gezogen. Allerdings war er wahrscheinlich aus 24-karätigem Gold und hatte einen echten Smaragd in der Mitte.

Obwohl der Ring hässlich wie die Sünde war, eindrucksvoll war er schon irgendwie.
Edwin schluckte. „Ein Ring?“ Sein Gesicht verzog sich. „Aber … Dad …“
Hector legte sein Handy wieder kurz beiseite. „Dieser Ring, mein Sohn, ist sehr viel wertvoller als das Auto, von dem du immer gefaselt hast, glaub mir. Steck ihn dir an den Finger.“
Edwin schaute mürrisch, konnte sich aber schlecht weigern. Er schob sich den Ring über den Finger und wedelte uns damit vor der Nase herum. „Da. Schaut nur. Prima.“ Er versuchte, den Ring wieder herunterzuziehen. „Na toll. Er steckt fest.“
„Gut. So was Kostbares willst du ja nicht verlieren“, sagte Hector seelenruhig.
Edwin machte noch einen Versuch, aber der Ring bewegte sich keinen Millimeter, also sagte ich: „Ach, Edwin, lass ihn dran. Der ist so hübsch – schau doch nur, wie er glänzt! Der könnte zu deiner Uniform von Sandhurst richtig schick aussehen …“
Edwin warf mir einen Killerblick zu, aber ich ignorierte ihn und sprach weiter, diesmal zu Hector: „Der Klunker in der Mitte ist ja riesig. Muss ein Vermögen gekostet haben.“
Unter dem Tisch trat mich meine Mutter, also setzte ich mich zurück.
Clementine war die Einzige, die alles aufregend fand. „Eds! Schau doch nicht so finster! Mein Geschenk hast du noch gar nicht aufgemacht.“ Sie reichte ihm einen weiteren Umschlag und beobachtete, wie er ihn öffnete, hatte dabei die Hände unter dem Kinn gefaltet.

Edwin zog zwei Eintrittskarten heraus, und seine Miene erhellte sich. „Na, das ist doch schon besser! Lass mich raten – Formel eins?“ Er schaute genauer hin, und sein Lächeln gefror. Seine Augenbrauen verzogen sich zu einem wütenden V. „*Glastonbury Festival*?“

Clemmie quietschte: „Ja!“

Edwin starrte verdattert auf die Tickets. Ich starrte neidisch darauf. Als Edwin die Eintrittskarten auf den Tisch klatschte, hätte ich sie am liebsten gleich an mich gerissen. Ich meine – Glasto! Die allerbesten Bands! Partys bis früh morgens, dann pennen bis Mittag und alles noch mal von vorn.

„Aber das Festival war doch letzte Woche, oder?“, stammelte Edwin. Er funkelte Clemmie an. „Das ist ein Witz, oder? Du versuchst mich aufzuziehen. Ich hab dir doch gesagt, dass ich nach Silverstone will.“

„Nein! Es ist in zwei Tagen!“, antwortete Clemmie, die anscheinend nicht merkte, dass Edwin langsam wütend wurde. „Nur noch zwei Tage!“ Sie wibbelte aufgeregt auf ihrem Stuhl hin und her, und ihre Perlenketten und Armreifen klirrten wie bei einer wildgewordenen Schamanin. „Die waren schon ausverkauft. Ich habe ein Vermögen dafür bezahlen müssen.“

Edwins Schultern sackten nach unten.

„O Eds, das wird so cool! Wir können den VW-Bus von meinem Bruder nehmen, auf einer grünen Wiese parken, ein Lagerfeuer machen, mit Gitarren und Trommeln drum rumsitzen und … du weißt schon … einfach chillen. Oh, und du rätst es nie – meine absolute Lieblingsband spielt da: Beowulf, die Folkrock-Band aus Island! Isländischer Folkrock! Eds, das wird gigantisch!“

Edwin glotzte sie an. „VW-Bus. Folkrock. Verdammte Hippies und Tipis. Und dann auf dem Weg zu den Gemeinschaftsklos im Schlamm versinken. Das soll mein Geschenk sein?“

Clementines glückliches Lächeln verging. Sogar mir tat sie leid.

„Du hast doch gerade so begeistert erzählt, dass du eine ganze Nacht durch ein Moor marschiert bist“, sagte ich unschuldig. „Nach Sandhurst sollte das doch für dich ein Kinderspiel sein.“

Edwin starrte mich an, und seine Hände ballten sich zu Fäusten. Normalerweise bedeutete das, dass er mich gleich schlagen würde, aber das konnte er ja hier am Tisch vor Zeugen schlecht bringen. Ich hätte beinahe laut gelacht, aber als ich zu Mum schaute, schüttelte sie nur den Kopf. Ich begriff. Bloß keine Aufregung.

„Tut mir leid. War nur ein Scherz“, sagte ich rasch. „Aber wenn du die Tickets nicht möchtest, ich nehme sie …“

Ich wollte unbedingt nach Glasto. Wir konnten uns das nie leisten, als ich noch klein war, und inzwischen war es beinahe unmöglich, überhaupt an Karten zu kommen, sogar wenn man am Computer hockte und die Webseite ständig aktualisierte, sobald die Tickets freigegeben wurden.

„Hände weg, du Mistkerl. Die gehören mir.“ Edwins Hammerfaust donnerte auf die Karten. „Ich hab nie gesagt, dass ich nicht hingehe“, fügte er mürrisch hinzu. „Aber ich fahre nicht mit einem stinkenden alten VW-Bus da hin.“

Clementine begann schon wieder vor Aufregung zu wibbeln. „Oh, ist das alles, Ed? Kein Problem. Mein Onkel hat dieses Super-Winnebago-Wohnmobil. Das ist riesengroß, mit einem richtigen Bett, Dusche, Küche, Satellitenfernseher, das könnten wir auch kriegen. Das ist dann, als würden wir in einem Hotel übernachten, nur einem auf Rädern."

Nun schaute Edwin nicht mehr ganz so unglücklich drein. „Na, das wäre okay", sagte er widerwillig.

Meine Chance, je diese Tickets zu ergattern, schwand dahin. Ich wollte gerade versuchen, Edwin das Festival madig zu machen, auch in einem Wohnmobil, da kam plötzlich Leben in Hector.

Er schob seinen Stuhl zurück. „Verdammt, verdammt, verdammt", murmelte er. „Das ist nicht gut. Das ist gar nicht gut."

„Was ist los?", fragte Mum.

Mit vor Wut zitternden Händen hielt er ihr das Handy hin. „Ich bin in den Sechs-Uhr-Nachrichten. Seht nur …" Wir linsten alle auf den winzigen Nachrichtensprecher auf dem Bildschirm. „Der Minister für Umwelt, Ernährung und Landwirtschaft, Jeff Brown, hat heute einen Bericht vorgestellt, in dem es heißt, der Ölbaron Hector Boomgardt hätte Beweise dafür ignoriert, dass sein neustes Fracking-Projekt die Umwelt verschmutzen und Fauna und Flora gefährden könnte." Jetzt erschien auf dem Bildschirm ein Bild von Hector, wie er versuchte, an einem Baugelände durch ein Tor im Maschendrahtzaun zu fahren, während Reporter und Fotografen neben dem Auto herliefen. „Dies ist nur die neueste Kontroverse im Zusammenhang mit den Unternehmungen von Boomgardt", fuhr der Nachrichtensprecher fort. „Gut unterrichtete Kreise vor Ort berichten, die Sicherheitsleute des Millionärs hätten die Protestierer tätlich angegriffen …“ Wieder ein Bild von Hector. Diesmal stieg er aus dem Auto aus, während seine Leibwächter die Banner schwenkende Menge unsanft aus dem Weg drängten.

„Was hätten wir denn sonst machen sollen?“, fragte Hector. „Einem Haufen Protestierern erlauben, unsere Baustelle zu zerstören?“ Er steckte das Handy in die Tasche und schaute zu Mum. Sie blieb still. Hector knurrte noch einmal wütend und stand dann auf. „Nichts als ignorante Idioten. Wenn die Leute die Berichte gelesen hätten – die ich in Auftrag gegeben habe –, dann wüssten sie, dass Fracking völlig ungefährlich ist. Da ist sich die Wissenschaft völlig einig.“

„Du meinst, die Wissenschaftler, die du bezahlt hast, haben gesagt, es wäre okay?“, fragte ich so unschuldig wie möglich.

Hector funkelte mich wütend an. „Ich muss meine PR-Leute anrufen.“

„Hat das nicht Zeit?“, fragte Mum. „Es ist doch Edwins Geburtstag …“

Hector schaute uns an, als hätte er vergessen, dass wir anderen überhaupt da waren. „Wie? O ja, stimmt. Also, Edwin, alles Gute zum Geburtstag, aber ich muss jetzt wirklich weg und diesen Scheiß-Fracking-Schlamassel regeln.“

„Kein Grund zum Fluchen“, murmelte ich.

Edwin neigte sich zu mir herüber und boxte mir auf den Arm. „Bisschen mehr Respekt vor meinem Vater, ja?“

Ich rieb mir den Arm. Ich wusste, ich sollte besser die Ruhe bewahren, aber das war schwer. Die Worte purzelten mir nur so aus dem Mund: „Ich verstehe nicht, wieso er sich über die schlechte Presse wundert. Schließlich ist doch seine Ölbohrinsel in Cornwall explodiert und hat den gesamten Vorstand umgebracht." Vor meinem inneren Auge liefen immer noch die Bilder ab: die versinkende Plattform, wir im Hubschrauber, wie wir hinter Mordred in Drachengestalt herflogen. Tod und Zerstörung, von Hector heraufbeschworen. „Eigentlich finde ich es überraschend, dass danach überhaupt noch jemand in sein Unternehmen investieren wollte. Au!"

Gerade hatte mich Mum wieder unter dem Tisch getreten. Schweigen breitete sich aus, eine unbehagliche Stille, in der alle wie versteinert wirkten. Clementine regte sich als Erste. Sie schlang die Arme um Edwin.

„Komm, wir schauen uns mal an, welche Bands noch in Glasto auftreten. Und dann gehen wir und sagen meinem Onkel, dass wir uns sein Luxus-Wohnmobil leihen!"

Sie schleifte ihn weg, und nun waren nur noch ich und Mum auf der Terrasse.

„Tut mir leid, Mum, aber ich halte das nicht mehr lange durch." Ich sackte auf meinen Stuhl zurück und suchte den Himmel nach Strongclaws ab, aber sogar die war verschwunden. „Ich muss weg von Hector, ehe mich die ganze Verstellerei völlig verrückt macht. Ich muss hinter Mordred her."

„Nein!" Mum starrte mich an. „Wir machen weiter wie bisher."

„Warum?"

„Weil ich es dir sage“, antwortete sie in scharfem Ton. Normalerweise war sie total entspannt, eher die Art von Mutter, die all deine Kumpel cool fanden. Aber wenn sie eine ernste Miene aufsetzte und ihre Stimme eine gewisse Schärfe bekam, dann wusste ich, dass ich den Mund halten und zuhören musste.

„Die Zeit ist dafür noch nicht reif, hörst du? Merlin lässt uns wissen, wann wir handeln müssen, und bis dahin spielen wir einfach unsere Rollen weiter.“

Ich schnippte eine vergessene Fritte über den Tisch und über das Balkongeländer. „Okay – weil das ja beim letzten Mal so prächtig funktioniert hat, nicht? Wir haben abgewartet, und Hector hat währenddessen Mordred in der tiefsten Hölle zu neuem Leben erweckt.“ Ich lehnte mich vor. „Wenn wir wieder warten, kommen wir vielleicht wirklich zu spät.“

Mum sprang auf. Sie ging um den Tisch herum zu mir und wuschelte mir durchs Haar. „Beruhige dich, Mikey. Vertrau mir einfach, ja? Ich behalte die Lage im Blick.“

„Ja, egal“, murmelte ich, als sie mich umarmte.

„Und jetzt muss ich François für das ausgezeichnete Essen danken. Ich bin mir aber nicht sicher, was er dazu sagen würde, dass du es an die Vögel verfütterst.“ Sie lächelte und verschwand in der Wohnung.

Edwins Tickets für Glastonbury lagen noch immer auf dem Tisch. Ich überlegte, ob ich sie einfach stehlen und Clementine erzählen sollte, der Wind hätte sie weggeweht. Aber nein! Meine Muskeln schmerzten noch vom Kampftraining mit Nathan. Also ging ich in das große Badezimmer. Da gab es eine Luxuswanne mit Sprudeldüsen. Ich weiß, ich weiß, ich tu euch wirklich leid, stimmt's? Ich füllte die Wanne bis obenhin, fügte einen Klacks von Mums megateurem Badeschaum hinzu und entspannte mich in den wirbelnden Seifenblasen. Ich suchte meinen iPod durch, wählte ein Stück von Metallica und drehte die Lautstärke so weit auf, dass die ersten Gitarrenakkorde von den in den Wänden verborgenen Lautsprechern dröhnten. Mit geschlossenen Augen genoss ich meinen Tagtraum: Ich stand mit Gav vor der Pyramidenbühne und nahm ein Bad in der Menge, während die Musik den Boden erbeben ließ. Nur waren wir nicht Auge in Auge mit der Band, sondern plötzlich stand da Mordred auf der Bühne, hielt in der einen Hand ein Gefäß, von dem ich wusste, dass darin die Seele meines Vaters war, und hatte die andere ausgestreckt, bereit, uns einen Schlag zu versetzen. Ich schrak zurück, erwartete, von einem Feuerstrahl getroffen zu werden – aber es war nur eine Wasserwelle.

Ich machte die Augen auf und sah, dass das Badewasser wie verrückt wirbelte und über den Rand der Wanne schwappte. Ich schaute auf der Steuerung nach. Sie war auf „sanftes Wirbeln" eingestellt. Da wollte ich die Einstellung „Vibro-Massage" nicht unbedingt erleben … Ich zog die Beine an und hielt mich am Wannenrand fest, während das Wasser immer wütender schäumte. Ich stellte den Schalter auf „aus", doch auch das hatte keine Wirkung. Hector würde mich umbringen, wenn ich das Ding geschrottet hatte.

Da hämmerte jemand wütend an die Tür. „Michael. Bist du da drin?", brüllte Edwin.

„Ja, Moment", antwortete ich. Ich drehte noch mal an dem Schalter. Wenn überhaupt, wurde alles noch schlimmer. Ein Strudel bildete sich unter meinen Knien.

„Dann komm raus. Du hast dein eigenes Badezimmer. Clemmie möchte baden."

„Äh. Da muss sie noch ein bisschen warten. Ich brauch nicht mehr lange. Ich muss nur …" Ich unterbrach mich. Trotz des heißen Wassers, das um mich wirbelte, war mein Körper plötzlich ganz klamm vor Kälte. Irgendwas tauchte aus der Mitte des Whirlpools auf. Mein Herz machte einen Satz. Da erschien ein Kopf! Ich schaute hin, zunächst starr vor Furcht, dann vor Verlegenheit, als ein Mädchen mit grünem Haar, einem grün schimmernden Kleid und fest um den Körper geschlungenen Armen aus dem Wasser aufstieg. Sie hatte die Augen geschlossen.

Schneller als ein Aal sprang ich aus der Wanne, schnappte mir das nächste Handtuch und wickelte es mir um die Taille.

Gerade noch rechtzeitig. Das Mädchen schlug die Augen auf, die die Farbe von Smaragden hatten, und lächelte mich verführerisch an.

„Hi, Michael."

Es war Ellie.

4

Äh, hi!“, antwortete ich. „Was machst du denn hier?“

Sie blickte sich um und lachte. Ihre Augen weiteten sich überrascht. „Oh, verstehe!“ Sie klatschte sich spielerisch mit der Hand ins Gesicht. „Ich bin aber wirklich eine! Ich hier und du da, ohne Kleider … wie schrecklich!“

Edwin hämmerte wieder an die Tür. „He! Hast du ein Mädchen da mit drin? Ich habe eine Mädchenstimme gehört.“

Ich legte einen Finger an die Lippen, machte Ellie ein Zeichen, still zu sein, und schrie dann: „Nein, natürlich nicht!“

Das war streng genommen sogar wahr. Ellie war kein Mädchen, sondern ein Elementargeist. Ein Wassergeist, um genauer zu sein, und die Tochter der Herrin vom See. Sie sah aus wie ein Mensch, und das quietschgrüne Haar hätte ja auch gefärbt sein können, aber sie verriet sich, wenn sie auf einmal ganz durchsichtig wurde oder sich in Wasser verwandelte. Das Wasser war ihr Element, sie konnte alles damit machen, einschließlich in meine Badewanne eindringen, wie es aussah.

„Hätte ich auch nicht gedacht“, grunzte Edwin.

Ellie hatte die Hand vor den Mund geschlagen, um nicht kichern zu müssen. Ihre Augen funkelten.

„Hau einfach ab, ja?“, brüllte ich. „Lass mir ein bisschen Privatsphäre.“

Ein letztes Hämmern. „Fünf Minuten!“
Edwins Schritte verschwanden über den Korridor. Ich zupfte verlegen mein Handtuch zurecht. Ich merkte, dass mein Gesicht ziemlich feuerrot sein musste. „Was soll das hier?“, fragte ich.
„Ich freue mich auch, dich zu sehen“, sagte Ellie. „Tut mir leid, dass ich so reingeplatzt bin, aber ich muss mit dir reden, und so ging es am schnellsten.“
Ich hielt das Handtuch mit einer Hand fest und deutete auf die Tür. „Gibst du mir bitte einen von den Bademänteln da?“
„Oh, ich Dummerchen.“ Sie drehte sich um, ihr Haar und ihr Kleid wirbelten dabei um sie herum und waren schon wieder trocken.
Sie nahm den nächsten Bademantel, der ausgerechnet rosa war, und warf ihn mir zu. Dann drehte sie sich um. „Ich guck nicht.“
Ich ließ das Handtuch fallen, schnappte mir den Bademantel und streifte ihn mir rasch über. „Fertig.“
Ellie drehte sich zu mir um. „Niedlich“, sagte sie. „Ich hätte nie gedacht, dass Rosa zu einem König passt, aber ich habe mich geirrt.“
„Danke“, sagte ich und grinste dümmlich. „Und jetzt erzähl mir alles.“
Sie hockte sich auf den Rand der Wanne. „Merlin schickt mich. Du und die Ritter, ihr müsst zum Haus von Cuthbert St John Farrar gehen.“
„Nie gehört“, antwortete ich. „Wer ist das?“
„Das tut nichts zur Sache. Merlin trifft euch dort.“
„Aber wo?“

Sie ging auf Zehenspitzen zum Spiegel und schrieb eine Adresse in den Dampf: 23, Leafy Lane, Primrose Hill.

„Ich weiß nicht, wo das ist."

Sie wedelte mit der Hand. „Sogar ich kenne Google Maps." Sie legte eine Pause ein, weil wir beide hörten, wie Edwins Trampelschritte wieder näher kamen. „Es ist dringend, also zieh dich besser an."

Edwin hämmerte an die Tür und brüllte: „Die Zeit ist abgelaufen! Mach sofort die Tür auf, sonst trete ich sie ein!"

Ellie stieg elegant wieder in die Wanne. Ihr Fuß verschwand im Wasser. „Dann noch viel Spaß", sagte sie. Und mit einem Zwinkern versank sie, als wäre die Wanne zwei Meter tief.

Ich rannte zur Tür und sperrte auf. Edwin kam hereingestürzt. „War aber auch höchste Zeit", schrie er. Dann blieb er stehen und schaute mich noch einmal an. „Moment mal, was hast du denn da an? Gehört der Clem? Du Freak!"

Als ich wieder in meinem Zimmer war, schickte ich eine SMS an Safi, Gav und Nathan. Ich hatte kaum Zeit gehabt, mir das Haar trocken zu rubbeln, als ich schon zwei Pieptöne hörte: Safi und Gav hatten geantwortet. Nichts von Nathan, also schickte ich ihnen noch eine SMS und verabredete, dass wir uns bei Nathans Haus treffen würden. Das lag ohnehin am nächsten an Primrose Hill.

Mit klopfendem Herzen wühlte ich meinen Kleiderschrank durch. Mum hatte gesagt, ich sollte im Augenblick nichts unternehmen, aber diese Nachricht war direkt von Merlin gekommen. Trotzdem wollte ich ihr nichts davon sagen. Ich zog eine schwarze Kampfhose an und dazu ein Retro-

Metallica-T-Shirt mit einem Totenkopf vorne drauf, das ich auf dem Camden Market gekauft hatte.

Zwanzig Minuten später standen wir alle vor Nathans Haus. Ganz vorne Safi, die sich das Kopftuch zurechtzupfte und lächelte, als die Tür aufging. Eine Frau im Jogginganzug und mit einem Pferdeschwanz stand da und strahlte uns an.

„Hallo, Leute – schön euch wieder mal zu sehen!"

Nathan erzählte nichts über sein Zuhause, aber Joan, seine Pflegemutter, wirkte immer total entspannt und echt cool, wenn wir vorbeischauten.

„Ist Nathan da?", fragte Safi.

„Ja." Sie winkte uns rein und ging zum Fuß der Treppe. „Nathan! Freunde für dich!"

Schweigen. Dann rief eine gelangweilte Stimme: „Wer ist es?"

Joan verzog das Gesicht. „Das ist ziemlich unhöflich, Nathan. Erinnerst du dich, wir hatten doch gesagt, dass du versuchen solltest, ein bisschen …"

„Oh, okay", stöhnte er. „Wie auch immer. Schick sie rauf."

„Er ist in letzter Zeit ziemlich schlecht gelaunt", sagte Joan leise, als wir an ihr vorbeigingen. „Vielleicht könnt ihr ihn ein bisschen aufmuntern."

Wir stapften die Treppe hinauf. Nathan hockte in Jeans, aber mit nacktem Oberköper an seinem Schreibtisch und schaute sich etwas auf dem Laptop an.

„Was ist denn mit dir los?", fragte ich.

„Nichts", blaffte er. „Ich hatte gesagt, ich wollte in Ruhe gelassen werden."

„Sei doch nicht so unfreundlich“, meinte Safi und hockte sich auf die Schreibtischkante. „Ich mag deine Pflegemutter.“

Nathan zuckte die Achseln, ohne aufzublicken. „Am Anfang sind sie immer nett“, murmelte er. „Das hält nicht lange an.“ Er klappte den Laptop zu und stand auf. „Also, was wollt ihr?“

„Hast du meine SMS nicht gekriegt?“, fragte ich.

„Doch.“ Er zog sich das saubere weiße T-Shirt über, das an der Tür seines Kleiderschranks hing, und setzte sich aufs Bett, um in die Socken zu schlüpfen.

„Warum hast du dann nicht geantwortet?“

„Ihr seid doch jetzt da, wo ist das Problem?“ Er zog sich teure Nike-Sportschuhe an, stand auf und sah wieder mal aus, als hätte ihn ein VIP-Stylist eingekleidet. „Seht ihr, fertig und zu allem bereit.“ Er warf mir ein selbstgefälliges Lächeln zu und ging zum Badezimmer. Jetzt hatte ich plötzlich einen freien Blick aus dem Fenster. Gerade noch rechtzeitig, um ein schwarzes Motorrad zu sehen, das vor dem Haus das Tempo verlangsamte. Der Fahrer trug einen schwarzen Helm, drehte sich um und schaute mich direkt an, ehe er wieder voll aufdrehte. Das war seltsam. Ich rannte zum Fenster, aber das Motorrad war schon nicht mehr zu sehen.

„Hat noch jemand …?“, begann ich, aber die anderen sahen nicht hin. Safi ließ den Finger an einer Reihe Bücher entlanggleiten, und Gavin hatte den Laptop aufgeklappt. Er tippte etwas in die Suchmaske von Google.

„Laut diesem Wikipedia-Eintrag ist St John Farrar Archäologe.“ Er scrollte weiter nach unten. „Und noch dazu ein völlig verrückter. Er hat einen Haufen Geld, das seiner Familie gehört, für wahnwitzige Expeditionen aus dem Fenster geworfen. Hat versucht, am Nil das Grab eines Pharaos zu finden, aber dabei hat ihm nur ein Krokodil einen Finger abgebissen. Das war, nachdem er einen Monat lang in einem unterirdischen Gewölbe eingeschlossen war, weil er versucht hatte, unter einer Fabrik in Birmingham Camelot zu finden."

„Lass mal sehen." Ich schaute ihm über die eine Schulter, Safi über die andere. Das Foto von Cuthbert zeigte einen Mann mit wirrem Haar, schielenden Augen und einem spindeldürren Körper.

Safi wandte sich zu mir. „Wie hast du von ihm erfahren?"

Damit hatte ich gerechnet. „Äh, Ellie hat es mir erzählt."

Ich wartete darauf, dass Gav wieder anfangen würde, mich aufzuziehen oder zu pfeifen oder so, aber er war zu sehr in Farrars Internetseite vertieft. Safi klatschte nur in die Hände und rief: „Jippie, Ellie ist wieder da! Wo ist sie? Treffen wir sie?"

Ich wünschte, das wäre so, aber ich schüttelte nur den Kopf. „Nein. Sie ist schon wieder weg. Na ja, vergiss es. Wir sollten uns darauf konzentrieren, Cuthbert zu finden."

„Reine Zeitverschwendung, wenn ihr mich fragt", sagte Nathan, der wieder hereingekommen war. Er hatte sich die Haare mit Gel zu einer professionellen Wirbelwindfrisur gezwirbelt und wischte sich Zahnpasta vom Mund. „Was soll denn ein verrückter Archäologe mit uns zu tun haben?"

„Keine Ahnung, aber Merlin hat uns hinbestellt, also los."

Joan stand unten an der Treppe, als wir herunterpolterten. „Oh, wie schön! Ihr geht raus an die frische Luft."

„Ja, wir gehen in den Rollschuhpark“, log ich.
„Was für eine schöne Idee – das wird dir wirklich guttun“, sagte sie zu Nathan, als er wortlos an ihr vorüberging.
Sobald ich draußen war, hatte ich so meine Zweifel, ob die frische Luft uns guttun würde. Als wir uns der Adresse von Cuthbert näherten, sträubten sich mir die Nackenhaare. Ich hatte das Gefühl, dass uns jemand beobachtete. Ich ließ die anderen drei vorausgehen und schlenderte weiter, warf ab und zu einen Blick zurück. Nichts.
„Alles okay mit dir?“, fragte Safi und ging langsamer. „Du scheinst dir wegen irgendwas Sorgen zu machen.“
„Nur zur Vorsicht“, antwortete ich.
Als wir um eine Ecke bogen, sah ich es. Auf der anderen Straßenseite war ein Motorrad geparkt, das halb von zwei großen Lieferwagen verdeckt wurde. Es war eine schwarze Kawasaki, dieselbe, die ich von Nathans Fenster aus gesehen hatte. Der Fahrer ließ den Motor aufheulen und fuhr langsam davon.

5

Leafy Lane war eine von den ultranoblen Straßen, in denen alle Häuser hinter hohen Mauern oder dichten Hecken verborgen waren. Sie hatten Tore mit spitzen Stangen und Gegensprechanlagen und Sicherheitsbeleuchtung, die einen praktisch blind machte, wenn man zu nah herantrat. Dazu noch die eine oder andere schwenkende Kamera, falls man sich bis jetzt noch nicht wie ein Verbrecher gefühlt hatte. Die Häuser an dieser Straße waren riesengroß und in jedem Architekturstil gebaut, den man sich nur vorstellen konnte. Nummer 23 war keine Ausnahme. Gotisch – lauter spitze Türmchen und bleigefasste Glasscheiben. Es brannte kein Licht, und das schmiedeeiserne Tor war mit einer schweren Kette und einem Vorhängeschloss gesichert. Es blieb uns wohl nichts anderes übrig, als drüberzuklettern.

„Ich bin dabei", sagte Gavin, der meine Gedanken gelesen hatte. „Und ja, Safi" – er drehte sich zu ihr um – „ich weiß, dass Merlin gesagt hat, wir sollen auf ihn warten."

„Hör auf damit", rief sie und holte mit der Hand nach ihm aus. „Ich habe es dir schon mal gesagt, ich kann das gar nicht leiden. Ich könnte doch alles Mögliche denken."

„Oh, ich würde niemals deine privaten Gedanken stören", sagte Gav und duckte sich, denn ein Hieb von Safi konnte einen leicht durch die Luft schleudern. „Ich lese nur die, die was mit unseren ritterlichen Unternehmungen zu tun haben.“

„Gut.“

„Ich würde dir niemals zuhören, wenn du darüber nachdenkst, wie heldenhaft du wohl mit deinem Schild aussiehst“, fuhr er fort. Safi hob wieder die Hand, und Gav hielt den Mund.

„Hört auf“, sagte ich. „Wir können keine Aufmerksamkeit brauchen.“

Safi zupfte ihr Kopftuch zurecht. „Wo bleibt Merlin? Ich dachte, er wollte uns hier treffen?“

„Er hat gesagt, er würde uns beim Haus treffen. Vielleicht ist er drinnen.“ Ich schaute auf das hohe Eisentor. „Wer geht als Erster rüber?“

„Niemand“, antwortete Gavin. Mit einem wilden Brummen erschien sein Bogen in seiner Hand. „Nicht bevor ich diese Sicherheitskamera da drüben außer Gefecht gesetzt habe.“ Er richtete den Bogen auf die Kamera, die hoch oben an einer Wand angebracht war, spannte die Sehne und zielte – bis Nathan sich vor ihn stellte, die Lanze bereits in der Hand.

„Spar dir die Mühe. Das hab ich gleich.“ Er richtete die Lanze des Schicksals auf das Tor.

„Warte!“ Ich schubste ihn zur Seite. „Wenn du die Lanze des Schicksals auf all den Stahl rammst, dann passiert vielleicht wer weiß was. Das Tor könnte schmelzen oder explodieren und das würden die Leute hören. Lasst lieber mich das machen.“ Excaliburs Klinge schimmerte und glitzerte im vergehenden Abendlicht. „Ein Hieb hiermit …“

„Bitte, Jungs, steckt die Waffen weg“, unterbrach mich Safi, die sich umschaute. „Geht es nicht noch ein bisschen auffälliger? Überlasst die Sache einfach mir.“ Sie spazierte an uns vorbei und packte die beiden Türflügel. So leicht, wie ein normaler Mensch zwei Kleiderschranktüren aufmacht, zerriss sie die Kette.

„Ta-daaa!“, krähte sie. Wir schritten hinter ihr her, während unsere Waffen wieder in unseren Händen verschwanden. Ich schaute noch einmal zurück auf die Straße. Kein schwarzes Motorrad, keine übernatürlichen Monster. Nur riesige Häuser zu beiden Seiten, davor Luxusautos in den Einfahrten: Bentleys, ein Lamborghini, zwei Ferraris, wahrscheinlich einer für ihn und einer für sie, einer rosa, einer blau. Vielleicht litt ich unter Verfolgungswahn. Das Schlimmste, was uns hier begegnen konnte, war wohl ein russischer Oligarch oder ein abgehalfterter Popsänger.

Aus der Nähe betrachtet sah Nummer 23 ein bisschen schäbiger aus als die restliche Nachbarschaft. An der Eingangstür blätterte die Farbe ab, und auf dem Weg zur Tür spross Unkraut. Mein Kopf ruckte nach oben, als ich etwas quietschen hörte. Eine Wetterfahne auf dem Dach, die die Form eines Turnierritters hatte, wehte in der leichten Brise hin und her. Neben der Eingangstür löste sich von einem Fenster ein Plakat.

Die Wahrheit über die Legenden um König Artus
Vortrag des weltbekannten Archäologen
Cuthbert St John Farrar
19. Juni
Universität London

Mir liefen Schauder über den Rücken, als wäre gerade jemand über mein Grab gelaufen.
„Jawohl. Heute ist der Neunzehnte“, sprach Gav aus, was ich auch gerade gedacht hatte.
Jetzt ergab alles einen Sinn. Merlin wusste, dass der Mann nicht zu Hause sein würde.
Neben mir schaute Safi sich unruhig um, die Arme um den Leib geschlungen.
„Wo ist Merlin?“, fragte sie. „Er hat uns herbestellt, also sollte er hier auf uns warten.“
Ich ging zur Eingangstür und hämmerte mit einem Türklopfer in Form eines Drachenkopfes an das Holz. Wir warteten, bis das Geräusch verebbt war. Niemand kam.
„Schaut durch den Briefkastenschlitz“, schlug Gavin hinter mir vor. Ich ging in die Hocke und linste durch die Klappe in einen schattigen Flur. Meine Augen brauchten eine Weile, bis sie sich an das Dämmerlicht gewöhnt hatten.
Ein Schuhregal, ein Haufen Mäntel an einem Kleiderständer, ein angelehnter Regenschirm. Ein Treppengeländer, das hinaufführte zu … „Holla!“ Ich sprang zurück und fasste mir ans Herz.
„Was? Was ist?“, zischte Gavin.
Ich war mir nicht sicher, was ich gesehen hatte, außer dass es riesengroß war und Zähne hatte, die so lang wie meine Finger waren. „Da hockt was neben der Treppe“, antwortete ich.
„Ein Wachhund?“, fragte Safi.
Nathan schubste mich zur Seite. „Lass mich mal sehen.“

Er schaute durch den Schlitz und lachte leise. „Alter, das ist doch nur ein ausgestopfter Eisbär", sagte er.
Ich war froh, dass es jetzt dunkel war und niemand sehen konnte, wie ich rot wurde. Als Nathan wieder aufgestanden war, schaute ich noch mal nach. Er hatte recht – das helle Fell und die glühenden Augen waren reglos.
„Na, der macht uns jedenfalls nicht die Tür auf", meinte Safi. „Wir müssen irgendwie anders reinkommen", fuhr sie fort und ließ ihre Knöchel knacken.
„Nein, das Haus könnte eine Alarmanlage haben", sagte Gavin. Ein Klicken war zu hören. Nathan stand seitlich vom Haus neben einem offenen Törchen. „Wir könnten es hinten versuchen."
Er ging voraus, wir folgten. Der Garten war ein Dschungel aus Kletterpflanzen, verwilderten Büschen, Disteln und ganzen Feldern von Brennnesseln, die uns bis zum Kopf reichten.
„Da oben", sagte Safi und deutete auf irgendwas. Auf halbem Weg zwischen dem Erdgeschoss und dem ersten Stock war ein rundes Fenster zu sehen, das quer geteilt war und einen Spalt weit offen stand. Da ich der Größte von uns war, machte Gav für mich eine Räuberleiter, und ich zog mich auf das Fensterbrett hoch. Es war ein bisschen schwierig, aber schließlich bekam ich das Fenster so weit aufgedrückt, dass ich mich mit dem Kopf voran durchquetschen konnte. Ich landete auf einem kleinen Stück Teppich auf dem Treppenabsatz zum ersten Stock. Einen Augenblick verhielt ich mich ganz still, lauschte und schaute angestrengt in die Dunkelheit über mir und auf den schattigen Eingangsflur unten. So weit, so gut.

Ich reckte den Daumen zum Fenster hinaus, rannte dann über die knarzende Treppe zur Eingangstür vorn. Unten neben dem Eisbär knirschte etwas unter meinen Füßen. Im blassen Lichtschein, der durch die Fenster fiel, sah ich Glasscherben glitzern. Da lagen die Reste einer Vase neben einem kleinen Tisch, auf dem sie wohl einmal gestanden hatte. Ich weiß nicht warum, aber das machte mich irgendwie völlig wahnsinnig. Anstatt zur Eingangstür zu gehen, folgte ich dem Flur nach hinten in eine überraschend kleine Küche. Hier war ein Holzstuhl umgeworfen worden, aber sonst schien alles am richtigen Platz zu sein. Die Hintertür führte in den Garten, aber sie war nur mit einem Riegel verschlossen, den ich aufschob.

„Jemand ist hier drin gewesen", erklärte ich den anderen, als sie reinkamen, und deutete auf den Stuhl.

„Vielleicht ist er noch da", meinte Safi. „Augen aufhalten, Jungs."

Wir schwärmten aus und benutzten die Taschenlampen an unseren Handys, anstatt irgendwo Licht einzuschalten. Nathan übernahm die Küche und die hinteren Zimmer, Gav die Räume, die vom Flur abgingen. Safi und ich schlichen uns die Treppe hinauf, wobei wir einen großen Bogen um die zerbrochene Vase machten.

„Die sieht so aus, als könnte sie eine Antiquität sein", murmelte ich.

„Wenn es ein Einbrecher war, der es auf Antiquitäten abgesehen hatte, dann ist er nicht gerade vorsichtig gewesen, was?", flüsterte Safi zurück.

Irgendwas ließ mich fürchten, gleich überfallen zu werden. Dabei schien das Haus doch menschenleer zu sein – wie ein Mausoleum.

Oben waren noch mehr Spuren eines Eindringlings zu sehen. Hier sah es sogar noch schlimmer aus: Im Schlafzimmer hatte jemand die Kleider aus den Schränken und Schubladen gezerrt und auf dem Boden verstreut. Bilder waren zerschnitten und achtlos zur Seite geworfen worden. Eine große Vitrine war völlig verwüstet, und überall lagen Porzellan und kleine Münzen auf dem Teppich.

Es sah aus, als hätte jemand etwas Bestimmtes gesucht – und sich nicht darum geschert, was er dabei beschädigte.

„Ich glaube nicht, dass das Merlin war", sagte Safi.

Die Strahlen unserer Taschenlampen wanderten hin und her über das Trümmerfeld.

Das erste Gästezimmer, das wir betraten, war ebenfalls gründlich verwüstet worden: die Möbel zertrümmert, die Matratze vom Bett gezerrt und aufgeschlitzt bis zu den Sprungfedern. Die Federn aus den Kissen flatterten mir um die Knöchel.

Wir wollten gerade ins nächste Zimmer gehen, das fast genauso aussah, als unten jemand pfiff. Gavin.

Wir flitzten die Treppe hinunter und stießen unten mit Nathan zusammen. „Hier drin!", schrie Gavin laut.

Wir rannten auf ein Zimmer im Erdgeschoss zu. Gavin stand in der Tür, eine Hand am Lichtschalter.

Es sah ganz so aus, als wäre dies Farrars Arbeitszimmer. An den Wänden standen Bücherregale und Vitrinen bis zur Decke. Das einzige andere Möbelstück war ein großer altmodischer Schreibtisch mit einem Stuhl am Fenster. Zumindest war dies einmal ein Arbeitszimmer gewesen. Jetzt war es nur noch ein Trümmerhaufen: Die Bücher waren aus den Regalen gezerrt und auf den Boden geworfen worden, Vitrinen waren zertrümmert, die Schreibtischschubladen herausgezogen, Papiere überall verstreut, und auf dem Boden unter dem Stuhl lag umgedreht ein aufgeklappter Laptop. Außer den Büchern und Papieren waren da nur noch haufenweise Plastiksouvenirs, wie man sie in den Touristenläden in Tintagel kaufen kann. Kleine Plastikrüstungen, ein Pferd mit Ritter. Und eine Reihe von Schneekugeln mit kleinen Burgen drin.

Aber meine Aufmerksamkeit richtete sich auf die Leiche.

Gav blieb bei der Tür stehen, also ging ich als Erster hinein. Gleich hinter mir folgte Nathan mit Safi. Ich konnte die dunkle Gestalt hinter dem Schreibtisch liegen sehen, den umgefallenen Stuhl gleich daneben.

„Ist es Farrar?"

„Mummy!", rief Gavin mit bebender Stimme.

Er hatte offensichtlich einen Schock erlitten. „Reiß dich zusammen, Gav", sagte ich. „Du hast doch schon mal eine Leiche gesehen."

„Nein. Nicht meine Mummy", erklärte Gav. „Eine Mumie."

Safi schob mit einer einzigen kleinen Handbewegung den schweren Schreibtisch auf die Seite. Die Leiche war nicht wie eine Mumie in Bandagen oder so was eingewickelt, aber Gav hatte recht, sie wirkte mumifiziert. Tatsächlich sah sie aus, als wäre sie bereits Tausende von Jahren alt, nur dass sie einen

Anzug mit Tweedjacke und eine flache Kappe trug. Jedenfalls war dieser Mensch toter als alle, die ich je zuvor gesehen hatte. Ich ging vorsichtig zu der Leiche hin und hockte mich daneben. Der Schädel unter der Kappe sah aus wie eine polierte Bowlingkugel, die jemand in schimmelige braune Frischhaltefolie gewickelt hatte. Die Wangen waren eingesunken, die Zähne schimmerten in einem gruseligen Lächeln. Der Anzug hing schlaff vom Körper des Mannes, nur die Rippen und Beinknochen zeichneten sich durch den Stoff ab. Ein Armknochen, der aus dem Ärmel herausschaute, sah aus wie ein brauner Stock, an dessen Ende statt Fingern knorrige Zweige wuchsen. Ich beugte mich vor, um mir diese Hände genauer anzuschauen. Sie waren nach vorn gestreckt und als Klauen erstarrt, beinahe, als hätte der Mann versucht, sich gegen jemanden zu verteidigen. Oder gegen etwas.

„Krokodil", murmelte ich.

„Nein, das war ganz bestimmt mal ein Mensch", erwiderte Nathan.

„Was du nicht sagst – und ich weiß auch wer." Ich deutete auf seine linke Hand. „Nur vier Finger. Einer vom Krokodil abgebissen. Es ist Farrar."

6

Farrars wirres Haar war jetzt nur noch der Hauch einer Erinnerung. An dem schaurigen Schädel klebten lediglich ein paar dünne weiße Strähnen. Es war kein Fleisch mehr an ihm, nur lederige Haut, die eng an den Knochen lag.

„Was stand in dem Wikipedia-Artikel über sein Alter?"

„Fünfzig."

„Der sieht viel älter als fünfzig aus", flüsterte Gav. „Der sieht aus, als wäre er tausend Jahre alt."

„Vielleicht hat er keine Feuchtigkeitscreme benutzt", meinte Nathan.

„Rasend komisch", antwortete Safi. „Das ergibt alles keinen Sinn. Er sollte doch heute an der Universität einen Vortrag halten."

Ich wich zurück. „Das war kein normaler Tod. Da war Magie im Spiel. Kein Wunder, dass uns Merlin hier braucht."

„Wo ist er dann?", fragte Nathan. „Wir sind hier, er nicht. Warum überrascht mich das nicht?"

„Der kommt schon. Wir schauen uns besser genau im Zimmer um." Meine Stimme klang selbstbewusster, als ich mich fühlte. „Wer immer den armen Kerl umgebracht hat, hat was gesucht. Vielleicht finden wir einen Hinweis darauf, was das gewesen sein könnte." Ich ging zur Tür hinüber und schloss sie. Dabei entdeckte ich den einzigen Teil des Raums, der nicht mit Bücherregalen zugestellt war. Stattdessen war dieses Stück Wand – nichts als weißer Putz – mit Schrift bedeckt und mit Bildern beklebt.

Hoch oben hatte jemand – Farrar, nahm ich an – das Wort REINKARNATIONEN gekritzelt. Darunter befanden sich vier rote Linien, die nach unten verliefen. Ab und zu waren daneben mit Klebeband Bilder befestigt. Doch was mir ins Auge sprang, war der Name oben an der ersten Linie. Da stand „Artus", und daneben befand sich eine alte Bleistiftzeichnung eines jungen Königs mit einer goldenen Krone, die jemand aus einem Buch ausgeschnitten hatte.

Von da verlief die Linie geradeaus nach unten bis knapp über der Fußleiste. In einigen Abständen waren dort Zeichnungen und Gemälde von jungen Leuten mit seltsam altmodischen Frisuren und Kleidern zu sehen, daneben Daten und ihre Namen. Mir lief es kalt über den Rücken. Das war mein Zeitstrahl, begriff ich plötzlich, die Linie, auf der alle meine vergangenen Leben aufgezeichnet waren. Aber woher hatte Farrar das gewusst?

„Er war vielleicht doch nicht so verrückt", meinte Safi, die leise neben mich getreten war.

Ich ließ den Finger an der Linie entlanggleiten und verharrte ein wenig bei jedem Bild – manche Gestalten waren blond, andere dunkelhaarig, einer hatte Krücken und ein verkümmertes Bein, einer stand vor einem Herrenhaus, während ein anderer in einem Zigeunerwagen aus Holz saß. Anscheinend waren meine Leben ziemlich abwechslungsreich gewesen. Das letzte Bild war das Schwarz-Weiß-Foto eines Jungen, der ein wenig älter als ich war, dunkle Haare und dunkle Augen hatte, wohl eine Uniform der britischen Luftwaffe trug und vor einem Spitfire-Kampfflugzeug stand. Wieder lief es mir kalt über den Rücken. Diese Leute, das war immer ich, wir hatten dieselbe Seele, aber ich hatte keinerlei Erinnerung an meine früheren Leben. Jeder war anders, aber zu meiner großen Beunruhigung hatten sie eines gemeinsam: Sie waren alle jung.

Meine Augen huschten zu den Linien neben meiner – Gawain, Galahad, Lancelot.

„Jungs, das solltet ihr euch mal anschauen", sagte Safi.

Gav ließ alles stehen und liegen und kam herüber. Doch Nathan winkte ab. „Ja, gleich."

„Das hier hat mit dir zu tun", sagte ich.

Damit konnte man ihn überzeugen. Er ließ eine Handvoll Papiere fallen und kam zu uns geeilt. Ich deutete auf die Linie neben meiner. Oben war die Zeichnung eines Ritters zu sehen.

„Lancelot – das bist du, Nathan. Und der daneben, Gawain, das ist Gav. Mann, der Typ war ja wirklich völlig besessen von der Artus-Legende."

„Hast du bemerkt, dass alle Bücher in den Regalen von Artus und seinen Rittern handeln? Cuthbert scheint alles über uns zu wissen." Safi ließ den Finger an ihrer Linie entlanggleiten und las die Namen. „Mein letztes Leben war während des Zweiten Weltkriegs. Schaut mal, da trage ich Uniform."

„Genau wie ich", meinte Gav. „Nur ist es bei mir eine Schuluniform."

„Wow, das ist ja die von Eton!", rief ich. Die hätte ich beinahe selbst tragen müssen, nachdem Mum Hector geheiratet hatte und er mich dorthin abschieben wollte.

Gav starrte auf das Foto. „Mann! Ich bin auf ein Nobelinternat gegangen. Ich war echt vornehm."

Nathan beugte sich vor, um sein letztes Leben zu studieren. „Woher wissen wir, dass das alles stimmt? Farrar war vielleicht doch verrückt." Er versuchte verzweifelt, das Foto ganz unten an seiner Linie von der Wand reißen.

„Lass mal sehen." Ich kauerte mich neben ihn. Das Foto, das er zerstören wollte, zeigte ein junges Mädchen in einem Kleid aus den Vierzigerjahren. „Na und? Du warst ein Mädchen."

Nathan schaute mich finster an. „Halt die Klappe."

Ich zuckte die Achseln. „Wir haben alle entlang unserer Zeitstrahlen Mädchen und Jungen. Das ist doch nichts Besonderes."

„Ich war dreimal ein Mädchen", sagte Gav nach einem Blick auf seine Linie. „Vielleicht viermal, denn ich kann auf einem Bild nicht erkennen, ob ich einen Kilt oder einen Rock trage." Er lehnte sich herüber und schaute auf Nathans Foto. „Wow, Nathan, du warst aber 'ne Süße."

Nathan wollte sich auf Gav stürzen, aber der war schneller und sprang beiseite.

„Hört mit dem Blödsinn auf und schaut euch das hier an", sagte Safi und deutete auf die Zahlen, die neben jedes Bild

gekritzelt waren. „Das sind unsere Geburts- und Sterbedaten für jedes Leben. Wir sind immer jung gestorben."
Wir schwiegen einen Augenblick.
„Das heißt aber nicht, dass wir wieder jung sterben", murmelte ich, doch es machte mir Angst. Wir brauchten Merlin. Wo steckte er?
Hinter uns gab es einen lauten Knall, und dann hörte man Glas splittern. Wir wirbelten herum. Tod und Zeitstrahl waren vergessen. Ein Greifvogel flog in den Raum. Er warf uns einen scharfen Blick aus gelben Augen zu, und dann explodierte er. Die Beine wurden länger, die Flügel verwandelten sich in Arme, Schnabel und Kopf verzerrten sich, bis schließlich Merlin nur noch eine verirrte Feder von seiner Schulter schnippte. Er klappte seinen Mund ein paar Mal auf und zu, versuchte zu sprechen, ehe er sich räusperte und noch eine Feder ausspuckte.
„Gut, ihr seid alle da", krächzte er.
„O Gott", murmelte Gav. „Was hat er denn heute wieder an?"
Merlin trug üblicherweise Klamotten, die aussahen, als kämen sie direkt aus der Altkleidersammlung, zum Beispiel lila Trainingshosen mit Löchern in den Knien zu einem Tweedjackett und einem Arsenal-Shirt. Heute hatte er sich für ein hautenges Lycra-Top und Radlerhosen entschieden und trug dazu eine Radlerkappe, deren Schirm hochgeklappt war.
„Ich mag gar nicht hinsehen!", sagte Safi. „Der hat sich die Beine rasiert!"
„Was ist?" Er funkelte uns an. „Was starrt ihr denn so?"

„Warum bist du so angezogen, als wärst du drauf und dran, bei der Tour de France mitzumachen?“, fragte ich.
Er warf mir einen finsteren Blick zu. „Ich mache Fitnesstraining. Ich will mich gründlich umstylen. Wer rastet, der rostet, besonders in meinem Alter.“
„Ob das jetzt noch was hilft“, murmelte Nathan.
„Vielleicht hättest du etwas weniger trainieren und früher herkommen sollen“, sagte ich.
Merlin guckte beleidigt. „Ich habe nicht rumgetrödelt. Ich musste schließlich im interdimensionalen Raum-Zeit-Kontinuum noch meine Patrouille machen. Und …“ Er ließ Handschellen klirren, die an einem seiner mageren Handgelenke hingen. „… ich bin am Trafalgar Square ein bisschen in Schwierigkeiten geraten.“
„Was hast du denn am Trafalgar Square gemacht?“, fragte ich.
Er wedelte mit der Hand. „Ach, das war viel Aufregung um nichts. Wenn man ein außerordentlich mächtiger Zauberer und überall so gefragt ist, kriegt man halt mal Hunger, und da waren doch so viele Tauben.“ Er schnalzte wütend mit der Zunge. „Ehrlich, ich hab nur ein paar gegessen, aber die Leute haben die Polizei geholt, und dann bin ich verhaftet worden. Wegen Erregung öffentlichen Ärgernisses oder so.“
„Hast du wenigstens die Polizisten alle in Frösche verwandelt?“, fragte Gavin.
„Sei nicht albern.“ Er kicherte vor sich hin. „Aber die werden sich eine Weile nicht hinsetzen können. Ich habe mir sagen lassen, dass Hämorrhoiden sehr schmerzhaft sind.“

„Merlin!“, rief Safi entrüstet, konnte sich aber selbst kaum das Lachen verkneifen. „Das ist grausam – die haben doch nur ihre Pflicht getan.“

Er zuckte die Achseln. „Mir egal. Ich bin tausend Jahre alt. Ich lasse mich nicht von ein paar Grünschnäbeln in blauen Uniformen ausschimpfen.“ Er sah sich um. „Also, wo ist Farrar? Wir müssen mit ihm reden.“

„Viel Glück.“ Ich deutete in Richtung Schreibtisch. „Ich habe doch gesagt, du hättest früher kommen sollen.“

Er schaute über den Schreibtisch. „Oh.“ Er nahm die Radlerkappe ab und fuhr sich mit der Hand durchs Haar, dass es ihm wie Stacheln vom Kopf stand. „Der arme Kerl. Das wird die Dinge kompliziert machen ...“

„Ach ja?“, sagte Nathan. „Wieso hast du uns dann hierhergeschickt und gebeten, ihn aufzusuchen? Bisher war das reine Zeitverschwendung. Ich habe wirklich was Besseres zu tun.“

Auf dem Bett liegen und im Internet surfen, dachte ich, sagte es aber nicht. Nathan war ohnehin schon schlecht gelaunt.

Merlin beugte sich hinunter und schnüffelte an der Leiche. „Hm. Das ist schlecht. Ich hatte gehofft, ihr würdet eintreffen, ehe ihm was zustößt. Leider ist euch das nicht gelungen.“

„Und wenn du nicht am Trafalgar Square eine Pause für einen Taubensnack eingelegt hättest, wärst du hier gewesen“, gab ich zu bedenken.

„Ja, ja, lass gut sein.“ Er schaute auf Farrar hinunter. „Im Grunde ist er selbst schuld, der dumme Kerl. Er hätte eben nicht verkünden sollen, er hätte Bediveres Grab gefunden.“

Bedivere. Dieser Name – ich kannte ihn irgendwoher. Ich schaute auf Artus' Linie an der Wand und auf den ersten Artus. Ich wusste, dass mir dieser Name früher einmal etwas bedeutet hatte. „Was geht hier vor, Merlin?"
Der Zauberer ging auf und ab; er musste sich erst wieder ans Laufen gewöhnen, nachdem er hergeflogen war. „Ich habe es auch nur zufällig beim Twittern gesehen", sagte er.
Wir starrten ihn an.
„Du hast ein Twitter-Konto?", fragte ich.
„Ja, hat doch jeder. Das Rad der Zeit hält niemand auf und so weiter und so fort. Ich stehe mit beiden Beinen in der modernen Welt. Also, gestern hat Farrar in einem Tweet geschrieben, er hätte Bediveres Grab gefunden. Er wollte das bei seinem Vortrag heute Abend verkünden."
„Warum ist das wichtig?", wollte ich wissen. „Haben viele Leute danach gesucht?"
„Nein. Nur Farrar war bescheuert genug, Jahre seines Lebens darauf zu verschwenden, nach diesem Grab zu forschen", erwiderte Merlin. „Alle anderen haben behauptet, es existiere nicht."
„Und warum war Cuthbert so besessen davon? Was ist so besonders an Bediveres Grab?"
Merlin wandte sich mir zu. „Bedivere war einer deiner Ritter. Er wurde damit betraut, sich um deine – äh, wie soll ich es sagen? – Beerdigung und letzte Ruhestätte zu kümmern."
Mir wurde eiskalt. Meine Beerdigung. Die Worte hallten in mir wider, während eine Flut von Bildern durch meinen Kopf raste. Ich sah einen jungen Mann, tot und von Blumen be-

deckt, in einem grob behauenen Sarg liegen. Vorhin hatte ich sein Gesicht bereits gesehen, ganz oben an meinem Zeitstrahl. Er war der erste Artus. Also mein erstes Ich. Ich schüttelte den Kopf, um das Bild zu verdrängen. Mich selbst wollte ich wirklich nicht tot sehen. Aber es blieb vor meinen Augen, und mein Herz pochte laut. Ich wendete meinen inneren Blick von Artus' totenbleichem Gesicht und konzentrierte mich auf den Ritter, der neben dem Sarg kniete. Er trug eine Rüstung, hatte aber den mit Wildschweinhauern verzierten Helm abgenommen und unter den Arm geklemmt. Plötzlich wusste ich, dass dies Bedivere war, der um mich trauerte.

Merlin legte mir eine Hand auf die Schulter und riss mich aus der Vergangenheit. „Als du zum ersten Mal gestorben bist, war Bedivere dafür verantwortlich, Excalibur zur Herrin vom See zurückzubringen und ein Grabmal für dich zu errichten. Es war seine heilige Pflicht, dich zu bewachen. Wir wissen, dass er Excalibur zum See zurückgebracht hat, aber danach ist er verschwunden." Merlin breitete die Arme aus. „Stellt euch nur vor – der Leichnam des vergangenen und künftigen wahren Königs war verloren! Deine Ritter und ich, wir haben überall gesucht, aber wir haben keine Spur von Bedivere und deinem Leichnam gefunden."

„Natürlich, ich weiß es noch", sagte Safi, und ihre Augen schienen in weite Ferne zu starren, so als schaute sie in einen dunklen Brunnen verschwommener oder halb vergessener Erinnerungen. „Wir haben gedacht, jemand müsste ihn ermordet haben. Eine andere Erklärung gab es nicht. Bedivere war treu. Er hätte seinen König niemals verlassen, nicht einmal im

Tod." Sie verengte ihre Augen, als versuchte sie, noch tiefer in die Vergangenheit zu schauen. „Und es hat Gerüchte gegeben, weißt du noch, Merlin? Gerüchte, dass die Gebeine des Königs mit Bedivere in dessen Grab lägen."

Merlin lächelte sie liebevoll an. „Gut gemacht, Safi. Du erinnerst dich von allen am besten."

Hinter mir schnaubte Nathan ärgerlich. „Streberin", murmelte er. Safi drehte sich um und knuffte ihn leicht mit dem Ellbogen. Nathan krümmte sich keuchend zusammen.

„Ärgere niemals ein Mädel mit Superkräften, du Idiot", sagte Gavin mit einem Grinsen, ehe er sich wieder Merlin zuwandte. „Also, dieser Bedivere ist mit dem Leichnam des Königs verschwunden, und jetzt hat jemand sein Grab gefunden. Was soll daran so toll sein? Wer schert sich drum, was mit ein paar alten Knochen geschehen ist?" Er linste zu mir herüber. „Tut mir leid, Mike, aber mehr ist es doch nicht."

„O doch!" Merlin blickte in die Runde. „Das ist eine todernste Sache. Ihr seid hier, weil ihr Artus' Gebeine finden müsst." Er funkelte mich an. „Dein Leben hängt davon ab, Michael. Diese ersten sterblichen Überreste sind die ursprüngliche Quelle deiner Kraft, und sie sind immer noch ungeheuer mächtig. Wenn sie in falsche Hände geraten, kann mit ihnen schreckliches Unheil entfesselt werden."

So besorgt hatte ich Merlin noch nie gesehen. „Du hast bisher nur erzählt, dass Farrar das Grab gesucht hat. Er ist durch Magie umgekommen, stimmt's, Merlin?"

„Ja, durch überaus mächtige Magie", antwortete er. „Bis vor Kurzem hat nur eine Person gesucht, aber jetzt ..."

„Mordred." Safi und ich sprachen den Namen wie aus einer Kehle aus, und Merlin nickte. Ich schwöre, dass allein die Erwähnung des Namens die Temperatur im Raum sinken ließ.

„Ja. Wir müssen das Grab finden, ehe Mordred deine Gebeine benutzen kann."

Safi schlang sich die Arme um den Leib. „Seine Gebeine benutzen? Wie?"

Merlin strich sich über das stoppelige Kinn und konnte mir nicht in die Augen schauen. Das gefiel mir überhaupt nicht.

„Merlin? Was meinst du mit *benutzen*?"

Er wedelte vage mit der Hand. „Wir wollen mal nicht spekulieren."

Das reichte mir nicht. „O doch, wir wollen spekulieren", erwiderte ich. „Das geht mich schon was an, oder nicht?"

Ich schauderte, stellte mir ein schimmeliges Skelett vor, das irgendwo lag. Mir lief es eiskalt über den Rücken.

„Mir auch" sagte Gavin, der wieder meine Gedanken gelesen hatte.

Merlin legte mir eine Hand auf die Schulter. „Wenn er die Gebeine findet und benutzt, zerstört das deine unsterbliche Seele. Ende. Aus. Keine weiteren Artusse mehr."

Safi stieß einen Schrei aus, Gav fluchte leise, und Nathan schaute irgendwie beeindruckt. Ich straffte die Schultern und holte tief Luft. „Was bedeutet das für mich?"

Merlin schaute leicht angeekelt. „Du würdest dann nur noch dahinvegetieren. Wärst nur noch eine leere Hülle, ohne Geist, ohne Seele."

Nathan grinste und machte den Mund auf, um was zu sagen.
„Lass es", sagte ich und deutete auf ihn. „Ich möchte nur ungern Excalibur gegen dich einsetzen."
Nathan hielt inne und meinte dann: „Ich wollte eigentlich nur fragen, wie wir dieses Grab finden, ehe Mordred es tut."
Merlin knuffte mich leicht. „Das ist die richtige Einstellung", lobte er mit einer Stimme, in der für meine Ohren Unheil mitschwang. „Wenn es überhaupt jemand schafft, dann ihr, Leute."
„Farrar hat in einem Tweet behauptet, dass er das Grab gefunden hat", sagte ich und schaute mich im Zimmer um. „Das bedeutet, dass er den Ort vielleicht irgendwo aufgeschrieben hat. Möglicherweise erwähnt er ihn in seinem Manuskript für den heutigen Vortrag."
„Wenn er eine PowerPoint-Präsentation benutzt, gibt es vielleicht sogar eine Landkarte", sagte Safi. „Ich könnte mal auf seinem Laptop nachsehen." Sie hob den Computer hoch, und der Bildschirm fiel ab. „Oh."
„Irgendwas muss es doch geben, das uns verrät, was er entdeckt hat", sagte Gavin. „Wir müssen es bloß finden." Er kniete sich hin und begann, die auf dem Boden verstreuten Papiere zu durchsuchen.
„Vielleicht hat derjenige, der das Haus hier verwüstet hat, es schon gefunden", meinte Nathan und schaute sich ein Bücherregal an.
Ich fing mit dem Schreibtisch an und blätterte die Notizblöcke durch, die darauflagen. Safi ging zu einem der anderen Regale und begann, das Plastiksouvenir-Zeug durchzusehen.

„Ich nehme an, Farrars Tweet hat nicht irgendeinen versteckten Hinweis enthalten, wo das Grab ist?“, fragte Gavin, während er weitersuchte. „Du weißt schon, irgendeinen Code, den wir übersetzen könnten?“

„Nein“, antwortete Merlin geduldig. „Man hat da nur eine bestimmte Anzahl von Buchstaben, wisst ihr …“

„Was du nicht sagst!“, grummelte ich. „Hilfst du uns eigentlich suchen?“

Er schaute beleidigt. „Natürlich.“ Er spazierte zu einem weiteren Regal hinten im Raum und begann, Bücher aufzuheben, die Seiten aufzuschlagen und die Bücher dann wieder auf den Boden zu werfen.

Stille kehrte ein, während wir arbeiteten. Die Schreibtischschubladen waren herausgezogen, der Inhalt auf dem Boden verstreut. Ich wurde immer frustrierter, obwohl ich noch gar nicht angefangen hatte, dieses Durcheinander zu durchforsten. Woran würde ich überhaupt erkennen, dass ich gefunden hatte, was ich suchte? Und die ganze Zeit über schienen mich Farrars verschrumpelte Rosinenaugen zu verfolgen.

Merlin hatte nun genug davon, Bücher durch die Gegend zu werfen. Er fuhr mit den Händen an einem der Regalbretter entlang. „Eine Erstausgabe von *Magic Grimoire*!“, murmelte er. Er zog ein elegant in Leder gebundenes Buch heraus, blätterte eine Seite auf und verzog das Gesicht. „Eine Fälschung!“ Er ging weiter an der Reihe entlang bis zu einem kleinen, zerfledderten Buch, dessen einer Deckel lose herunterhing. „*Handbuch der Alchemie*, von John Dee.“ Vorsichtig blätterte er eine der Seiten mit den Eselsohren um. „O Gott, das ist ja von unschätzbarem Wert! Das hab ich seit Jahrhunderten nicht gesehen!“

Bei dem Regal auf der anderen Seite des Zimmers fiel Nathans Blick auf etwas am Boden, und er beugte sich hinunter, um es aufzuheben. „Da, für dich!“, sagte er.

Er hielt etwas in die Höhe, das wie ein Heuhaufen aussah, und warf es mir zu.

Es war ein Modell von einem Schwert im Stein – ein graues Stück Plastik, aus dem ein Schwertgriff herausragte. Der war mit billigen falschen Edelsteinen besetzt, und darunter schaute ein Stücke einer goldenen Klinge hervor. Einst hatte mein früheres Ich, Artus, das echte Schwert aus dem echten Stein gezogen.

„Ha, ha“, sagte ich.

„Versuch's mal, Champion!“, spottete Nathan.

Ich warf es zu ihm zurück, ein wenig heftiger, als ich beabsichtigt hatte, und es traf Nathan an der Schulter.

„Au!“ Er hob es wieder auf. Ich dachte, er würde es zurückwerfen, doch er fasste den Schwertgriff und zerrte daran. Ich glaube, er wollte das Ding zerbrechen, doch stattdessen ließ sich das Schwert leicht herausziehen.

Ich erwartete, dass jetzt eine Melodie losdudeln würde oder so was Ähnliches.

„Wahrhaftig, du bist der König!“, rief Gav und verneigte sich mit spöttischer Bewunderung vor Nathan.

Hinter Merlin hörte man vom Bücherregal ein lautes Krachen, das uns zusammenfahren ließ. Das Regal begann sich rasch um seine Mitte zu drehen. Merlin hatte das nicht

kommen sehen, und so traf ihn das Regal im Rücken und warf ihn zu Boden. Eine riesige Tür öffnete sich vor uns und machte den Blick auf einen Raum dahinter frei.
Nathan blickte stirnrunzelnd auf das Schwert in seiner Hand. „Hab ich das gemacht?"

7

Safi rannte zu Merlin. „Das hat wehgetan", stöhnte der.

Wir halfen ihm auf, aber seine Beine zitterten.

„Am besten setzen wir ihn hin", meinte Safi, und wir stützten ihn auf dem Weg zu einem Stuhl.

Das Zimmer, das sich aufgetan hatte, war das völlige Gegenteil von dem altmodischen Studierzimmer mit seinem großen Schreibtisch und den Büchern an den Wänden. Dieser geheime Raum war fensterlos, lang und schmal, beinahe wie ein Korridor, und mattschwarz gestrichen. Entlang der Längswände standen Vitrinen, Schaukästen und merkwürdige Gegenstände auf Sockeln, die mit Spots angestrahlt wurden.

„Ich kann mir nicht vorstellen, wie so ein Stück Plastikkitsch das geschafft hat", meinte Gavin.

„Kapiert ihr es nicht? Das ist der perfekte Schlüssel", sagte Safi. „Das würde nie jemand erraten."

„Alles in Ordnung?", fragte ich Merlin, der sich den Kopf rieb.

„Geht gleich wieder", erwiderte der Zauberer. „Macht weiter. Schaut euch alles genau an."

Wir gingen vorsichtig in den Raum hinein. Die Luft war frisch, kühl und trocken, ganz anders als in dem muffigen Studierzimmer.

„Wo ist die Klimaanlage?", fragte Gav.

Ich schaute an den Vitrinen, Gemälden und Wandteppichen entlang. „Ich glaube, dass man seltene Antiquitäten kühl und dunkel aufbewahren muss, damit sie nicht verschießen oder verschimmeln."

Gav pfiff leise. „Mein Respekt für Farrar wächst sekündlich."

„Ich nehme an, Mordred hat den Raum nicht gefunden, als er oder seine Diener das Haus verwüstet haben", sagte Safi, als sie beinahe auf Zehenspitzen zu den Vitrinen ging.

„Ich höre was summen", warnte Nathan.

Ich hielt inne und lauschte. Nichts als ein schwaches Brummen. „Nein."

Nathan schnaubte. „Natürlich hörst du jetzt nichts. Es hat aufgehört."

Er schob sich an uns vorbei, ging mit den Händen in den Hosentaschen weiter und betrachtete mürrisch die Ausstellungsstücke.

„Ein Teil von dem Zeug ist uralt", sagte ich, als ich gerade einen einzelnen Eisensteigbügel auf einem Sockel anschaute. „Der hier hat anscheinend Bedivere gehört."

Daneben befand sich ein einsames, von einem Spot angeleuchtetes Tischbein, und das Schildchen behauptete, es hätte zum runden Tisch von Artus' Tafelrunde gehört.

„Eindrucksvoll", meinte Merlin. Er hatte sich wieder zu uns gesellt, hielt sich aber immer noch den Kopf mit beiden Händen, als hätte er Angst, er könnte herunterfallen. „Das meiste ist echt."

Darüber hing ein kleiner Spiegel an der Wand. Das Schildchen sagte: „In den Fundamenten von Camelot gefunden."

Dahinter befanden sich ein paar Vitrinen mit alten ledergebundenen Büchern drin. Eines hieß „Die Volstendige Zauberey von Mer-Lin, dem Zauberer."

„Ich habe mich immer gefragt, wo das hingekommen ist!", sagte Merlin.

Safi überprüfte gerade den Brustharnisch einer Rüstung. „Meint ihr, diese braunen Flecke sind Blut?"

Gavin und ich schauten genau hin. „Bestimmt Blut", meinte Gav. „Und seht mal, ein Stück trockenes Fleisch."

Safi knuffte ihn auf den Arm. „Das ist eine tote Fliege."

Nathan blickte in die nächste Vitrine, die einen einzigen, vollkommenen roten Apfel enthielt.

„Wieso hebt jemand einen Apfel auf? Der hat doch nicht sonderlich viel mit Artus zu tun?"

Ich las das Schildchen. „Das ist ein Apfel aus Avalon." Ich schnupperte. Vielleicht bildete ich mir das nur ein, aber ein süßer Duft schien herauszuströmen, obwohl die Vitrine versiegelt war.

„Das ist es! Schnell, kommt her."

Der Apfel war vergessen, als Safi uns zum letzten Ausstellungsstück ganz am Ende des Raums winkte. Es war ein Schaukasten auf Metallbeinen, und unter dem Glas sah man, von sanftem Licht beleuchtet, eine alte Landkarte, die an den Ecken eingerollt, aber noch zu entziffern war. Wir drängten uns darum. Sie war nicht gerade sehr detailliert. In verschossener brauner Tinte waren ein Berg, ein Fluss, ein paar Bäume und Häuser darauf verzeichnet. In der Mitte prangte ein großes Kreuz, neben dem etwas in einer sehr seltsamen Schrift stand.

„Solche Buchstaben habe ich noch nie gesehen“, sagte ich, nachdem ich sie von allen Seiten aus betrachtet hatte. „Ist das ein Code?“

„So was Ähnliches. Aber ich habe eine Idee.“ Safi rannte zu dem Handspiegel, nahm ihn von der Wand und brachte ihn her. Sie hielt ihn schräg über die Buchstaben. „Es ist Spiegelschrift. Auf dem Kopf und seitenverkehrt. Schaut nur.“

Aus dem Wirrwarr von Schnörkeln wurden Wörter. *„Hier liegt der tapfere Bedivere, die rechte Hand des Königs“*, las ich vor. „Wir haben sie gefunden. Die Karte, die uns zu Bediveres Grab führt!“

„Jetzt kommen wir endlich voran“, sagte Merlin.

Nathan schaute sich die Karte an. „Besonders präzise ist die nicht gerade, oder? Wir wissen nur, dass das Grab in der Nähe eines Berges und eines Flusses und einiger Bäume ist. Das könnte überall in England sein.“

„Er hat recht“, meinte Gavin. „Außerdem ist die Karte uralt, also könnten die Bäume weg sein, der Fluss ausgetrocknet und die Häuser inzwischen von einer großen Stadt verschluckt sein.“

„Zumindest können Berge nicht verschwinden oder sich wegbewegen“, sagte ich. „Aber das hilft uns auch nicht weiter, denn Berge gibt’s überall.“

„Farrar hat es irgendwie mit einem geografischen Ort verknüpft“, betonte Safi. „Also sollten wir das auch können.“

Ich ging in die Hocke und linste durch das seitliche Glas des Schaukastens. „Da steht noch was auf der aufgerollten Ecke bei den kleinen Häusern. Gib mir mal den Spiegel.“ Safi reichte ihn mir, und ich kippte ihn, bis ich die winzige Schrift lesen konnte. „Hier steht ‚die alte Gemeinde Pilton'. Diese kleinen Häuser, das ist bestimmt ein Dorf mit diesem Namen."

„Unser erster Hinweis. Selbst wenn inzwischen eine Stadt daraus geworden ist, könnten wir es finden", sagte Gav und zog sein Handy heraus. „Moment – da ist es – ein Dorf in Somerset." Seine Augenbrauen schossen in die Höhe. „Bei Glastonbury!"

„Das ergibt Sinn", meinte Merlin nachdenklich.

Die Erwähnung von Glastonbury erschütterte mich. Erst vor ein paar Stunden hatte ich bei Edwins Geburtstagsessen über diesen Ort gesprochen. „Wir brauchen eine moderne Karte dieser Gegend, und dann können wir die beiden vergleichen – die Häuser, der Fluss und die Bäume können sich geändert haben, aber ein Berg nicht", sagte ich.

Safi machte sich schon auf den Weg zurück ins Studierzimmer. „Ich glaube, ich habe im anderen Zimmer eine gesehen", sagte sie.

Sie kam rasch zurück und wedelte mit einem Buch. „Dadaaaa! Ein Buch mit Generalstabskarten. Und schaut mal, welche markiert ist!"

Sie legte das Buch auf den Schaukasten, genau über die alte Karte. Die Seite mit der umgeknickten Ecke war eine detaillierte Karte von Glastonbury. Am Rand war ein großer Kaffeefleck, und im Falz in der Mitte des Buchs waren Kekskrümel. Diese Karte hatte Cuthbert ganz eindeutig genau studiert.

„Und da ist der Berg", meinte Gavin und tippte mit dem Finger auf einen großen Berg namens Glastonbury Tor.
„Gleich bei Glastonbury?", sagte Merlin. „Aber das bedeutet ja, dass Bediveres Grab beim Tor ist! Wahnsinn! Genau da, seit all den Jahren."
„Warum ist das so wahnsinnig?", fragte Nathan.
Merlin zwinkerte uns zu. „Wegen Avalon natürlich." Als wir ihn verdutzt anschauten, fuhr er fort: „Avalon ist die magische Insel, die hinter den Nebeln verborgen ist, welche früher den Berg Tor umgeben haben." Er blieb stehen und schnupperte. „Und wo wir gerade von Avalon reden - dieser Duft kann nur von einem Avalon-Apfel kommen! Die ganze Insel ist mit den herrlichsten Apfelbäumen bewachsen." Er drängte an uns vorüber und ging zu der Vitrine mit dem roten Apfel. „Dieser hier muss besonders gut konserviert sein, denn seit hundert Jahren ist niemand mehr nach Avalon hinübergefahren."
„Warum denn nicht? Wenn es da so toll ist …", meinte Nathan.
Merlin zuckte die Achseln. „Die Nebel kommen nicht mehr."
„Da bin ich anderer Meinung", sagte Gavin. „Hier ist doch dauernd Nebel."
„Aber keine Nebel wie diese", sagte Merlin, der immer noch an der Apfelvitrine schnüffelte. „Ohne sie bleibt Avalon verborgen. Und Glastonbury ist nur eine Stadt, in der jedes Jahr ein Festival stattfindet."
Das überraschte mich. „Du weißt von dem Festival?"
Merlin wedelt mit der Hand. „Natürlich! Glastonbury hatte schon zu meiner Zeit Festivals. Vielleicht ging's bei uns nicht

ganz so laut zu wie heute. Da gab's eher gezupfte Lauten, Fiedeln und Flöten."

Ich schaute wieder auf die Landkarten, fuhr mit dem Finger darüber, um zu sehen, wo sich auf der modernen Version das Grab befand. „Nun, Bediveres Grab ist ungefähr hier", sagte ich, als ich mit dem Finger an einem Ort namens Worthy Farm gelandet war.

Gavin schaute mir über die Schulter. „Seltsam. So heißt die Farm, auf der das Glastonbury Festival abgehalten wird."

Ich starrte ihn an. „Bediveres Grab liegt auf dem Festivalgelände?" Ich grinste. „Jetzt können wir es schaffen, vor Mordred zum Grab zu kommen!"

Gav lachte unsicher. „Machst du Witze? Das Festival ist riesig. Felder über Felder mit Zelten, Bühnen, Essensständen und Toiletten. Und ich habe nie auch nur so was Ähnliches wie ein Grab gesehen."

„Das Festival läuft in den nächsten drei Tagen, aber danach sollten wir dort reinkönnen", sagte ich und starrte auf die Karte. Gavin hatte recht, es war ein riesiges Gelände. „Vielleicht gibt's ein Zeichen, irgendwas Magisches, das uns einen Hinweis gibt, wo das Grab genau liegt."

Nathan tippte auf das Glas. „Hast du nicht erzählt, dass Edwin zu dem Festival fährt? Ziemlicher Zufall."

Ich nickte, und mein Herz wurde schwer. „Ich weiß."

„Was ist, wenn er und Hector bereits wissen, dass Bediveres Grab irgendwo auf dem Festivalgelände ist?"

Ich dachte darüber nach. „Nein. Clementine hat ihm die Karten zum Geburtstag gekauft. Ich habe an seinem Gesicht gesehen, dass er echt enttäuscht war. So ein guter Schauspieler ist er nicht. Und, jetzt mal ernsthaft, Clementine ist viel zu rührselig, um eine Strippenzieherin des Bösen zu sein."

„Ja, aber vielleicht nach einer Gehirnwäsche …", hob Nathan an, bis Merlin ihn unterbrach.

Er klatschte in die Hände. „Bis hierher war es hervorragende Arbeit, Leute. Jetzt kommen wir hoffentlich vor Mordred zum Grab. Auf geht's!"

Ich starrte erneut auf die Karte und schauderte. Es fühlte sich irgendwie so an, als wäre gerade jemand über mein Grab gelaufen. Vielleicht stimmte das ja sogar, wenn meine Gebeine wirklich darin lagen. Vielleicht schlugen gerade ein paar Festivalbesucher darüber ihr Zelt auf.

Merlin bemerkte mein Schaudern und warf mir einen durchdringenden Blick zu. „Was ist?"

„Wenn wir das Grab finden, heißt das doch, dass wir meine Gebeine finden. Artus' Gebeine, meine ich. Darauf freue ich mich, ehrlich gesagt, nicht gerade, Merlin", sagte ich. Es war schlimm genug, die rote Linie an der Wand anzuschauen, aber ich war mir nicht sicher, ob ich bereit war, die Überreste meines allerersten Lebens zu sehen, die in einem Marmorgrab ruhten. „Stellt euch vor, meine Gebeine …!"

Gavin klatschte mir die Hand auf die Schulter. „Mach dir nichts draus. Ich bin sicher, die können wir an einen armen Hund verfüttern", sagte er. Mit dem Witz wollte er mich aufheitern, aber es gab nichts zu lachen.

„Der Hund, der deine schimmeligen, schäbigen Knochen fressen muss, tut mir leid", meinte Nathan.

Das war's! Ich glaube nicht, dass Nathan mich aufheitern wollte, aber es funktionierte. Als ich mich auf ihn stürzte, vergaß ich für einen Augenblick meine Verzweiflung, doch Merlin trat rasch zwischen uns.

„Jetzt reicht's", warnte er uns. Dann legte er den Kopf auf die Seite. „Ich höre ein Brummen."

Wir erstarrten.

„Jetzt höre ich es auch", sagte Safi.

„Sag ich doch", meinte Nathan, der seinen Blick umherwandern ließ. „Ich glaube, es ist ein lautlos gestelltes Mobiltelefon."

Wir rannten beide auf den Schaukasten mit der Landkarte zu und zerrten ihn mit vereinten Kräften von der Wand weg. Das Brummen wurde lauter, und jetzt konnte ich auch einen Lichtschein sehen. Ich langte in den Zwischenraum und hob das Telefon hoch. Das Brummen hörte auf, als ich es einschaltete. Der Bildschirm war voller SMS und Nachrichten über verpasste Anrufe. Ich klickte auf die SMS, die allesamt von jemandem namens Sadie waren. Ich las sie laut vor.

„Cuth, wo bist du? Hörsaal voller Leute wartet auf dich. Bitte Rückruf."

Die nächste: *„Wir sorgen uns. Können nicht mehr lange warten. Müssen absagen."*

Und die letzte lautete: *„Cuth, Vortrag abgesagt. Mach mir Sorgen. Sieht dir nicht ähnlich. Wenn nicht in 5 Min Rückruf, hole ich die Polizei, soll bei dir nachschauen."*

„Wann wurde die verschickt?", fragte Merlin.

Ich schaute nach. „Vor einer halben Stunde."

„Gut. Dann los!“, sagte Merlin. „Für den armen Mr St John Farrar können wir nichts mehr tun, also verschließen wir sein Geheimzimmer wieder, damit niemand anders die Ergebnisse seiner Detektivarbeit findet. Jemand muss die Karte mitnehmen und sicher aufbewahren.“

„Das mache ich“, antwortete Safi rasch. Sie begann sofort, den Schaukasten zu untersuchen, um herauszufinden, ob er sich irgendwie öffnen ließ. „Verdammt, der ist abgeschlossen. Gibt es einen Schlüssel?“

„Kommt schon, beeilt euch!“, drängte Merlin ungeduldig. „Wir dürfen hier nicht erwischt werden.“

Ein Klirren, und dann zerbrach Glas, es regnete Scherben, während Nathan dastand, das Tischbein von Artus’ Tafel in der Hand. „Fertig.“

Als wir einen Augenblick später hinter Merlin her über die Scherben liefen, hörten wie ein fernes Hämmern.

„Die Polizei?“, murmelte Gav.

„Das muss sie sein.“

Als wir wieder im Studierzimmer waren, schob ich das winzige Plastikschwert in den Plastikstein, um das Geheimzimmer wieder mit dem Bücherschrank zu verschließen. Da bebte die Haustür, weil jemand fest dagegenhämmerte.

„Hier entlang“, zischte Merlin. Er war schon bei dem Fenster, durch das ich ins Haus gekommen war, riegelte es diesmal aber von innen richtig auf. Als er es gerade aufzog, hörten wir, dass jemand den Briefkastenschlitz öffnete.

„Hallo, Mr Farrar? Mr Cuthbert Farrar?“, rief eine Stimme. „Hier ist die Polizei. Eine Ihrer Kolleginnen von der

Universität hat uns gebeten, nach Ihnen zu schauen." Dann hörte man ein paar gemurmelte Worte, wahrscheinlich an einen zweiten Polizisten gerichtet. „Mr Farrar, ich kann einen umgestürzten Tisch sehen, wir machen uns Sorgen – wir kommen herein und schauen nach Ihnen. Ihre Kollegin hat uns den Schlüssel gegeben."

Nathan war schon aus dem Fenster, dicht gefolgt von Safi.

Jetzt hörte man ein Schrammen, und dann drehte sich der Schlüssel im Schloss.

„Raus!", sagte Merlin. „Wir müssen hier weg!"

Gavin stieg als Nächster durchs Fenster, und eine Sekunde später flog ein Turmfalke an mir vorüber. Ein Kinderspiel, wenn man Zauberer ist.

Während Schritte durch den Korridor hallten, sprang auch ich vom Fensterbrett und folgte den drei anderen, die auf den Dschungel aus Büschen in Cuthberts Garten zurannten.

8

Hier kommen wir nie raus!", jammerte Gav. Der Garten war genau wie Farrars Haus ein einziges Riesendurcheinander.

Während ich mich von einer Brombeerranke befreite, blickte ich mich über die Schulter um. Die Polizisten hatten inzwischen das Studierzimmer erreicht. Ich konnte durch das zerbrochene Fenster den Schein ihrer Taschenlampen sehen. Jeden Augenblick würden sie jetzt nach draußen schauen. Nathan hatte die Führung übernommen und war schon nicht mehr zu sehen, Gav rannte knapp vor mir und Safi.

„Schneller", drängte ich Safi, die versuchte, an einer griechischen Statue vorbeizukommen, ohne mit den Füßen in dem Efeu hängen zu bleiben, der sich daran herunterrankte.

„Ich versuch's ja", zischte sie zurück. Sie begann, ganze Büsche mit den Wurzeln auszureißen und zur Seite zu werfen. Das machte uns den Weg frei, und wir bewegten uns tiefer in das wuchernde Dickicht hinein.

„Nathan hat einen Ausgang gefunden", sagte Gav in unseren Köpfen. „Beeilt euch!"

Wir wühlten uns durchs Unterholz und sahen ihn dann auf einer niedrigen Mauer hocken. Dahinter war eine dunkle Gasse. Wir erreichten die Mauer gerade noch rechtzeitig; als Safi und ich uns darüberschwangen, wanderte der Strahl einer Stablampe über die Büsche. Die Polizisten waren im Garten.

Als ich mich in der Gasse wieder aufrappelte, ertönte hoch oben ein schrilles Krächzen. Mein erster Gedanke war: Merlin. Aber der hatte sich nicht die Mühe gemacht, länger dazubleiben und herauszufinden, ob wir gut weggekommen waren. Es war Strongclaws, die auf einem Laternenmast saß und in die Gasse spähte, ihre scharfen Augen auf mich gerichtet. Als ich aufblickte, kreischte sie noch einmal und flog auf eine andere Lampe weiter links.

„Da lang", sagte Nathan und machte sich nach rechts auf, in Richtung Hauptstraße.

„Nein, wartet", erwiderte ich, als Strongclaws erneut aufflog und sogar noch weiter nach links flatterte. „Sie will, dass wir in die andere Richtung gehen."

Nathan guckte genervt und schüttelte den Kopf. „Das hier geht schneller."

Ich rührte mich nicht von der Stelle. „Sie hat die Vogelperspektive. Vielleicht kommen die Polizisten hinten rum."

Safi und Gav standen wie angewurzelt in der Mitte, schauten von Nathan zu mir – bis aus Nathans Ecke Schritte zu hören waren. Der fluchte und kam zu uns zurück.

„Okay, wir gehen in deine Richtung."

Wir rannten los. Über uns wachte Strongclaws und leitete uns von der Polizei weg. Beim Rennen überlegte ich, ob sich der treue Vogel wohl an mein erstes Leben und an Bedivere erinnerte. Und wenn ja, wie schade es war, dass er nicht reden konnte.

Zum ersten Mal war ich froh, ins Penthouse zurückzukommen. Aber ich wollte immer noch nicht mit Edwin oder Hector reden, also schlich ich mich hinein und ging lautlos auf mein Zimmer zu – bis ich zufällig Stimmen aus der Küche hörte. Eine war die von Hector, aber die Frauenstimme war nicht die meiner Mutter. Ich wusste sowieso, dass Mum heute Abend beim Yoga war.

Ich ging rasch über den Flur zurück, schob mich an der Wand entlang und spähte durch den Türspalt. Da stand Hector. Zuerst konnte ich die Frau nicht sehen, aber wer immer sie war, Hector genoss die Unterhaltung kein bisschen. Sein Gesicht war kalkweiß, und er machte beschwichtigende Handbewegungen, als wollte er jemanden beruhigen. Das funktionierte nicht. „Das ist einfach nicht akzeptabel!“, brüllte die Frau plötzlich.

Als Hector in Panik einen Schritt zurückmachte, kam sie in mein Blickfeld.

Es war Miss Lott. Mein erster verwirrter Gedanke war: Warum brüllte Hectors persönliche Assistentin ihn an? Aber der verging schnell, als ich bemerkte, was sie anhatte. Verschwunden waren das Geschäftskostümchen und die hochhackigen Schuhe. Jetzt trug sie eine Leder-Motorradkombi. Und auf dem Tisch lag ein schwarzer Motorradhelm mit einem schwarz getönten Visier.

Sie war es also gewesen, die mich verfolgt hatte. Ich hatte sie ja gleich nicht gemocht, aber jetzt wusste ich, dass Hector sie als Spionin einsetzte, und eine Welle des Zorns überkam mich.

Doch vielleicht lag ich auch falsch, denn Hector stand mit dem Rücken an den Tisch gedrängt, und es sah aus, als hätte er Angst. Richtig Angst.

„Aber ich kann es dir versichern", sprach er flehentlich. „Ich würde den Meister niemals enttäuschen! Es ist absurd, das auch nur zu denken."

Ich konnte sehen, dass seine Hand zitterte, als er damit herumwedelte, um sein Argument zu unterstützen. Aber das war nur der Anfang. Plötzlich kam Miss Lott in ihren Bikerstiefeln nach vorn geprescht und packte Hectors Hals. Halb wollte ich Beifall klatschen, halb fragte ich mich, was zum Teufel hier vorging.

„Also, vermassle das nicht", knurrte sie und hob Hector am Hals vom Boden hoch. Mir fielen fast die Augen aus dem Kopf, als ich das sah – Hector ist ein Mordsbrocken, sie musste also Bionik-Arme oder Megakräfte haben. „Beim letzten Mal war es eine Katastrophe. Pass bloß auf, dass diesmal alles glattgeht."

„Das wird es", krächzte er. „Du wirst schon sehen. Wir haben ein paar Probleme mit Protestierern, aber das war zu erwarten. Doch ich verspreche …"

„Versprich nichts. Mach's einfach!"

Mit diesen Worten ließ sie Hectors Hals los, und er sackte auf dem Boden zusammen. Eines war sicher – für Hector arbeitete sie nicht, und sie war auch keine Assistentin. Sie arbeitete für den „Meister" – und dieser Meister war Mordred. So wie es aussah, war sie wichtiger als Hector. Jede Wette, das schmeckte ihm gar nicht. Hector wollte immer alles kontrollieren, er wollte in jeder Lebenslage der Chef sein.

Ich trat ein Stück zurück, als Miss Lotts Schritte näher kamen. Gleich hinter mir war die Tür zum Hauswirtschaftsraum. Ich drückte sie auf und schlängelte mich hinein, eine Sekunde, bevor Miss Lott vorbeistürmte. Kaum waren ihre Schritte verhallt, schaute ich vorsichtig in die Küche. Hector hockte noch immer auf dem Fußboden. Er regte sich erst wieder, als die Eingangstür krachend zuschlug. Dann rappelte er sich auf, massierte sich den Hals und ging, wütend vor sich hin murmelnd, durch die andere Tür aus der Küche.

Kaum war er außer Sichtweite, lief ich zu meinem Zimmer. Hector plante wieder etwas. Etwas, das nicht schiefgehen durfte wie beim letzten Mal. Da war es um die Eröffnung seiner Ölbohrinsel gegangen. Jetzt wollte er bald wieder mit Bohrungen beginnen. Ich musste unbedingt mehr über seine Fracking-Pläne herausfinden. „Google, auf geht's!", murmelte ich. Als ich in mein Zimmer trat, lungerte Merlin mit dem Laptop neben sich auf meinem Bett herum. Er scrollte durch eine Internetseite und lachte leise vor sich hin.

Die gute Nachricht: Er war zu seinem alten Schmuddel-Kleidungsstil zurückgekehrt. Die Radlerkappe war weg, ebenso die Shorts. Jetzt trug er wieder eine Trainingshose, dazu ein Manchester-United-Hemd. Ich hatte wirklich keine Lust, mit ihm zu reden. „Tut mir leid, den brauch ich jetzt", sagte ich, schnappte ihm den Laptop weg und zog mich damit an meinen Schreibtisch zurück.

„Ich war gerade mitten in einem Tweet", murrte er. „Ich bin Mitglied in einer Gruppe von Straßenzauberern." Er lächelte verschlagen. „Die wissen ja nicht, mit wem sie es zu tun haben …"

„Du kapierst einfach gar nichts, oder?" Ich drehte mich mit meinem Stuhl zu ihm um. „Du hast uns wieder im Stich gelassen. Bist einfach weggeflogen und hast dich nicht mal umgeschaut."

Er lachte zugleich verächtlich und entrüstet. „Wenn König Artus es nicht mal schafft, mit ein paar Polizisten fertigzuwerden, dann verschwende ich meine Zeit." Er wedelte mit der Hand, und mein Laptop klappte zu. „Jetzt hör zu, es ist dringend. Ihr müsst Bediveres Grab finden, und zwar schleunigst."

Ich klappte meinen Laptop wieder auf. „Erst muss ich mir Hectors Internetseite über sein Fracking-Vorhaben anschauen. Die planen was, und wir müssen wissen, wo und wann."

„Nein." Der Laptop zuckte. Merlin versuchte, ihn mir aus der Hand zu zappen. Ich hielt ihn fest.

„Miss Lott arbeitet für Mordred", sagte ich. „Ich habe gehört, wie sie Hector gedroht hat. Dieses Fracking-Vorhaben ist wichtig, sehr wichtig."

Wieder schnappte der Deckel meines Laptops zu und hätte beinahe meine Finger eingeklemmt.

„Schön. Dann will ich mir diese Fracking-Baustelle mal ansehen." Er seufzte. „Und ihr fahrt zum Glastonbury Festival und sucht dieses Grab. Ich hab dir gesagt, wir müssen diese Gebeine finden, ehe das jemand anderem gelingt."

„Hör auf, so über meine Knochen zu reden. Da wir mir ganz anders."

Merlin verdrehte die Augen, aber seine Stimme wurde ein bisschen freundlicher. „Okay, wie du willst. Aber seht zu, dass ihr nach Glastonbury kommt."

Wenn das nur so einfach wäre. „Hast du eine Vorstellung, wie schwierig es ist, Karten für Glastonbury zu kriegen? Ich kann bestimmt keine mehr kaufen."

Merlin schaute verwirrt. „Wieso?"

„Aus dem gleichen Grund, aus dem ich kein Einhorn kaufen kann", stöhnte ich. Ich rief die Website für die Tickets auf und drehte den Bildschirm zu ihm hin. „Siehst du. Da steht ‚ausverkauft'. Es gibt keine Karten mehr. Nicht mal im Schwarzhandel. Das Festival ist in zwei Tagen. Da ist alles weg."

„Ich kenne übrigens jede Menge Welten, in denen du ein Einhorn kaufen könntest", murmelte Merlin, sah aber dann mein Gesicht und sagte rasch: „Ich habe schon verstanden. Das kriege ich hin."

Er kam zu mir und steckte einen seiner schrecklichen krallenartigen Fingernägel in den USB-Anschluss.

„He, Vorsicht, Merlin", warnte ich ihn. „Du ruinierst mir noch …"

Sofort schaltete der Bildschirm auf einen PayPal-Bildschirm um: „KARTENKAUF. Vier Eintrittskarten. Bitte Angaben zur Zahlungsart eingeben."

Mein Herz vollführte einen Sprung. „Nicht zu fassen", sagte ich, starrte auf den Bildschirm und suchte den Fehler.

Merlin strich sich mit großer Geste das Haar zurück. „Das war nicht schwer. Ich bin Zauberer, weißt du."

Ich nickte langsam. „Aber vier Karten für Glastonbury, einfach so? Das ist ein Wunder." Nicht, dass es mir etwas ausmachte. Wir durften zum Glastonbury Festival! Okay, wir sollten dort meine sterblichen Überreste suchen, aber trotzdem, nach Glasto!

Dann blinkte der Bildschirm. Ein Kästchen tauchte auf. „Bitte Zahlung vornehmen und Karten herunterladen."

„Schnell, kauf sie", sagte ich. „Sonst verlieren wir sie wieder."

„Das ist nicht mehr mein Problem", meinte Merlin. „So weit reicht meine Magie nicht, dass ich mich bei Visa reinhacken kann."

„Tja, ich habe nicht genug Geld."

„Ernsthaft?", fragte Merlin.

Es half alles nichts. Ich musste Hectors Kreditkarte zücken, die ich in der Tasche trug, seit ich sie mir *geliehen* hatte, um Edwins Geschenk zu bezahlen. Streng genommen hatte meine Mutter sie mir gegeben, aber ich glaube, sie hatte wohl vergessen, dass ich sie noch hatte. Ich denke mal, ein Typ, der so viel Knete hat wie mein Stiefvater, sieht sich seine Kreditkartenauszüge nicht allzu oft an. Ich tippte die Nummer ein. Die Zahlung erfolgte.

„Es hat funktioniert!", sagte ich. Ich konnte es kaum fassen. „Schau mal, hier steht, ich kann meine Tickets herunterladen!"

Langsam glaubte ich es wirklich. Ich fuhr nach Glastonbury. Nein, *wir* fuhren nach Glastonbury. Ich konnte es gar nicht erwarten, es den anderen zu erzählen. Gav und Nathan würden vor Aufregung platzen. Allerdings war es mir ziemlich egal, ob Nate glücklich war oder nicht. Ich wühlte in meiner Hosentasche. Kein Handy. Es war wohl irgendwo in der Wohnung, aber ich hatte keine Lust, es jetzt zu suchen. Also schickte ich den dreien eine Online-Nachricht, schrieb ihnen, ich

hätte mein Telefon verloren, und wir würden uns morgen früh unterhalten, jetzt wäre es zu spät.
„Das wird gigantisch", sagte ich und wandte mich zu Merlin. Aber der war längst weg und hatte nur eine rehbraune Feder hinterlassen, die auf mein Bett segelte.
Die Feder hatte recht. Ich warf mich auch aufs Bett und innerhalb von Minuten schlief ich tief und fest.

9

Viel zu früh wurde ich dadurch aufgeweckt, dass jemand an meine Tür hämmerte. Ich dachte, es wäre Edwin, der sich wieder mal über irgendeine winzige Sache aufregte, die ich gemacht hatte. Manchmal schüttelte ich seine Energy Drinks ordentlich durch, sodass sie beinahe explodierten, wenn er sie öffnete, oder ich schmierte Zahnpasta unter seine Türklinke. Kindisch, ich weiß, aber irgendwo musste ich ja meinen Spaß haben.

„Lass mich in Ruhe", murmelte ich, versuchte, das Pochen zu ignorieren und wieder einzuschlafen. Aber das Hämmern ging weiter. Ich wurstelte mich aus meiner Bettdecke und linste auf die Uhr auf meinem Tisch. Sechs Uhr morgens! Viel zu früh für Edwin. Durch einen Spalt in den Vorhängen strömte schon Licht in mein Zimmer, aber es war trotzdem eine furchtbare Zeit zum Aufstehen.

„Was willst du?", rief ich mürrisch.

Meine Tür ging knarzend auf. Das Gesicht meiner Mutter erschien, mit schlafzerzaustem Haar und vor Furcht weit aufgerissenen Augen. Dabei fürchtete Mum sich fast nie. Ich setzte mich auf. „Was ist los?"

In ihrem Morgenmantel schob sie sich weiter ins Zimmer. „Zwei Polizisten sind da und wollen mit dir reden. Was geht hier vor, Mikey? Was hast du angestellt?"

„Nichts – glaube ich." Ich zerrte mir rasch eine kurze Hose über meine Boxershorts. „Was wollen die?"
„Das haben sie mir nicht gesagt." Sie schaute hinter sich und sagte mit gesenkter Stimme: „Ist das eine Rittersache?"
Ich setzte eine Unschuldsmiene auf, aber mir fiel ein, dass die Polizisten uns mit ihren Stablampen hinterhergeleuchtet hatten, als wir aus dem Garten rannten. Und dass Hectors Kreditkarte auf meinem Schreibtisch lag und es technisch gesehen Betrug gewesen war, sie zu benutzen. Vielleicht aber auch nicht – schließlich gehörte er jetzt zur Familie.
„Vielleicht", antwortete ich.
Mum verengte die Augen, bohrte aber nicht nach. „Sie sind im Wohnzimmer. Komm jetzt."
Ich folgte ihr und zog mir noch ein Metallica-T-Shirt über, was mich wieder daran erinnerte, dass wir nach Glastonbury fuhren. Ich musste unbedingt mein Telefon finden, um die Antworten der Ritter zu lesen. Aber dazu war jetzt keine Zeit.
„Hier ist Michel, aber ich bin mir sicher, dass das alles ein Irrtum ist", sagte Mum, als wir ins Zimmer traten. Dort warteten zwei Männer auf uns, einer mittleren Alters in einem verknitterten braunen Anzug mit Schlips und ein jüngerer, der eine marineblaue Hose und ein hellblaues, am Hals offenes Hemd trug.
Der Jüngere lächelte, spazierte im Raum herum und schaute sich die Bilder an den Wänden und Hectors Hightech-Musikanlage an. Sein gar nicht lächelnder älterer Kollege saß auf der Kante des riesigen weißen Ecksofas. Schlimmer noch, auf der anderen Seite hockte Hector, bereits im Designeranzug, und

band sich gerade die Krawatte. Und an die Wand gelehnt lungerte Edwin in Jeans und Hoodie herum und sah ganz so aus, als hätte er einen Riesenspaß.

Ich dachte, er würde zu kichern anfangen, sobald er mich bemerkte. Doch zu meiner Überraschung starrte er mit halb schmollendem, halb wütendem Gesicht auf Hector wie ein Elch, der sich überlegte, ob er einen Angriff auf den Anführer der Herde machen soll. Dann trat ein fieses Lächeln auf sein Gesicht, und als ich an ihm vorbeiging, zischte er mir zu: „Das wird richtig gut." Ich antwortete nicht. Ich wollte die Sache ganz lässig angehen, als wäre mir alles egal, weil ich unmöglich irgendwas getan haben konnte, das die Aufmerksamkeit der Polizei erregte hatte.

„Also, was liegt an?", fragte ich. Bei dieser Begrüßung drehte sich der Lächler um, musterte nun nicht mehr die digitale Steuerung an der Wand, sondern schaute mich an. Der ältere Mann sprach zuerst.

„Bist du Michael Veryan?", fragte er.

„Ja." Ich versuchte, gleichzeitig entspannt und ein wenig verwirrt zu schauen. Keine Ahnung, ob mir das gelungen ist.

Er stand auf. „Gut. Ich bin Detective Brenner, und mein Freund hier ist Detective Evans. Wir möchten, dass du uns zum Polizeirevier begleitest, bitte."

Ich war verdattert, spielte aber weiter das Unschuldslamm. „Wieso?"

„Du würdest uns bei Ermittlungen helfen."

Ich blieb standfest. „Und was ist, wenn ich das nicht will?"

Evans drehte sich um. „Das wäre sehr unklug."

„Warum?“, fragte Hector und stand auf, von Kopf bis Fuß der mächtige, reiche Geschäftsmann. „Entweder verhaften Sie ihn, oder er kann sich frei entscheiden, was er tun möchte.“
Die Kripoleute tauschten einen Blick. „Da haben Sie recht“, sagte Brenner. „Es ist nur eine Bitte, aber eine, die er unserer Meinung nach erfüllen sollte. Wenn er in diesem Stadium kooperiert, könnte ihm das in der Zukunft helfen …“
Hector seufzte und zog sein Jackett glatt. „Dann komme ich auch mit.“ Er funkelte die beiden Polizisten an. „Irgendwelche Einwände?“
Evans schüttelte den Kopf. „Da Michael minderjährig ist, ist das Ihr gutes Recht. Unten steht ein Streifenwagen. Wir sehen uns dann dort.“ Sie nickten mir, Mum und Hector zu, ignorierten Edwin und gingen.
„Es ist nett von dir, dass du das angeboten hast, Hector, aber ich sollte besser mitgehen …“, hob Mum an, als die beiden außer Hörweite waren. Doch Hector knurrte, sie solle still sein.
„Überlass das mir“, murmelte er, ehe er zu mir schaute. „Geh und zieh dich an. Vielleicht ein Hemd und eine Krawatte. Und anständige Schuhe.“
Ich schaute auf meine uralten Turnschuhe und mein Metallica-Shirt. „Nein, danke. Ich kann so gehen. Und übrigens wäre es mir auch lieber, wenn Mum mitkäme.“
„Nein“, blaffte Hector. „Ich hatte in letzter Zeit schon genug schlechte Publicity, mehr kann ich nicht brauchen. Ich werde die Sache aufklären. Das war bestimmt ein Irrtum.“ Er forderte mich mit einer Handbewegung auf, mich endlich zu

bewegen. Also ging ich hinter den Kriminalbeamten her. Mir drehte sich in banger Vorahnung schon der Magen um. Aus dem Augenwinkel sah ich, dass Edwin seinen Vater mit wütendem Gesicht anstarrte. Ich denke mal, er hatte ihm noch nicht verziehen, dass er ihm diesen grässlichen Siegelring geschenkt hatte.

Ein paar Minuten später traten wir in ein Blitzlichtgewitter, und eine Meute von Reportern und Paparazzi umringte uns, als wir aus dem Gebäude traten. Einen Augenblick dachte ich, die wären wegen mir und den Polizisten da, aber dann hörten wir auf dem Weg zum Polizeiauto die Rufe: „Kein Fracking mehr!“ und „Frackt nicht unsere Zukunft!“ und „Hände weg von Salisbury Plain!“ Als die Leute sahen, dass wir in den Streifenwagen stiegen, flackerten die Blitzlichter erneut auf, und nun kreischten und brüllten sie wie eine Meute von Hyänen, bis der Wagen mit Blaulicht und Sirene davonraste.

Die Polizisten ließen die Sirene auf dem ganzen Weg an. Das beunruhigte mich, denn so wichtig konnten doch die paar Fragen nicht sein. Wir saßen hinten, und Hector hatte noch kein einziges Wort mit mir gesprochen. Er starrte mit steinerner Miene nach vorne. Okay, man hatte mich nicht verhaftet, aber es war eine ernste Angelegenheit. Was hatte die Polizei gegen mich in der Hand? Gegen uns alle? Ich fragte mich, ob man die anderen Ritter auch so früh aufgeweckt hatte.

„Das ist so blöd“, murmelte ich, als wir geparkt hatten und die beiden Kriminalbeamten uns durch die geschäftigen Flure des Polizeireviers geleiteten. Die Leute drehten sich nach uns um und starrten uns an, aber ich schaute nach unten und ignorierte sie. Hier würden mir Excalibur und mein geheimes Leben nicht helfen.

„Blöd, aber eine ernste Sache", grummelte Hector zurück. „Überlass das Reden mir."

Na toll! Mein Todfeind würde für mich sprechen. Schlimmer konnte es nicht mehr kommen. Mit hängenden Schultern steckte ich die Hände tief in die Taschen und betete, dass all das bald vorbei wäre, dass alles ein Irrtum wäre. Dann folgte ich Detective Brennan in einen kleinen, fensterlosen Raum, in dem nur ein Metalltisch und Stühle standen. Es hätte der Verhörraum aus jeder x-beliebigen Krimiserie sein können, nur war der hier echt. Mir sträubten sich die Nackenhaare. So viele Leute hatten hier schon gesessen, und ich bildete mir ein, ihre Angst noch in der Luft spüren zu können.

Sie ließen uns eine halbe Stunde warten. Während dieser Zeit sagte Hector kein einziges Wort zu mir, sondern konzentrierte sich auf sein ständiges SMS-Schreiben. Dann ging die Tür auf, und Detective Evans kam wieder herein, stellte einen Laptop ab, klappte ihn aber nicht auf.

„Wurde aber auch Zeit", meinte Hector.

„Es tut mir leid, dass Sie warten mussten, Sir", sagte der Kriminalbeamte aalglatt und mit einem winzigen Lächeln. Für mich hatte er kein Lächeln übrig, als er eine Plastiktüte auf den Tisch legte und ein Handy herauszog. Er hielt es hoch. Mir rutschte das Herz in die Hose. Kein Wunder, dass ich es gestern Abend nicht finden konnte, als ich den anderen eine SMS schicken wollte.

„Mein Handy!“, sagte ich, als wäre ich erleichtert. „Ich konnte es gestern nicht finden, und ich dachte, jemand hätte es mir geklaut, als ich unterwegs war.“

Hector runzelte die Stirn. „Davon hast du gar nichts gesagt.“

Ich zuckte die Achseln. „Ich dachte, du und Mum, ihr würdet ausrasten, weil es schon das zweite ist, das ich verloren habe.“

Der Kriminalbeamte räusperte sich. Wir sahen ihn an. „Willst du mal raten, wo wir es gefunden haben?“

Ich zuckte wieder die Achseln, schaute unschuldig und verdattert. „Keine Ahnung. Auf der Straße?“

Er seufzte. „Nein, Michael. Wir haben es im Garten von Leafy Lane 23, Primrose Hill gefunden.“

Ich schaffte es, noch verdatterter zu schauen. „Nie gehört.“

Die Augen des Kriminalbeamten bohrten sich in meine, blinzelten kein einziges Mal. „Das ist also deine Antwort? Du sagst mir, du kennst diese Adresse nicht?“

„Ja.“ Ich begann zu schwitzen, ein kalter Tropfen rann mir über den Rücken. Ich hatte gerade einem Kripomann eine krasse Lüge aufgetischt.

Er beugte sich vor, die Ellbogen auf den Tisch gestützt. „Du weißt also nicht, dass in diesem Haus gestern ein Mord begangen wurde? Der einzige Bewohner wurde ausgeraubt und auf ganz besonders widerliche und ungewöhnliche Weise umgebracht.“ Er schien mir direkt durch die Augen ins Hirn blicken zu wollen. „Nur um das noch mal klarzustellen: Du sagst, du bist nie in Leafy Lane oder in diesem speziellen Haus gewesen?“

Ich versuchte, nicht wegzugucken, aber ich konnte ihm nicht länger in die Augen schauen. Mein Herz hämmerte, meine

Handflächen wurden feucht. Ich spürte, wie Hector mich anfunkelte, aber ich wagte es nicht, ihn anzusehen.
„Ich brauche von dir ein Ja oder ein Nein“, sagte der Kriminalbeamte. Doch ehe ich antworten konnte, schob Hector seinen Stuhl zurück, dass die Metallbeine nur so über den Boden kreischten, und stand auf.
„Das ist absurd!“ Er schritt auf und ab. „Mein Stiefsohn ist wohl kaum ein Dieb und ein Mörder! Er ist ein Schuljunge. Ich hätte es gemerkt, wenn er sich einer Bande angeschlossen hätte.“
Davon ließ sich der Kripomann nicht beeindrucken. „Sir, bitte setzen Sie sich wieder. Sie wären nicht der erste Vater, der seinen Sohn unterschätzt.“
„Er ist nicht mein Vater“, murmelte ich.
Der Kriminalbeamte hatte ja keine Ahnung, dass Hector selbst drauf aus war, mich umzubringen. Ich wusste nicht, warum er sich jetzt für mich einsetzte, aber ich war froh darüber. Besonders als er das ganz schwere Geschütz auffuhr. Er lehnte sich über den Tisch, stützte sich mit den Handknöcheln auf und starrte den Polizisten an. „Sie zweifeln mein Wort an?“, fragte er ruhig, aber in einem bedrohlichen Ton, der sogar mich erschaudern ließ. „Denn wenn das so ist, schlage ich vor, Sie gehen zu Ihrem Polizeipräsidenten und unterhalten sich kurz mit ihm. Alan und ich spielen regelmäßig Golf miteinander. Ich bin sicher, er wird Ihnen bestätigen, dass ich ein ehrbarer und respektierter Bürger bin.“
Das gefiel dem Kriminalbeamten überhaupt nicht. Sein Gesicht erstarrte zu Stein. „Sie wollen also andeuten, Sir, dass die

Tatsache, dass Sie reich und mit jemandem ganz oben in der Polizeihierarchie befreundet sind, mich davon überzeugen sollte, die mögliche Beteiligung dieses Jungen an einem Verbrechen nicht weiter zu untersuchen?"
Die beiden Männer starrten einander an.
„Ich sage Ihnen, dass Sie die Sache fallen lassen sollen", antwortete Hector.
Ich weiß nicht, wie lange dieser Kampf der starrenden Augen noch weitergegangen wäre, wenn nicht die Tür aufgegangen wäre.
Eine Polizistin steckte den Kopf zur Tür herein. „Rechtsbeistand für den Jungen."
Der Kriminalbeamte zog eine Augenbraue in die Höhe. „Sie haben nicht gesagt, dass Sie bereits einen Rechtsbeistand angefordert haben."
Das war auch mir neu. Ich war die ganze Zeit mit Hector zusammen gewesen, und er hatte niemanden angerufen. Ich schaute ihn an und sah, dass er ebenfalls einen Augenblick verdutzt die Stirn runzelte. Anscheinend überraschte es auch ihn, dass aus heiterem Himmel ein Anwalt aufgetaucht war.
Doch er erholte sich schnell. „Gut", sagte er. „Schicken Sie ihn rein." Dann wandte er sich wieder dem Kriminalbeamten zu. „Sie werden uns dann allein lassen, während Michael mit …"
Er hatte keine Zeit, den Satz zu Ende zu sprechen, denn schon wurde die Tür aufgestoßen, und Miss Lott drängte sich an der Polizistin vorbei. Diesmal war sie nicht in Ledermontur, sondern wieder im Geschäftsoutfit; heute mit schwarzen Hosen

statt des engen Rocks. Sie ignorierte Hector, der genauso schockiert schaute, wie ich mich fühlte, und lächelte den Kriminalbeamten eisig an.

„Ich bin über die Beweise gegen meinen Mandanten und über die Sachlage informiert." Sie warf mir einen Blick zu, den Leute normalerweise aufsetzen, wenn sie auf der Straße in etwas Ekliges getreten sind. „Meiner Meinung nach haben Sie außer Indizien nichts in der Hand." Sie beugte sich sehr nah zu Detective Evans hinunter. „Und das wissen Sie auch."

„Wir sammeln im Augenblick Informationen, mehr nicht", antwortete der Kriminalbeamte ausdruckslos höflich. „Die Forensik hat Fingerabdrücke von dem Handy abgenommen, und wenn Ihr Mandant einverstanden ist, nehmen wir seine auch."

„Und dann geht er mit uns nach Hause", sagte Miss Lott.

„Das werden wir sehen." Detective Evans hatte ein triumphierendes Glitzern in den Augen. Da wusste ich, dass diese Sache noch längst nicht ausgestanden war. „Ehe Sie mit Ihrem Mandanten reden, sollten Sie sich vielleicht das hier ansehen." Evans klappte den Laptop auf, tippte ein paar Mal auf die Tastatur und drehte das Gerät dann um, sodass wir den Bildschirm sehen konnten.

Mein Gesicht begann zu glühen. Es war ein Film aus einer Sicherheitskamera in Leafy Lane. Die Aufnahme war von weit oben gemacht worden und zeigte die Straße und das Haus gegenüber. Ich erkannte die mit Unkraut überwucherte Einfahrt und dahinter den dschungelartigen Garten. Mein Herz begann zu pochen. Der Kripomann spulte vor, bis man plötzlich Bewegung sah. Er hielt den Film an und deutete mit dem Finger in die obere linke Ecke des Bildschirms. „Genau hier."

Wir beugten uns vor. Er deutete auf eine Stelle hinter Farrars Zaun. Wenn man genau hinsah, konnte man zwei Hände – meine Hände! – sehen, die das Fenstersims packten. Das Tor verdeckte mich zum größten Teil und verbarg Gav vollständig, der mir mit der Räuberleiter hochhalf, doch das wusste nur ich. Auf diesem Bildschirm konnte man bloß sehen, dass jemand versuchte, durch das Fenster im Treppenhaus ins Haus einzusteigen. Doch die Angst davor, was wohl die nächsten Bilder auf dem Video zeigen würden, verschwand schlagartig, als ich die dunklen Umrisse des Motorrades sah, das im Vordergrund dieses Bildes lauerte.

„Und was wollen Sie damit sagen, Detective?", fragte hinter mir Miss Lott ganz cool, während ich entsetzt auf das Motorrad starrte.

Ich erkannte die Ledermontur und den Helm. Das war Miss Lott. Sie war da gewesen und hatte uns beobachtet! Verdammt, was war ich bloß für ein Anführer für meine Ritter! Ich hätte dafür sorgen müssen, dass wir nach weiteren Sicherheitskameras Ausschau hielten. Allerdings hatte ja eine von denen sogar Miss Lott erwischt. Ich schaute sie an, aber ihre Miene verriet nichts.

„Damit will ich sagen, dass jemand – und wir glauben, dass es Ihr Mandant war – in Mr Farrars Haus eingebrochen ist."

Sie legte den Kopf schief. „Und was passiert als Nächstes?", fragte sie ungerührt. Diesmal brannte mein Gesicht beinahe

lichterloh, denn auf den nächsten paar Bildern würde man sehen, wie ich durchs Fenster kletterte, und eines davon würde vielleicht scharf genug sein, um mich zu identifizieren. Der Kriminalbeamte schaltete das Video widerwillig wieder ein. Das Motorrad war verschwunden, nun erschien eine verschwommene Aufnahme von mir, wie ich durch das Fenster kletterte. Ich muss mich wohl ziemlich schnell bewegt haben, denn nicht einmal meine Mutter hätte mich auf diesem Bild erkannt. Beinahe hätte ich laut aufgelacht vor Erleichterung.
„Ein verlorenes Handy und eine verschwommene Aufnahme von jemandem, der durch ein Fenster steigt – das sind nicht gerade zwingende Beweise gegen meinen Mandanten, würden Sie nicht auch sagen?"
Der Kripomann lächelte schmallippig. „Unsere IT-Spezialisten in der Forensik können dieses Bild verbessern …"
„Ach wirklich?" Miss Lott war keineswegs überzeugt. „Das werden wir ja sehen. Und nun möchte ich mit meinem Mandanten allein sprechen." Sie schaute Hector an und warf ihm ein eisiges Lächeln zu. „Und das bedeutet, auch Sie gehen, Mr Boomgardt."
Hector blinzelte sie an und setzte zu einer Erwiderung an, überlegte es sich dann aber noch einmal. Er nickte, tätschelte mir die Schulter und ging ohne Widerrede mit dem Kriminalbeamten hinaus. Ich wünschte, das hätte er nicht gemacht. Mir wäre alles recht gewesen, aber ich wollte nicht mit Miss Lott allein sein, die sich nun mir gegenüber hinsetzte und mit den Fingerknöcheln knackte. Als die Tür sich schloss, warf sie mir einen harten Blick zu. Rasch verbarg ich meine Hände

unter dem Tisch, denn meine Handfläche brannte. Excalibur hatte die Gefahr auch gespürt.
„Nun, ist das nicht interessant?“, sagte Miss Lott. „Eines wollen wir gleich von Anfang an klarstellen.“ Sie warf mir ein Haifischlächeln zu. „Ich weiß, wer du bist, Artus.“

10

Excalibur wollte sich jetzt *wirklich* bemerkbar machen, und ich musste all meine Konzentration aufbringen, um das Schwert daran zu hindern, hier hereinzuplatzen. Bluffte sie? Sollte ich lügen?

„Und ich weiß, wer deine Freund sind. Oder sollte ich sagen" – hier machte sie mit den Fingern kleine Anführungszeichen in die Luft – „deine *Ritter*?" Noch ein Lächeln, diesmal beinahe scherzend. „Ich hoffe, du willst nicht, dass ich vor dir niederknie oder dergleichen."

Ich schüttelte den Kopf, unfähig, auch nur ein Wort zu sprechen.

„Ich muss sagen, du und deine kleine Gruppe von Wiedergeborenen, ihr leistet ganze Arbeit." Sie legte eine Pause ein, gab mir Zeit, etwas zu sagen. Keine Chance. Ich war immer noch sprachlos, mein Gehirn versuchte, zu begreifen, was hier vorging. Miss Lott, Dienerin von Mordred, redete ganz so, als versuchte sie, nett zu mir zu sein. Das nahm ich ihr nicht ab.

„Ich sehe, das macht dir Sorgen", fuhr Miss Lott aalglatt fort. Sie streckte den Arm aus und tat etwas Schreckliches: Sie zog meine Hand unter dem Tisch hervor und nahm sie. Ich hatte eine schreckliche Vision, wie Excalibur plötzlich erschien und ihr die manikürten Finger abhackte. Und dann, wie sie mich unmittelbar darauf zur Vergeltung umbrachte.

„Ja, ich weiß, es ist lästig, dass die Polizei jetzt überall herumschnüffeln wird, aber hab keine Angst.“ Sie drückte mir die Hand, ehe sie losließ und aufstand. „Überlass das nur mir. Ich kläre das. Du kommst so rechtzeitig hier raus, dass du noch für Glastonbury packen kannst.“

Äh … was? Wie zum Teufel konnte sie das mit Glastonbury wissen? Ich hatte doch nicht mal Zeit gehabt, es Mum zu sagen.

„Woher …?“

Miss Lott lehnte sich zu mir herüber und wuschelte mir durchs Haar, was mich völlig aus der Fassung brachte. Trotzdem versuchte ich, nicht vor ihr zurückzuzucken. „Ich beobachte Hectors Konten, und da habe ich gesehen, dass du seine Kreditkarte benutzt hast.“ Sie legte einen Finger an die Lippen. „Keine Sorge, bei mir ist dein Geheimnis sicher. Ich weiß, wie wichtig es ist, dass du dieses Jahr zum Festival gehst.“ Sie tippte mit dem Fingernagel auf das Metallica-Logo auf meinem T-Shirt. Ich erwartete beinahe, dass sie mich aufspießen würde. „Du hast einen guten Musikgeschmack. Bestimmt könnt ihr es gar nicht abwarten, endlich dort zu sein und euch mal wie normale Kids zu fühlen.“

Ich war verwirrt. War sie wirklich nett zu mir oder machte sie sich über mich lustig, solange ich in ihrer Gewalt war? War sie gut oder böse? Wer zum Teufel war Miss Lott? Wenn ich sie nur anglotzte, würde ich das nie herausfinden, also holte ich tief Luft und lächelte zurück. Bei dem Spielchen konnte ich mithalten.

„Sie kennen also Merlin?“, fragte ich.

„Ja, natürlich kenne ich Merlin. Schon ewig. Wenn du ihn das nächste Mal siehst, bestell ihm schöne Grüße von mir."

Ich nickte. Ich wollte ihr ja gern glauben, aber ich hatte mitbekommen, wie sie Hector bedrängte und über den „Meister" sprach. Vielleicht war sie eine Doppelagentin? „Es ist wirklich nett von Ihnen, dass Sie sagen, es käme alles in Ordnung", erwiderte ich. „Aber das glaube ich nicht." Ich klickte das Video auf dem Bildschirm bis zu dem belastenden Bild zurück. „Die haben Aufnahmen von den Sicherheitskameras. Sobald sie dieses Bild bearbeitet haben, werden sie sehen, dass ich das bin."

„Du dummer Junge", beruhigte sie mich. „Ich habe dir doch gesagt, du kannst dich auf mich verlassen." Sie tippte mit einem ihrer roten Fingernägel auf den Bildschirm des Laptops. Das Bild leuchtete auf und war noch grobkörniger geworden.

„Selbst ein Zauberer könnte das nun nicht mehr verbessern", sagte sie. „Es wird nur immer verschwommener werden. Ich kümmere mich auch um das Original."

Sie hatte das gerade rechtzeitig gemacht. Denn schon ging die Tür auf, und der Kripomann kam wieder herein.

„Ihre Zeit ist um, Miss Lott. Wenn Sie mich jetzt entschuldigen? Wir nehmen nun Michaels Fingerabdrücke ab und unterhalten uns dann noch einmal mit ihm. Und unser Forensik-Team wartet auf den Laptop."

Sie lächelte, als er den Deckel zuklappte, und ihre Augen huschten kurz zu mir. „Ich glaube, im Augenblick sind die Fingerabdrücke nicht nötig. Warten wir doch erst einmal ab, ob Sie wirklich belastende Bilder auf diesem Video finden", sagte sie. „Michael kommt jetzt mit mir mit. Sie haben keine ausreichenden Beweise und bis Sie dieses Videomaterial weiter ausgewertet haben, kann es nicht als Beweismittel verwendet werden, um meinen Mandanten festzuhalten. Er hat mich darüber in Kenntnis gesetzt, dass er sein Handy gestern im Laufe des Tages verloren hat. Dass danach ein Dieb dieses Telefon mitgenommen hat, ist kein Grund, ihn hier festzuhalten. Er kommt also mit mir nach Hause, was sein gutes Recht ist. Und das Handy nimmt er auch mit."

Die Schultern des Kriminalbeamten sackten ein wenig herunter, und er funkelte mich böse an, als ich von meinem Stuhl aufsprang und zur Tür ging. „Das werden wir sehen, Miss Lott, das werden wir sehen", sagte er, während er uns auf den Flur hinaus folgte. Im Vorbeigehen drückte er mir widerwillig mein Telefon in die Hand. Dann geleitete er uns aus dem Gebäude, eine Aufgabe, die er mit der überschäumenden Freude eines Hundebesitzers erledigte, der mit einer Plastiktüte in der Hand hinter seinem Liebling durch den Park spaziert.

„Und tschüss", murmelte Miss Lott, als er kehrtmachte und uns verließ. Wir eilten über den Parkplatz. Ich war erleichtert, als ich sah, dass wir auf das Auto meiner Mutter zusteuerten. Ich konnte es gar nicht abwarten, Miss Lott endlich los zu sein. Klar, sie hatte mich gerade aus dem Polizeirevier rausgeboxt, aber weder Excalibur noch ich trauten ihr über den Weg. Bis ich ihre Gründe kannte, würde ich sie mir vom Leib halten.

Hector saß schon auf dem Beifahrersitz und guckte wütend. Ich stieg rasch hinten ein. Miss Lott warf mir ein letztes Lächeln zu, nickte und schaute zu Hector. „Ich melde mich", sagte sie knapp und ging weg.

Mum ließ den Wagen an und sah mich im Rückspiegel an. „Alles in Ordnung, Mikey?"

Ehe ich antworten konnte, sagte Hector verärgert: „Ich habe dir doch gesagt, ihm würde nichts passieren, Beth. Eine Verwechslung. Meine Assistentin hat das, wie versprochen, geklärt. Und jetzt lass uns fahren und Mittag essen. Wir sind schon den ganzen Tag hier, und ich habe einen Bärenhunger."

„Ich habe ihn gefragt, nicht dich", erwiderte Mum, aber ich schüttelte nur leicht den Kopf, und sie nickte. „Ach, vergiss es. Es ist vorbei." Sie drückte den Fuß aufs Gaspedal und fuhr auf den Ausgang zu. Ich starrte aus dem Fenster und überlegte, wohin wohl Miss Lott verschwunden war.

Ich erspähte sie gleich hinter der letzten Reihe Autos, an denen wir vorbeifuhren. Sie setzte sich gerade einen Motorradhelm mit schwarzem Visier auf. Neben ihr stand das Motorrad. Als wir auf die Hauptstraße hinausfuhren, schaute ich mich immer wieder um, und, klar doch, sie schwenkte ebenfalls in den Verkehr ein und folgte uns den ganzen Weg nach Hause.

Vielleicht folgte uns Miss Lott, um Mordred Bericht über mich zu erstatten. Oder vielleicht beschützte sie mich. Ehe ich nicht mit Merlin gesprochen hatte, konnte ich mich nicht entspannen. Doch als wir neben unserem Wohngebäude hielten, knurrte mein Magen beinahe so laut, wie Miss Lotts Motorrad röhrte, als sie uns überholte und davonflitzte. Ich hatte einen Wahnsinnshunger, denn ich hatte nicht gefrühstückt, und die Entscheidung über Gut und Böse musste einfach warten, bis ich was gegessen hatte.

11

François, Hectors Chefkoch, hatte für uns in der Wohnung ein kaltes Büffet hergerichtet. Ich stürzte mich darauf und häufte Käse, Schinken, Obst und frische Blätterteigteilchen auf meinen Teller. Ehe ich auch nur beim Tisch war, schlug ich schon die Zähne in ein Stück knuspriges Brot.

Edwin war wieder schneller gewesen. Er war schon beim Nachtisch und verschlang in Riesenhappen ein Stück Torte mit Schlagsahne. Als ich mich neben ihn auf die Bank setzte, knuffte er mich aufs Bein. „Friss nicht so wie ein Schwein", brummte er.

„Das sagt der Richtige", murmelte ich.

„Schade, dass sie dich nicht dabehalten haben", zischte er. „Wen musste Dad denn bestechen, um dich da rauszukriegen?"

„Niemanden. Miss Lott hat das geklärt."

Edwin lehnte sich zurück und runzelte die Stirn. „Ach, die." Für einen Augenblick schien er mich vergessen zu haben und schaute zu Hector, der sich mit François unterhielt. Wieder sah ich in seiner Miene diese Mischung aus Wut und Verwirrung, aber nur einen Moment, ehe er sich wieder mir zuwandte und mich noch einmal boxte. „Du solltest dir ein bisschen Respekt vor unserer Familie angewöhnen, anstatt im Streifenwagen mit Blaulicht weggefahren zu werden."

Ich wollte gerade zurückschlagen, als Mum sich neben mich setzte. „Ruhe bewahren, Mikey!", murmelte sie und schob eine hauchdünne Scheibe Schinken und eine einsame Tomate auf ihrem Teller hin und her. Normalerweise aß sie sehr gern, also wusste ich, dass ihr meine Probleme große Sorgen bereitet hatten. Und ich hatte das Gefühl, dass ich ihr noch sehr viel mehr Sorgen machen würde.

Nachdem ich meinen Teller halb leer gegessen hatte und Hector sich neben Mum gesetzt hatte, sagte ich: „Mum, Hector, ich habe aufregende Neuigkeiten." Ich gab meinem Gesicht einen überrascht-freudigen Ausdruck. „Ihr erinnert euch doch an meinen Freund Nathan? Vorhin, als wir gerade zurückgekommen waren, hat er mich angerufen ..."

„Hab ich nicht gehört", unterbrach mich Edwin und spuckte Kuchenkrümel über den Tisch.

„Nun, er hat aber angerufen. Du warst wahrscheinlich zu sehr damit beschäftigt, dir Essen in den Mund zu schaufeln."

Edwin hob schon die Faust, um mich wieder zu boxen, aber Mum zog nur eine Augenbraue in die Höhe, und er überlegte es sich anders.

„Sprich weiter, Mike", sagte sie. „Was sind die aufregenden Neuigkeiten?"

„Er hat uns Tickets für das Glastonbury-Festival besorgt!"

Edwin spuckte noch ein paar Krümel aus. „Lügner. Die waren schon vor Ewigkeiten ausverkauft."

Ich verdrehte die Augen, als hielte ich ihn für ziemlich blöd. Was mir nicht schwerfiel. „Er hat sie nicht gerade eben gekauft, seine Zieheltern hatten die schon ewig, aber sie können jetzt kurzfristig nicht hin, und also darf er mich, Gav und Safi mitnehmen, damit die Tickets nicht verfallen. Ist doch cool, oder?“

Mum hatte ihren Teller noch immer nicht angerührt, aber sie lächelte. „Das ist ja toll! Da wolltest du doch schon immer mal hin, nicht?“ An ihrem Tonfall erkannte ich, dass sie wusste, dass es eine Ritterangelegenheit war.

„Das erlaubst du doch nicht, oder, Dad?“, sagte Edwin gehässig. „Nicht, nachdem du ihn beim Polizeirevier raushauen musstest!“

Das geht dich gar nichts an!, wollte ich brüllen. Mir konnte nur Mum etwas erlauben oder verbieten, und die würde Ja sagen.

„Dad?“

Hector kaute gedankenverloren auf einem Croissant herum und hatte die Augen in weite Ferne gerichtet. Edwin wedelte ihm mit der Hand vor dem Gesicht herum. Hector fuhr zusammen und schaute ihn mit gerunzelter Stirn an.

„Hä? Was?“

Ich wiederholte meine guten Neuigkeiten und betete, dass Miss Lott mich nicht verraten hatte. Offensichtlich hatte sie das nicht, denn er nickte sofort und sagte: „Schön. Gut. Fahr hin. Aber mach keinen Ärger.“

Während Edwin schmollte, sagte Mum: „Aber hat Nathan schon rausgefunden, wie ihr da hinkommt?“

„Mit dem Zug“, antwortete ich rasch.

Plötzlich war Hector wieder auf dem Boden der Tatsachen angekommen. „Nein. Nicht mit dem Zug. Du siehst doch, was passiert, wenn du ihn so wild rumlaufen lässt, Beth. Er gerät in eine Morduntersuchung.“ Er warf mir einen bitterbösen Blick zu. „Nein, er und seine Freunde könnten bei Edwin und Clementine mitfahren.“

Ich weiß nicht, wen das mehr entsetzte, Edwin oder mich.

„Was?“, jaulte Edwin. „Der fährt nicht bei uns mit, wir haben nicht genug Platz.“

„Ihr fahrt mit einem Winnebago, natürlich habt ihr Platz“, blaffte Hector.

„Es ist schon okay, Hector, ehrlich“, sagte ich rasch. „Ich habe gesehen, wie Clementine packt, die schleppt Berge von Sachen mit. Wir nehmen den Zug.“ Auf gar keinen Fall wollte ich in Edwins Nähe sein. Er war nicht nur ein kompletter Idiot, er stand auch noch auf Mordreds Seite, und das machte ihn gefährlich, ganz besonders beim Festival, wo er vielleicht bemerken würde, was wir vorhatten.

„Quatsch“, antwortete Hector. „Selbst wenn Clementine ein Haus voll Zeug mitschleppt, ist in so einem Ding immer noch genug Platz. Ihr fahrt alle zusammen im Wohnmobil da hin, und damit basta.“

Edwin knallte sein Messer auf den Tisch. „Danke vielmals, Dad.“ Er schob den Teller weg und hätte mich beinahe von der Bank geschubst, als er sich an mir vorbeiquetschte. „Himmel. Warte nur, wenn Clemmie das hört!“ Er stampfte davon.

Ich glaube nicht, dass Hector das überhaupt bemerkte. Er starrte schon wieder in die Ferne und kaute mechanisch. Mum tat nun nicht einmal mehr so, als wollte sie essen. Sie blickte ihn an, den Mund zu einer schmalen Linie zusammengekniffen, als müsste sie wütende Worte unterdrücken.

Sie war nicht die Einzige. Ich war auch nicht gerade überglücklich über diese Abmachung. Ich hatte allerdings erwartet, dass Hector mehr Widerstand leisten würde. Entweder spielte er seine Rolle hervorragend, oder es war ihm wirklich egal, ob ich nach Glastonbury fuhr oder nicht. Ich aß noch eine Weile weiter und beobachtete sein Gesicht, doch es schien wirklich geistesabwesend zu sein. Ich hatte aber wenig Lust, da zu sitzen und meiner Mutter dabei zuzusehen, wie sie sich Sorgen machte. Also stand ich auf und belud mir noch einmal den Teller. „Ich glaube, ich esse auf meinem Zimmer", sagt ich, während ich schon rausging.

Sobald ich die Tür hinter mir zugemacht hatte, schaltete ich meinen Laptop ein und setzte mich sofort mit den anderen in Verbindung. Während ich mein restliches Mittagessen mampfte, chatteten wir hin und her.

MIKE: Gav, Safi, Nathan? Aufwachen!

GAVIN: Klar. Wir warten auf DICH. Wo warst du?

MIKE: Verhaftet.

GAV: Was?!!!

SAFI: O Gott!

NATHAN: Typisch.

MIKE: Na ja, nicht wirklich verhaftet, nur zu Befragungen bei der Polizei, aber jetzt bin ich wieder draußen. Die Polizei hat mein Handy bei Farrar im Garten gefunden.

GAV: Manno!

SAFI: Schlimm.

NATHAN: Idiot. Du könntest uns alle in Schwierigkeiten bringen.

MIKE: Nun, hab ich nicht. Im Augenblick ist alles cool.
GAV: Und was ist mit der Suche nach dem Grab? Gehen wir noch nach Glasto?
SAFI: Hoffentlich.
GAV: Ist das cool mit deinen Eltern, Saf? Wenn nicht, sag Bescheid. Die glauben, ich bin der Beste.
NATHAN: Nur weil du ihnen in ihren Gedanken was suggerieren kannst!
GAV: Hast du was dagegen? So können wir alle da hinfahren und tun, was wir …
NATHAN: Zum Beispiel die Meatheads anhören? *Oh, tut mir leid, sorry,* du meinst, Michaels schimmelige alte Knochen suchen.
MIKE: Ha, ha.
GAV: Wie ist also der Plan?
MIKE: Wir fahren morgen. Packt eure Campingsachen und poliert eure Gummistiefel, ich hab die Fahrt schon vorbereitet.
SAFI: Zug?
MIKE: Schön wär's. Wir müssen mit Edwin und seiner Freundin hinfahren. Aber das Festivalgelände ist so groß wie 'ne kleine Stadt, und wenn wir mal da sind, können wir denen spielend aus dem Weg gehen.
Es trat eine Pause ein. Dann …
GAV: Edwin und Clementine – machst du Witze?
MIKE: Nö. Tschüss. Muss jetzt packen.
Ich loggte mich aus, ehe die anderen mit Meckern anfangen konnten. Jetzt musste ich überlegen, was ich mitnehmen

wollte. Doch als ich aus meinem Zimmer spazierte, prallte ich mit Mum zusammen.
„Keine Zeit, muss packen", rief ich rasch.
Sie verschränkte die Arme und wich nicht von der Stelle. „Dann ist es ja gut, dass ich helfen komme", sagte sie. Ihre Augen wurden ganz schmal, der Mund war nur noch eine dünne, gerade Linie. Ich begriff, dass sie wütend war. Wenn sie so aussah, widersprach ich ihr nicht.
„Äh, haben wir ein Zelt?", fragte ich.
Hectors Wohnung sah nicht aus, als gäbe es hier irgendwo einen Raum, in dem Campingartikel lagerten.
„Unser altes Zelt ist im Gästezimmer im Schrank." Sie marschierte den Korridor entlang, und ich folgte ihr. „Wir ziehen das Ding auf den Balkon und überprüfen es lieber vorher noch."
„In Ordnung", sagte ich. „Wieso bist du so schlecht gelaunt?"
Sie machte die Tür zum Gästezimmer auf. Selbst hier gab es eine hohe Fensterfront mit Blick auf den Park. „Ich habe mich gerade mit Hector gestritten, und er ist davongestürmt. Es ist um dich gegangen. Und darum, dass er sich aufspielt, als wäre er dein Vater." Sie schaute mich an. „Aber ich bin auch ziemlich sauer auf dich."
„Warum?"
Sie antwortete nicht, ehe wir das Zelt und alle Stangen auf den Balkon gehievt hatten. Es roch muffig wie alte Socken.
„Wieso dieser plötzliche Ausflug nach Glastonbury?", fragte sie. „Das ist doch wieder eine Rittermission, nicht?"
„Hm", antwortete ich vage und konzentrierte mich darauf, die Zeltleinen zu entwirren.

„Sag's mir, Mike." Sie nahm mir mit sorgenzerfurchter Stirn die Zeltleinen aus der Hand. „Ich muss es wissen. Das hat mir Angst eingejagt, als ich heute Morgen gehört habe, du könntest etwas mit einem Mord zu tun haben. Du hast dich wieder in Gefahr begeben. Und jetzt verschwindest du auf einmal nach Somerset. Warum?"

Ich log meine Mutter gar nicht gerne an, aber ich wollte ihr auch nicht die Wahrheit sagen. Man konnte nie wissen, wie sie reagieren würde, wenn sie hörte, dass die sterblichen Überreste von König Artus gefährdet waren.

„Merlin möchte, dass wir dort was erkunden", antwortete ich.

„Keine große Überraschung!", sagte sie. „Ich habe mir schon gedacht, dass der euch wieder angestiftet hat."

Sie warf die verhedderten Zeltleinen hin und fuhr sich mit der Hand durchs Haar. „Ich wünscht nur, ich könnte einfach in die Zeit zurück, als wir zu zweit waren, du und ich, bevor dieses ganze Ritterzeug angefangen hat", sagte sie mit leiserer Stimme. „Ich habe es so satt, mich immer verstellen zu müssen und zuzusehen, wie du dich in Gefahr begibst."

Ehe ich sie irgendwie beruhigen konnte, huschte ein Schatten am Balkon vorüber. Wir hörten hinter uns einen dumpfen Aufprall, und dann erhob sich Merlin und zupfte sein Fußballtrikot zurecht. Er grinste.

„Merlin", sagte Mum und tappte mit dem Fuß. „Was verschafft uns das Vergnügen?"

Er kam auf uns zu. „Nur eine Stippvisite. Ich will mich nur versichern, dass alles nach Plan läuft."

Mum stützte die Hände in die Hüften. „Nach welchem Plan? Dass Michael und seine Freunde wieder in eine unbekannte Gefahr rennen? Versuch gar nicht erst, das zu leugnen."
Merlin hielt beschwichtigend die Hände in die Höhe. „Alles wird gut, Beth. Dein Sohn ist ein mutiger junger Mann ..."
„Das weiß ich", antwortete Mum, während ich nur dastand und die Tatsache zu verdauen versuchte, dass Merlin mir gerade ein Kompliment gemacht hatte. „Ich möchte nur wissen, in was du die Kinder wieder hineinziehst."
Ich stand hinter ihr und schüttelte den Kopf. *Sag's ihr nicht!*
Merlin fuhr sich mit der Hand über die Schulter, und ein paar Federn schwebten zu Boden. „Beth, es ist keine große Sache. Ich hab's dir doch schon mal gesagt – je weniger du weißt, desto sicherer bist du."
Ich wollte Merlin nach Miss Lott fragen, aber jetzt war kein guter Augenblick. Ich wusste nicht, wie Mum reagieren würde, wenn sie erfuhr, dass Hectors „Assistentin" hervorragende Verbindungen zu Mordred hatte.
Mum stupste Merlin an die Brust. „Meine Sicherheit ist mir egal, die meines Sohnes nicht."
Merlin wich zurück und rieb sich seinen mageren Brustkasten. „Ich bin ja da und wache über ihn. Kein Grund zur Sorge."
Jetzt knurrte sie tatsächlich. „Meinst du das ernst?", fauchte sie, bevor sie sich daran erinnerte, dass ich ja gleich neben ihr stand und zuhörte. „Michael, kannst du Merlin und mich bitte ein paar Minuten allein lassen?"
Ein Blick in ihr Gesicht genügte, und ich gehorchte. Ich ging durch die Balkontür in mein Zimmer. Genauer gesagt: nur

beinahe in mein Zimmer – bis zu den Vorhängen, die neben der Balkontür hängen. Ich musste sehr genau hinhören, denn sie stritten sich draußen im Flüsterton.
„Ich habe die Nase voll von all dem", zischte Mum.
„Ich weiß, aber diese Reise ist lebenswichtig. Wir müssen Artus retten."
„Ich habe es auch satt, ständig von Artus zu hören. Der gottverdammte Artus ist mir völlig egal. Ich sorge mich um meinen Sohn Michael …"
„Aber er ist ein und derselbe …"
„Für mich nicht, nein. Und jetzt geh!"
„Aber …"
„Ich hab gesagt, du sollst gehen!"
Es herrschte Stille, und ich stellte mir vor, wie Merlin überlegte, was er sagen sollte, dann angesichts des Funkelns in den Augen meiner Mutter entschied, dass es keinen Zweck hatte. Ich hörte ein „Plopp" und dann ein Flattern und wusste, dass Merlin gerade wieder weggeflogen war. Ich rannte auf den Balkon zurück und schaute hinauf in den Himmel, aber Merlin war bereits außer Sichtweite. Ich hatte keine Chance mehr, ihn über Miss Lott auszufragen.
„Ich nehme an, du hast mitgehört?", fragte Mum, als ich mich wieder zu ihr gesellte.
„Na ja, ein bisschen."
Sie seufzte und faltete das Zelt weiter zusammen, während ich die angerosteten Zeltheringe zählte. Sie sah so traurig und besorgt aus, dass ich mir das Hirn zermarterte, was ich ihr erzählen könnte, um sie aufzuheitern.

„Erinnerst du dich noch an diesen katastrophalen Zeltplatz von Sunny Vale, Mum? Vor drei Jahren?"

Sie hielt inne und lächelte. „Ich erinnere mich an den Regen."

„Den Regen? Du meinst wohl den Monsun!" Ich lachte. „Aber abgesehen vom Regen und dem Schlamm und der Eiseskälte war es ein Riesenspaß. Du und ich und Dad."

Uns verging das Lächeln, als wir an Dad dachten. Aber Mum schüttelte sich und sagte: „Es hat ihm wahnsinnig gut gefallen, obwohl wir um acht abends ins Bett gehen mussten, weil es so kalt war und es kein Licht und nichts zu tun gab."

„Deswegen hat er uns Lieder fürs Lagerfeuer beigebracht. Und die haben das Pferd auf der Koppel nebenan gestört, sodass es durch den Zaun gebrochen ist und angefangen hat, unser Zelt anzufressen."

„Gnasher, das Pferd." Sie hob die verbogenen, rostigen Zeltheringe auf, stopfte sie in einen kleinen Beutel und lächelte mich an. „Ja, das war gut, Schatz, sehr gut. Gott, wie ich ihn vermisse!"

Ich gab den Versuch auf, das riesige Zelt in den kleinen Sack zu stopfen, und stand auf. „Ich weiß, dass du dich um mich sorgst, aber ich mache das auch für Dad."

Sie richtete sich auf, und ihre Augen waren tränenfeucht. „Das weiß ich. Ich muss immer daran denken."

„Also weißt du, dass nur ich ihn befreien kann. Es ist mir egal, was ich dafür machen muss – ich werde Mordred besiegen und Dad befreien, oder …" Hier hielt ich inne, weil ich merkte, dass ich zu weit gegangen war. Ich wollte sagen: *oder ich komme beim Versuch um.*

Mum wischte sich mit dem Arm über die Augen. „Und was ist, wenn Mordred auch deine Seele gefangen nimmt, hm?", fragte sie mit brechender Stimme.
„Bitte vertraue mir", antwortete ich.
„Das hat dein Vater auch gesagt …"
Die Balkontür ging auf, und Hector steckte den Kopf heraus. „Beth, ich brauche dich hier drin", sagte er.
Als er verschwand, seufzte Mum. „Die Pflicht ruft", sagte sie dann. „Pass nur gut auf dich auf, Mikey."
Sie wischte sich noch einmal über die Augen und legte mir eine Hand an die Wange. Ich weiß nicht, was sie noch gern gesagt hätte, aber sie hielt die Hand nur ein paar Sekunden da und eilte dann weg, um zu sehen, was Hector wollte.
Ich blieb draußen und schaffte das Unmögliche: Ich bekam das Zelt tatsächlich ganz in den Sack gestopft. Dabei versuchte ich, nicht an die Möglichkeit zu denken, dass meine Seele in der Unterwelt gefangen werden könnte. Aber mich gruselte es noch immer, als ich mein Zimmer ansteuerte, um meine Klamotten einzupacken. Und noch mehr gruselte es mich, als ich merkte, dass meine Zimmertür offen stand. Ich mache sie immer zu, denn Edwin würde es sonst als Einladung auffassen, hereinzukommen und mein Zimmer zu verwüsten. Ich ging auf Zehenspitzen zur Balkontür und spähte hinein. Neben meinem Schreibtisch sah ich eine Schattengestalt stehen. Ich stürzte mich also ins Zimmer und erwartete, meinen Stiefbruder zu erblicken.
Es war Miss Lott. Sie fuhr auf dem Absatz herum. „Michael! Äh, ich dachte, du wärst bei deiner Mutter."

„War ich auch. Was machen Sie hier?“, fragte ich.
Sie hatte sich blitzschnell wieder gefasst. „Da du Hectors Kreditkarte nicht zurückgegeben hast, musste ich herkommen und sie selbst suchen.“
Ich ging hinüber, zog eine Schublade auf und reichte ihr die Karte. „Sie hätten mich nur zu fragen brauchen.“
„Du hattest zu tun.“ Sie klopfte sich mit der Karte auf die Finger. Hinter ihr leuchtete ein Licht auf meinem Schreibtisch. Es kam von meinem Handy, dessen Display aktiv war. Was bedeutete, dass jemand, nämlich Miss Lott, meine Nachrichten gelesen hatte.
„Danke.“
Als sie sich zum Gehen anschickte, sah ich, dass sie einen raschen Blick auf mein Handy warf. Das Display war inzwischen wieder dunkel, also dachte sie wahrscheinlich, ich hätte nicht gemerkt, dass sie herumgeschnüffelt hatte. Sie lächelte zufrieden. „Sei schön brav, Michael. Und gerate nicht gleich wieder in Schwierigkeiten.“
Dann war sie weg. Ich stand da und kratzte mir die Hand. Excalibur versuchte zu erscheinen. Ich hatte ihr vorhin nicht getraut, jetzt traute ich ihr erst recht nicht.
Wem zum Teufel konnte ich eigentlich trauen?

12

Skiulala bonga dehurda paalula!“ Clementine trällerte noch ein paar unsinnige Wörter und steuerte das riesige Wohnmobil fröhlich entgegen einer Einbahnstraße, während aus allen Richtungen Hupen erklangen.

Bisher hat sie keinen von uns überzeugt: weder mit ihren Fahrkünsten noch mit ihrer Musikauswahl oder ihrem Gesang.

„Ich feuere auf der Stelle einen Pfeil direkt durch die Kopfstütze und durch ihre blödsinnige Beanie-Mütze, wenn sie nicht sofort aufhört“, grummelte Gav.

Wir saßen hinten im Winnebago-Wohnmobil um den Tisch herum. Das Ding war unglaublich: Es gab eine kleine Küche voller Snacks gleich neben uns, einen Fernseher, der in die Wand geklappt war, und weiter hinten ein Bad und ein Schlafzimmer. Der Regen prasselte aufs Dach, und die Scheibenwischer liefen auf Hochtouren. Unsere Sachen türmten sich im Mittelgang. Wenn Clementines Fahrstil sich noch verschlechterte, würden wir bald unter einem Berg von Gepäck begraben.

Um halb sieben am Morgen waren wir in strömendem Regen losgefahren, alle schon in Festivalmontur und mit Gummistiefeln an den Füßen (Safis hatten ein Blümchenmuster, meine waren in Tarnfarben, Nathans jagdgrün und Gavs schwarz mit weißen Totenschädeln). Gav und ich hatten dazu T-Shits mit Band-Logos kombiniert, Nathan hatte sich für das Tournee-T-Shirt von Meatheads entschieden. Safi trug ein weißes Oberteil mit den Worten „Born to Win“ in lila Glitzerbuchstaben und ein lila Kopftuch.

Mum und Hector hatten uns verabschiedet. Mum umarmte mich fest und flüsterte: „Sei vorsichtig. Ganz egal, was Merlin sagt, zuallererst bist du mein Sohn und erst dann König Artus, okay?“

Jetzt war eine Stunde vergangen, und wir waren noch nicht mal aus London raus, weil Clementine sich weigerte, ein Navi zu benutzen.

„Ist die betrunken?“, flüsterte Safi, als Clementine wieder zu trällern begann.

„Und was ist das eigentlich für ein Trauergesang, den sie da mitplärrt?“, fragte Nathan.

„Das ist isländischer Folkrock“, erklärte ich ihnen. „Es ist eines ihrer Lieblingsstücke vom Beowulf-Album. Ich glaube, das will sie uns auf dem ganzen Weg nach Somerset vorspielen.“

Nicht wenn ich vorher den MP3-Player erledige, hörten wir Gavs Stimme in unseren Köpfen. Wir kicherten.

Edwin ignorierte uns, aber nur, weil er sich ständig über Clementines Fahrstil beschwerte und ab und zu ins Lenkrad griff, damit sie nicht von vorbeifahrenden Autos die Seitenspiegel mitnahm. Sein Festival-Outfit bestand aus seiner Army-Tarnkleidung, schweren Stiefeln und seinem Siegelring, dem Geburtstagsgeschenk. Anscheinend hatte er es immer noch nicht geschafft, das Ding wieder vom Finger zu kriegen.

Den könnte ich gleich mit erledigen, sagte Gav in unseren Gedanken. Wir begannen zu lachen. Edwin schaute sich misstrauisch um, aber nur einen Augenblick. Wir fühlten uns ziemlich unbehaglich, mit ihm in diesem Winnebago eingesperrt zu sein, denn wir wussten, dass Edwin darüber Bescheid wusste, dass wir die Reinkarnationen von Rittern waren. Und er wusste, dass wir wussten, dass er es wusste. Nachdem er ein letztes Mal Clementine angebrüllt hatte, weil sie die richtige Ausfahrt aus einem Kreisverkehr verpasst hatte, und sie dann gezwungen hatte, den Platz mit ihm zu tauschen, damit er fahren konnte, setzten wir uns die Kopfhörer auf und ignorierten ihn einfach.

Nicht dass seine Fahrkünste besser gewesen wären als die seiner Freundin. Er schien zu glauben, dass er doch noch auf der Rennstrecke in Silverstone gelandet war. Der große Wagen brauste los und bretterte die Straße entlang, warnte mit Hupen andere Verkehrsteilnehmer, damit sie Platz machten. Wir waren angeschnallt, aber ich packte schnell den Tisch, damit ich nicht in der Mitte durchgeschnitten und in die Küche geschleudert wurde. „Haltet Ausschau nach Radarfallen", brüllte Edwin und drückte das Gaspedal noch weiter durch.

Den Teufel werd ich tun!, dachte Gav in unseren Köpfen, während wir hin und her geschleudert wurden. *Geschieht ihm ganz recht, wenn er einen Strafzettel kriegt.*

Das einzig Gute an Gavs Fahrstil war, dass wir ordentlich Zeit aufholten. Schon bald hatten wir die Autobahn erreicht.

„Schaut mal, Schilder zum Festival!", krähte Clementine ein wenig später.

Als wir an einer Tankstelle anhielten und mit unseren Gummistiefeln reinstapften, waren da ganze Horden von anderen Festivalbesuchern. Manche trugen Meathead-T-Shits, andere hatten Rucksäcke auf und suchten eine Mitfahrgelegenheit, und wieder andere riefen sich etwas zu und lachten über das schlechte Wetter. Es war schon hier eine Riesenparty. Selbst der Gedanke, dass wir auf der Suche nach meinen Gebeinen waren, konnte mich nicht davon abhalten, ziemlich aufgeregt zu sein.

„Meatheads jetzt und für die Ewigkeit!", brüllte Nathan einer Gruppe von Mädchen zu, die das gleiche T-Shirt wie er trugen, und sie umschwärmten ihn gleich plaudernd und lachend.

„Wie macht der das bloß?", flüsterte Gav.

„Er ist Lancelot", meinte Safi. „Der war für seinen Charme und sein gutes Aussehen berühmt."

„Sind wir sicher, dass er Lancelot ist?", grummelte ich. „Und nicht eher jemand, der für sein mieses Benehmen und seine blöden Frisuren berühmt war?"

Die Mädchen folgten uns zum Winnebago und versuchten, Edwin dazu zu überreden, sie mitzunehmen. Doch er schaute sie und uns nur grimmig an und sagte, wenn wir nicht sofort wieder einstiegen, würde er ohne uns weiterfahren.

„Wer ist *das* denn?", fragte eines der Mädchen naserümpfend.

Ich war drauf und dran, den Mädchen zu erzählen, dass er der Handlanger eines Dämonen namens Mordred war, der es darauf abgesehen hatte, die Welt zu zerstören, aber darüber würden sie nur lachen, also sagte ich bloß: „Das ist mein Stiefbruder, und den lassen wir normalerweise nicht unter die Menschen."

Kurz darauf waren wir wieder in Richtung Südwesten unterwegs und überquerten die Tiefebene von Salisbury.

„Wie aufregend! Bald kommt Stonehenge in Sicht", sagte Clementine. Sie schauderte ein bisschen und lachte. „Stellt euch nur vor, vor vielen tausend Jahren, an diesem Sonnwendtag, dem längsten Tag des Jahres, ging die Sonne direkt über dem Altarstein in der Mitte auf ..."

„Ach, hör doch damit auf", murmelte Edwin. „Wen interessiert das?"

„Na ja, das arme Opfer, das auf dem Altar dem Sonnengott oder sonst wem geopfert wurde", antwortete Clementine. „Oder so was in der Richtung. Vielleicht."

Safi verdrehte die Augen. Ihr war langweilig gewesen. Also hatte sie sich den Beutel mit den Zeltheringen genommen und vertrieb sich jetzt die Zeit damit, die krummen Dinger gerade zu biegen, als wären es Pfeifenreiniger. Als Edwin um die nächste Kurve bretterte, warf sie die Heringe weg und machte das Fenster an der Seite auf.

„Da ist es. Stonehenge!"

Es war ein beeindruckender Anblick, als wir den Hang hinunter auf den Ring aus riesigen Steinen zufuhren. Sie sahen aus wie aus einer anderen Welt, eher wie das Gerippe eines gigantischen Alien-Raumschiffs als wie etwas, das Menschen in der Steinzeit gebaut haben könnten.

„Wie um alles in der Welt haben die diese Steine ohne Lastwagen und Kräne hierherschleifen können?“, hauchte Gav.
„Wer weiß? Vielleicht hatten die Leute damals mehr Muskeln“, meinte Nathan und unterdrückte ein Gähnen.
„Vielleicht hatte sie damals Zauberer.“ Safi legte eine Pause ein. „Okay, wir haben Merlin, aber ich meine verlässliche Zauberer, die dafür sorgten, dass die Steine leichter wurden und man sie ohne Probleme bewegen konnte.“
„Oder einfach einen Haufen Leute“, sagte ich, hielt mich an meinem Sitz fest und schaute durch die breite Windschutzscheibe. „Wie zum Beispiel diese.“
Edwin rammte den Fuß auf die Bremse. Vor uns blockierte eine Gruppe von Protestierern die Straße. Manche trugen Banner, andere riefen durch Megafone. Selbst gemalte Schilder an Stöcken wurden in der Menge geschwenkt, sie forderten die sofortige Beendigung des Frackings. Die Protestierer waren auf dem Weg zu dem Bohrgelände. Ich hatte die Proteste völlig vergessen.
„Der Fanklub deines Stiefvaters“, meinte Nathan.
„Das Bohrgelände muss hier in der Nähe sein“, sagte ich. „Merlin sollte mal nachschauen, was Hector hier eigentlich anstellt.“
Edwin klatschte die Faust auf die Hupe und ließ sie laut und lange dröhnen.
„Aus dem Weg!“, brüllte er über den Protestgesang und die Rufe hinweg. „Und hört auf, euch zu beschweren, ihr Armleuchter.“ Er hupte wieder. „Verdammte Hippies.“

„Vielleicht hat sich Merlin unter die Protestierer gemischt", überlegte Gavin und lehnte sich aus dem Fenster, um nachzusehen. „Der würde prima zu denen passen."

„Noch besser, ich glaube, er schaut sich alles aus der Vogelperspektive an", sagte Safi und deutete hoch über die aufrecht stehenden Steine, wo ein kleiner brauner Punkt wie wild mit den Flügeln schlug.

Ich hoffte, dass er das war. Meine Hand juckte nämlich schon wieder, Excalibur witterte Gefahr. Es ging nicht nur mir so: Auch Safi rieb sich die Hand, und Gav kratzte sich am Arm. Nathan tat nichts dergleichen, aber ich sah, dass seine Faust geballt war. Edwin versuchte immer noch, den Winnebago mitten durch die Protestierer zu manövrieren.

„Dreh um, dreh um!", rief Clementine. Aber Edwin fuhr unbeirrt weiter.

„Das ist das Gelände meines Vaters. Und dieses Gesindel soll mir gefälligst aus dem Weg gehen."

Während Edwin den Wagen langsam vorwärtsbewegte, machten wir uns auf unseren Sitzen ganz klein. Protestierer schrien und hämmerten an die Seiten des Wohnmobils. Ein Ei traf die Windschutzscheibe, aber Edwin fuhr laut hupend weiter, bis sich die Menge teilte und ein Polizeiauto uns langsam überholte und vor uns anhielt. Als der Polizist ausstieg und auf uns zukam, seufzte Edwin erleichtert.

„Na endlich. Der sorgt dafür, dass wir durchfahren können."

Er reckte dem Polizisten den erhobenen Daumen entgegen – bis der Mann sich vor dem Wohnmobil aufbaute und ungeduldig signalisierte, Edwin sollte zurückfahren.

„Was?“ Edwin glotzte ihn ungläubig an. „Ich fahre nicht rückwärts. Der soll diese Rowdys aus dem Weg räumen!“

Clementine legte ihm die Hand auf den Arm. „Überlass das mir Eddie. Ich kläre das.“

Sie kurbelte ihr Fenster herunter und rief den Polizisten herüber. „Hallo. Würden Sie uns vielleicht einen kleinen Gefallen tun? Könnten Sie uns den Weg frei machen, bitte?“ Sie warf ihm ein strahlendes, falsches Lächeln zu und legte die Hände zusammen, als wollte sie beten. „Bitte, bitte, bitte – wir sind auf dem Weg zum Festival, müssen Sie wissen.“

Der Polizist ignorierte das Lächeln und die betenden Hände. „Pech. Das sind Tausende andere auch. Und die sind alle den Umleitungsschildern gefolgt, die vor fünf Meilen an der Straße standen. Haben Sie die denn nicht gesehen?“

„Schon“, antwortete Clementine. „Aber unser Navi hat uns gesagt, dass dies hier der schnellere Weg ist, und wir fahren schon seit Stunden und haben gedacht, ein Fahrzeug würde doch nichts ausmachen …“

Den Polizisten ließ das kalt. „Doch, das macht was aus. Und jetzt drehen Sie bitte um und nehmen die Umleitung, ehe ich Ihnen einen Strafzettel verpasse.“

Clementines Lächeln entgleiste. „Aber eigentlich gehören doch diese Leute hier nicht auf die Straße! Wir dagegen schon!“

Der Mann sah aus, als würde ihm gleich der Geduldsfaden reißen. „Dann sagen Sie das mal dem Fracking-Unternehmen da hinten. Dahin sind die Leute nämlich unterwegs.“

Edwin beugte sich vor und schaute um Clementine herum. „Ja, das weiß ich“, sagte er schroff. „Das ist das Unternehmen meines Vaters. Ich bin Edwin Boomgardt. Und jetzt machen Sie die Straße frei und lassen uns durch, ja?"

Die Augen des Polizisten verengten sich. Clementine stieß Edwin schnell den Ellbogen in die Rippen und versuchte es noch einmal.

„Frieden und Liebe!", flötete sie und klimperte den armen Mann mit den Wimpern an.

Erst dachte ich, sie hätte was ins Auge gekriegt, aber dann begriff ich.

„O Gott, jetzt versucht sie, mit ihm zu flirten", flüsterte ich.

„Da möchte man am liebsten im Boden versinken", stöhnte Gav.

„Hört zu, es kommt noch schlimmer", meinte Safi.

Clementine tätschelte dem Polizisten neckisch den Arm. „Ich bin sicher, so ein attraktiver, starker Polizist wie Sie hätte kein Problem, diese zerlumpten Protestierer wegzutreiben! Wir wären Ihnen ja so dankbar", gurrte sie, den Kopf ein wenig schief gelegt, während sie sich eine Haarsträhne immer wieder um den Finger wickelte. „Und wir sind ja nicht irgendwelche dahergelaufenen Leute. Edwin ist Hector Boomgardts Sohn."

Der Polizist starrte sie mit versteinerter Miene an. „Wollen Sie damit sagen, ich soll Sie durchlassen, nur weil er reich ist?"

Clementine warf ihm ein dämliches Lächeln zu. „Ja, natürlich."

Das war's. Das Gesicht des Polizisten wurde puterrot vor Wut. Er zog sein Notizbuch heraus und schrieb die Nummer des Winnebago auf. „Wenn Sie jetzt nicht sofort zurückfahren, beschlagnahme ich Ihr Wohnmobil und verhafte Sie."

„Oh! Das meinen Sie doch sicher nicht so“, erwiderte Clementine verzweifelt. „So ein attraktiver Mann wie Sie, der in seiner Uniform so gut aussieht, könnte ja locker ein VIP werden, wenn Sie also bitte so freundlich wie attraktiv sein würden, dann wären wir Ihnen sehr dankbar, nicht wahr, Eddy, und wir könnten Ihnen vielleicht eine kleine Summe zahlen, wissen Sie, als Entschädigung für Ihre Zeit …“ Selbst nach Clementines Maßstäben war das eine wirklich blödsinnige Aussage. Die Sache wurde allmählich ernst. Der Polizist griff nach etwas, das an seinem Gürtel hing.

„O Gott, der verpasst ihr einen Elektroschock!“, zischte Gavin.

„In diesem Fall, Miss, muss ich Sie wegen versuchter Beamtenbestechung verhaften, und Mr Boomgardt dafür, dass er die Protestierer durch seine rücksichtslose Fahrweise gefährdet hat …“

Ich gab Gav einen Rippenstoß. „Mach was. Sonst sitzen wir den ganzen Tag hier.“

Null problemo. Er legte die Hände seitlich an den Kopf wie ein Hypnotiseur auf der Bühne und heftete seine Augen auf den Polizisten.

Wir hielten die Luft an. Der Polizist blinzelte ein paar Mal und starrte auf die Handschellen, die er vor sich hielt, ehe er sie wieder an seinem Gürtel verstaute. Dann lächelte er Edwin und Clementine an, als freute er sich, sie zu sehen. „Tut mir leid, Sir, ein kleines Missverständnis. Einen Augenblick bitte, dann mache ich den Weg für Sie frei.“ Er ging zu seinem Streifenwagen zurück und fuhr mit Martinshorn und Blaulicht vor uns her. Die Protestierer flohen an den Straßenrand.

„Endlich!“, sagte Edwin und folgte ihm langsam. „Ich denke, er hat mich doch noch erkannt.“
Clementine kicherte. „O Eddy, du bist so ein Unschuldslamm. Das war doch ich. Der ist total auf mich abgefahren, hast du nicht gesehen, wie er rot geworden ist, als ich mit ihm geflirtet habe?“
Hinten klatschten wir Gav leise ab, ehe wir uns wieder tief in unsere Sitze duckten, während Edwin zwischen den Protestierern hindurchfuhr. Wir kamen an hohen Maschendrahtzäunen und an Toren mit dem Logo von Boomgardt vorüber. Drinnen war eine Reihe von Lastwagen geparkt, daneben standen Bohrgeräte und Baracken für die Arbeiter.
„Verdammt“, sagte ich. „So kann ich nichts erkennen. Wir müssen rauskriegen, was Hector und Miss Lott diesmal ausgraben wollen.“
„Ich wette, wieder ein Portal in die Unterwelt“, sagte Nathan.
„Wow, das wäre aber schlimm“, meinte Gav. „Noch mehr freigelassene Horden von Höllendienern können wir hier gar nicht brauchen.“
Safi drückte ihr Gesicht ans Fenster und spähte zu dem Bohrgelände zurück. „Besonders jetzt nicht, während wir nach dem Grab und deinen Gebeinen suchen.“
Ich hielt mich fest, als Edwin Gas gab und einen Hang hinaufbretterte. Meine Gebeine. Eine Sekunde überlegte ich, wie es wohl wäre, wenn Mordred sie als Erster finden würde. Würde ich einfach zu Boden sacken wie eine Marionette, deren Fäden man durchgeschnitten hat? Oder würde ich langsam dahinschwinden und den Verstand verlieren, so als würde

ich alt? Ich stellte mir vor, wie ich im Bett lag und durch einen Strohhalm ernährt wurde.
„Schon gut“, sagte Gav. „Ich bleib bei dir, Kumpel. Übrigens finde ich Babyessen echt lecker.“
„Tausend Dank“, erwiderte ich. „Ein großer Trost.“

Eine halbe Stunde später, gleich nach Mittag, als endlich die Sonne schien, hielt Edwin am Ende einer Schlange von Autos und Wohnmobilen an, die alle darauf warteten, durch das Tor auf das Festivalgelände zu fahren. Die anderen drei drückten ihre Nasen an die Fensterscheiben und schauten auf die Felder voller Zelte, die sich bis in die Ferne erstreckten. Ich sah weit hinten die Bühnenbauten, die sich aus der Landschaft erhoben. Es war ein fantastischer Anblick. Wenn ich nur wegen der Musik, zum Chillen und zum Spaß hier wäre!
„Zeltstadt!“, krähte Gav, die Nase an die Scheibe gedrückt.
Ich versuchte, seine Aufregung zu teilen, aber meine Hand machte mir echt zu schaffen. Sie fühlte sich an, als würde mir heißes Metall gegen die Handfläche gepresst. Vielleicht spürte Excalibur, dass meine Gebeine in der Nähe waren, vielleicht wollte mein treues Schwert aber auch nur ganz dringend Edwin einen Kopf kürzer machen. Edwin war in der letzten halben Stunde besonders nervig gewesen und hatte pausenlos laut gehupt.
Eine Gruppe von Leuten mit Rucksäcken und Meathead-T-Shirts kam vorbei und sang das neueste Lied der Meatheads. Nathan sprang auf und sang mit. Ich benutze das Wort „singen“ hier im weitesten Sinne. Meathead waren ja weniger für

ihr Melodien oder ihre Texte als für ihre Lautstärke bekannt. Nathan hatte wohl mein Gesicht gesehen.

„Kopf hoch, Kumpel", sagte er. „Genieß es."

„Vielleicht, wenn ich offiziell hirnamputiert bin, dann schon", erwiderte ich.

Zu meinem Entsetzen grölte nun auch Gav den Refrain mit. Safi lachte und begann, den Rhythmus auf den Tisch zu trommeln. Widerwillig grummelte ich ein paar Worte. Irgendwie hatte Nathan ja recht. Ich musste positiv denken – wir waren in Glastonbury, die Sonne schien, und mit dem Singen konnten wir Edwin ärgern, der sich zu uns umdrehte und androhte, uns „zu zerquetschen wie Weintrauben", wenn wir nicht sofort die Klappe hielten.

„Eine Mikrosekunde, nachdem wir durch das Tor sind, hauen wir ab", murmelte ich, als Edwin bei einem Sicherheitsmann mit grellgelber Jacke hielt, auf der in großen Lettern SECURITY stand.

„Karten", forderte der Mann.

Edwin reichte seine heraus. Der Typ schaute sich die Tickets rasch an und befestigte Armbändchen an Edwins und Clementines Handgelenken. Dann machte er die Seitentür des Winnebago auf und streckte die Hand nach unseren Eintrittskarten aus. Ich reichte sie ihm. Er überprüfte sie, stutzte und überprüfte sie noch einmal „Raus. Alle vier."

Edwin drehte sich auf seinem Sitz um. „Oho. Sieht ganz so aus, als hätte euch da jemand Fälschungen angedreht", sagte er lachend. „Hätte ich mir ja denken können, dass ihr Versager euch keine echten leisten könnt."

Ich begann mir Sorgen zu machen. Seit ich die Karten hatte, war mir nicht in den Sinn gekommen, dass sie vielleicht nicht echt waren. Aber was, wenn Merlins Zauberkräfte versagt hatten? Oder die Tickets wirklich Fälschungen waren?

„Stimmt was nicht?“, fragte ich den Mann ganz unschuldig, obwohl mir der Schweiß aufbrach und Excalibur mir einen Elektroschock nach dem anderen durch die Hand schickte, als ich sie zur Faust ballte.

Der Mann deutete mit dem Daumen auf ein großes Zelt beim Tor. „Sicherheitsüberprüfung. Nehmt euer Gepäck mit.“

Die anderen drei schauten mich an.

Merlin hat mir gesagt, es würde keine Probleme geben. Ich zuckte die Achseln. „Vielleicht machen sie Stichproben“, überlegte ich, obwohl mein Schwert anderer Meinung zu sein schien. Ich ballte meine Faust noch fester.

„Herrgott nochmal, lasst sie doch einfach euer Gepäck durchsuchen“, stöhnte Edwin. „Ich will nicht den ganzen Tag hier rumhängen.“

Wir kletterten aus dem Wohnmobil und zerrten unsere Taschen und das Zelt heraus. Kaum waren wir draußen, brüllte Edwin: „Bis später, ihr Versager!“ und fuhr auf das Feld zu, auf dem die Wohnmobile parkten.

„Gott sei Dank, euch sind wir los!“, brüllte ich hinter ihm her. Ich hievte mir meinen Rucksack und das Zelt auf die Schultern und schaute auf meine Hand. Die Linie quer über der Handfläche war scharlachrot. Excalibur war noch nie so beharrlich gewesen.

Irgendwas stimmte hier nicht, und es waren nicht nur meine Gebeine. Ich schnüffelte. Ich hatte schon von den Toiletten hier gehört und dass man nie in Windrichtung davon zelten sollte, weil sie nach einem Tag schon ziemlich zu müffeln begannen. Aber das Festival fing doch gerade erst an, und schon jetzt stank die Luft.

Ich blickte zu den anderen, ob die das auch bemerkt hatten, aber sie stapften folgsam mit ihrem Gepäck auf das Zelt zu.

Vielleicht lag es an mir, dachte ich, als ich mich unter der Zelttür durchduckte und den anderen nach drinnen folgte. Hier stank es noch mehr. Nach dem hellen Sonnenschein draußen brauchten meine Augen eine Weile, bis sie sich an das Dämmerlicht gewöhnt hatten. Ringsum standen Kartons mit Armbändchen und aufgestapelte Absperrungen. Mitten im Raum waren zwei Sicherheitsleute, die sich die Kapuzen übergezogen hatten und deren gelbe Jacken im Dämmerlicht leuchteten. Sie standen einander gegenüber, steckten die Köpfe zusammen und ignorierten uns. Wir ließen unsere Taschen fallen und warteten.

„Hier stimmt was nicht", murmelte ich, als ein weiterer Schock über meinen Arm lief.

„Ja", stimmte Gav neben mir zu.

„Dieser Geruch", sagte Safi nervös.

Die Wachleute hatten uns gehört. Einer drehte sich um, das Gesicht von der Kapuze beschattet. Ein weiterer Schock lief mir über die Hand und den Arm hinauf. Ich brauchte das Gesicht gar nicht mehr zu sehen.

„Dreht um", zischte ich. „Rennt."

Ich machte einen Schritt zurück und stieß mit etwas zusammen, das zischend lachte und uns mit einem schrecklichen Gestank einhüllte. Noch zwei Wachleute standen hinter uns.
Ich würgte.
Das waren keine Menschen. Nur ein Wesen sieht so aus und riecht so, als lebte es in der Kanalisation. Wir waren gefangen, umringt von Geh-Abruki.

13

Sie kamen näher, umringten uns, leuchteten neonweiß in dem dämmrigen Zelt.

Vier madengleiche Geh-Abruki mit Furzatem, widerlich und stinkend, blinzelten uns aus ihren winzigen Augen an, ihre weit aufgerissenen Mäuler lachten geifernd, und Sabber triefte in langen Fäden zwischen ihren nadelspitzen Zähnen herunter. Jeder Einzelne von ihnen war nur zu gern bereit, uns mit einer einzigen Berührung die Seele aus dem Leib zu saugen.

„Excalibur!"

Ich löste meine Faust, damit mein Schwert hervorbrechen konnte, aber der am nächsten stehende Abruki bewegte sich rasch. Schon starrte er mir ins Gesicht und kicherte hämisch. Mein Schwert erschien nicht, stattdessen fuhr mir ein furchtbarer Schmerz durch den Arm, ein schrecklicher, saugender Schmerz, der meine Haut und mein Fleisch sofort betäubte. In diesem seelenzerstörenden Griff war meine Hand völlig unnütz. Excalibur war blockiert. Mit seiner anderen schleimigen Hand packte mich der Geh-Abruki beim Hals. Ich versuchte verzweifelt, mich zu befreien, aber nach ein paar Sekunden verebbte meine Kraft. Eine ungeheure Müdigkeit schlich mir durch die Hand und den Arm hinauf. Das widerliche Geschöpf versuchte, mir nicht nur alle Energie aus dem

Leib zu saugen, sondern auch die Seele gleich mit dazu. Schon jetzt wollten mir die Augen zufallen. Ich wankte …

Nein! Ich musste hellwach bleiben. Rechts und links von mir konnte ich Stöhnen und Seufzer hören. Safi wand sich vor Schmerzen, weil einer der Widerlinge ihre Schildhand ergriffen hatte. Gav war in dem gleichen traurigen Zustand. Rechts von mir ging Nathan in die Knie, als sein Folterer ihm das Leben aus dem Körper zu saugen versuchte.

Ich *musste* meine Hand frei bekommen. Ich brauchte Excalibur.

„Mike …“ Es war Gav, kaum ein Flüstern in meinen Gedanken. „Kann mich nicht bewegen … Mach was.“

Wir hatten nicht mehr viel Zeit. Ich holte tief Luft, blinzelte den Nebel ein wenig fort und schaute meinem Angreifer in die unmenschlichen Spinnenaugen. „Ich habe dich schon zweimal besiegt“, flüsterte ich. „Ich schaffe das wieder.“

Auf dem Zombiegesicht des Geh-Abruki zeigte sich ein dämliches Grinsen. „Ach, er spricht. Der König spricht, aber nicht mehr lange“, krähte er. „Pass nur auf!“ Der Druck auf meinen Arm verstärkte sich, und meine Knie wurden weich. Grauer Nebel legte sich erneut vor meine Augen.

„Komm nur näher“, flüsterte ich. „Und hör gut zu.“

Die grinsende Visage schwebte näher, leuchtete weiß im Nebel. Ich wartete, bis sie ganz nah war, zielte gut und versetzte dem Schleimwesen einen Kopfstoß mitten zwischen die bösen kleinen Augen. Es war, als schlüge man in einen Sack weiche Butter. Es gab ein schmatzendes Geräusch, und er wich zurück, ließ meinen Hals los. Eine Sekunde lang verringerte sich der Druck auf meine Hand.

Meine Chance!
„Excalibur!“, rief ich mit letzter Kraft. Ich spürte, dass das Schwert erscheinen wollte, aber es kam nicht an diesem Todesgriff vorüber. In meiner Verzweiflung trat ich um mich und erwischte den Widerling am Knie. Er sackte zusammen. Ich kickte noch einmal, und er wich zurück, wobei er seinen Griff erneut lockerte.
„Excalibur!“
Das Schwert erschien als schwacher Umriss, war nur ein Geist seiner wahren Gestalt, aber es reichte, um dem Abruki mitten durch die Hand zu stechen. Der schrie schrill, und aus der Wunde strömte ein widerlich stinkendes Gas, Schleim spritzte in die Höhe. Der Widerling ließ los und hielt sich das Handgelenk. Meine Chance! Ich ließ das Schwert auf seinen Kopf hinuntersausen und spaltete ihn in zwei Hälften. Eine Sekunde lang hing der Geh-Abruki noch an der Klinge, ehe die beiden Seiten nach unten sackten und in einer Schleimpfütze versanken.
„Mike, hilf mir!“
Safis Gesicht war totenbleich. Ihre Augen waren umwölkt, aber sie hatte ihre freie Hand zum Gesicht des Geschöpfs erhoben und drückte es zurück, soweit sie konnte.
„Ziel auf die Augen!“, schrie ich, während ich nach Luft japste und den Nebel wegblinzelte – gerade rechtzeitig, um zu sehen, wie Safi ihrem Abruki einen Daumen ins Auge rammte. Das Ekel kreischte auf. Excalibur war verschwunden, also taumelte ich zu Safi und trat dem Abruki von der Seite fest in den Bauch. Aber er hielt Safis Hand noch immer umklammert. Sie fiel auf

die Knie. Ich holte erneut tief Luft, zielte mit meinem Tritt höher und erwischte das Ekelgeschöpf am Kinn. Es machte einen Salto rückwärts, ein verheddertes Bündel aus gelber Sicherheitsjacke und Schleimfäden. Das war es aber nur für kurze Zeit, denn es erhob sich bereits wieder auf die Knie. Aber jetzt stand Safi auf den Beinen, und sie war wütend.

„Ich komm mit ihm klar“, sagte sie und fixierte das Geschöpf mit einem wilden Blick.

Ich nickte und raffte die Überreste meiner Kraft zusammen.

„Excalibur!“, krächzte ich und hielt die Hand hoch.

Mit einem triumphierenden „Kling!“ erschien das Schwert mit blitzenden Smaragden und der stählernen Klinge, die durch die Luft schnitt. Unverzüglich stürzte ich mich auf Gavs Angreifer und traf ihn von hinten in den Kopf. Das Ekelwesen explodierte in einem Schauer aus Schleim, der Gav bedeckte, während er auf dem Boden zusammensank, das Gesicht totenbleich unter all dem Schmodder. Zwei Abruki erledigt. Ich packte Gavin bei der Hand und zog ihn hoch. Er taumelte, versteifte dann die Beine.

„Meine Hand …“, flüsterte er heiser. „Kann meinen Bogen nicht …“

Hinter einem Stapel von Kartons hervor ertönte ein schwacher Schrei. Nathans Abruki hatte ihn fortgeschleift und kauerte nun über ihm wie ein Geier. Nur Nathans Turnschuhe, die schwach zuckten, waren noch zu sehen.

Ehe wir zu ihm rennen konnten, hörten wir ein Klirren und ein Platschen und etwas Rundes, das weiße Schleimfäden hinter sich herzog, zischte an Gav und mir vorbei. Mit einem raschen

Blick erfasste ich Safi, die wie eine Diskuswerferin dastand und ihren flackernden hellroten Schild in der Hand hielt. Vor ihr schmolz ein kopfloser Geh-Abruki langsam zu einer Schleimpfütze. Dann gab es noch ein Platschen, als der Kopf des Geschöpfes auf die Kisten beim Eingang prallte und explodierte.

„Safi. Weite den Blutroten aus", rief ich ihr zu, als die Tür zum Zelt aufgezogen wurde.

„Kann nicht", stöhnte sie. „Meine Hand ist noch ganz taub."

„Du musst!" Schatten flackerten bei der Tür. „Es kommen noch zwei rein. Halte sie zurück, während wir Nathan holen."

Gav und ich stürzten uns auf den Abruki, der über Nathan kniete. Als ich Excalibur anhob und mich bereit machte, ihm das Schwert in den Schädel zu stoßen, hörte ich rechts von mir ein wütendes Brummen und sah einen blassen flackernden Pfeil, der vorbeiflog und mir beinahe das Ohr abgerissen hätte. Hätte Gav den Pfeil mit voller Kraft abgeschossen, hätte er den Abruki in die Luft gesprengt, aber so traf der Pfeil das Geschöpf in den Nacken und blieb dort stecken, während eine Fontäne aus Gas und Schleim herausspritzte und der Abruki zusammenfiel wie eine Luftmatratze mit einem Loch. Nathan und ich wurden mit stinkendem Schleim überzogen. Nathan merkte das nicht einmal, sein Gesicht war totenbleich. Er lag ausgestreckt auf dem Boden, nur noch halb bei Bewusstsein. Gav packte meinen Arm. „Safi!"

Die beiden neuen Abruki näherten sich ihr knurrend und leckten sich den Geifer von ihren Nadelzähnen. Es waren Riesenmonster, die größten, die ich je gesehen hatte. Ihre

Madenhaut war dick und verkrustet, ihre seelensaugenden Hände gigantisch. Ich packte Excalibur fest, rannte auf einen der beiden zu, sprang in die Höhe und hieb ihm die Klinge mit aller Kraft gegen den Hals. Sie prallte zurück.
Das Schleimgeschöpf drehte sich um und lachte. Ich attackierte erneut und stach die Spitze von Excalibur direkt über seinem Herzen durch die Sicherheitsjacke.
Nichts.
Keine Schleimfontöne, kein Platschen. Was für ein Seelenfresser war das denn? Jetzt kam auch der andere grinsend auf mich zu. Ich wich zurück, packte Excalibur, suchte nach einer Schwachstelle. Noch ein schwach flackernder Pfeil flog an mir vorüber, traf das Geschöpf am Hals und durchbohrte es geradewegs. Diesmal ging der Abruki in die Knie, und in mir wuchs die Hoffnung. Doch die Wunde heilte sofort, als wäre das Monster aus selbstversiegelndem Gummi. Es gab einen kleinen Schleimspritzer, mehr nicht. Einzeln waren unsere Waffen für diese Riesenkerle nicht stark genug.
„Was zum Teufel …“, murmelte Gav, als die Riesenmonster sich zum Angriff zusammentaten.
„Unsere Waffen sind allein nicht stark genug. Wir müssen gemeinsam angreifen“, sagte ich.
Aus Safis Ecke war eine Explosion zu hören, dann spürten wie einen Luftzug. „Geschafft!“, sagte sie und hielt den Blutroten, der nun die Größe eines Strandschirms hatte, auf der Seite. „Ich bin wieder auf voller Kraft.“
„Geh hinter den Schild“, sagte ich zu Gav. Nathan wankte auf den Knien. Ich rannte zu ihm und packte ihn. Halb zerrte

ich ihn, halb stützte ich ihn, bis wir beide hinter dem Schild kauerten.
„O Gott, der sieht ja schrecklich aus“, sagte Safi. Sie hatte eine Hand und eine Schulter gegen ihren riesigen Schild gestemmt, hielt ihn schräg, sodass die Abruki uns nicht erreichen konnten.
Nathan hustete Schleim und stützte sich auf die Ellbogen auf. Er schaute sich um, sah die Schleimpfützen und Safis Schild.
„Wie viele sind noch übrig?“, fragte er, die Augen immer noch leicht glasig.
„Zwei“, sagte ich. „Wie schlecht geht's dir? Kannst du deine Lanze materialisieren? Wir brauchen alle unsere Waffen in voller Stärke.“
Der Schild tönte wie ein Gong, als einer der Abruki sich gegen den Blutroten warf. Safi blockte ihn ab, schlitterte ein paar Zentimeter zurück, aber hielt weiter dagegen, während Nathan sich aufsetzte und den Schleim abwischte.
„Widerliche Geschöpfe“, zischte er. „Machen wir sie fertig.“ Er hob mit Mühe die Hand. „Lanze des Schicksals!“ Es war eher ein Flüstern als ein Rufen, aber es funktionierte. Seine Lanze zeichnete sich schwach in der Luft ab.
„Pack sie fest, lass all deine Kraft hineinströmen“, riet ich ihm.
Nathan starrte auf seine Hand. Die Geisterlanze bebte und wurde dann fester.
„Mein Bogen ist jetzt auch gut.“ Gav hatte schon einen blitzfunkelnden Pfeil an die surrende Sehne gelegt.
„Wie attackieren wir die?“, rief Safi.
Ich blickte hoch und sah mir die beiden Schleimgeschöpfe an. Sie stampften auf und ab, dass der Boden unter ihnen zitterte,

prallten gegen die Kisten, brabbelten irgendwas und sprühten überall schleimige Spucke hin. Ihre kleinen Augen glänzten. Sie versuchten, um Safis Schild herumzukommen. Jedes Mal, wenn sie sich daran vorbeistürzen wollten, schob Safi ihnen den Schild in den Weg, doch diese Taktik würde nicht lange funktionieren. Irgendwann würden sogar die beiden mit ihren Spatzenhirnen kapieren, dass sie nur aus verschiedenen Richtungen anzugreifen brauchten.

„Nathan, hast du wieder genug Kraft, um einen von den beiden mit der Lanze des Schicksals aufzuspießen?"

Er rappelte sich auf, hielt die Augen starr auf die beiden gerichtet. „Und ob!"

Ich wandte mich zu Safi. „Wir müssen alle gleichzeitig angreifen, und du musst sie für uns in die Enge treiben. Ich rufe sie. Wenn sie dann auf uns zugerannt kommen, hebst du deinen Schild und schiebst sie mit aller Kraft nach hinten und auf die Kisten in der Ecke zu."

„Wird mir ein Vergnügen sein", antwortete Safi grimmig und senkte den Blutroten. „Ich bin bereit."

Sobald der Schild unten war, rannten die beiden riesigen Abruki nicht mehr hin und her. Ich erhob mich. Die beiden Riesen traten nun auf der Stelle und funkelten mich aus ihren winzigen Augen an.

„He, ihr Schleimer!", rief ich ihnen zu. Der eine drehte den Kopf zu mir wie eine Eule; seine Madenhaut schlug Falten und verzerrte sich. „Kommt doch und holt uns, wenn ihr euch traut."

„Der König verspottet uns!", krähte eines der Geschöpfe, während das andere nur zischte und seine nadelscharfen Zähne zeigte. „Wir saugen sie jetzt alle aus, aber ich kriege die Seele des Königs."

Sie rannten auf uns zu.

„Los, Safi!"

Sie hob den Schild, stemmte die Schulter dagegen. Als die beiden Riesengestalten an den Blutroten krachten, drückte sie mit aller Kraft dagegen und schob sie nach hinten, Zentimeter für Zentimeter. Die Stiefel der Wesen schleiften über den Boden und fanden keinen Halt. Ich konnte sehen, wie Safi schwitzte, während sie die beiden immer weiter zurückdrängte, bis sie gegen die Kisten gepresst waren.

„Gav, Nathan, haltet die Waffen bereit."

„Ich schlage zuerst zu", sagte Nathan.

Ich nickte. „Los!"

Nathan erhob sich hinter dem Schild und stürzte sich auf den nächsten Abruki, der nun zwischen dem Blutroten und den Kisten eingeklemmt war. Der Schleimer sah die Lanze kommen und schlug mit einer tödlichen Hand nach Nathan, aber der war schnell und wütend. Die Spitze der Lanze des Schicksals drang mit einem schrecklichen Quatschen geradewegs durch den Bauch des Geh-Abruki und an der anderen Seite in eine Kiste, dass das Holz nur so splitterte.

Ich rannte hinter dem Schild hervor und schwang Excalibur, während Gav hinter mir bereits die Sehne von Yumi spannte. Kaum hatte die Klinge von Excalibur den Hals des Monsters getroffen, da bohrte sich ihm Gavs Pfeil ins Auge.

„Noch mal!", brüllte ich. Ein weiterer Pfeil flog, während sich Nathan mit seinem ganzen Gewicht auf die Lanze des

Schicksals lehnte und so den Abruki aufgespießt hielt. Der Pfeil bohrte sich dem Monster genau in dem Augenblick in den Hals, als ich ihm Excalibur mit aller Kraft in die Brust stieß. Der Widerling kreischte und schlug um sich, aber nun lief überall Schleim heraus, während die Lanze des Schicksals ihn fest an die Kiste nagelte.

Der andere Abruki brüllte vor Wut. Es gab ein Dröhnen, und Safi wäre beinahe zurückgeflogen, als sich das Monster auf ihren Schild stürzte, aber sie spannte die Schultern an und hielt stand, schaffte es, den Angreifer gegen einen anderen Kistenstapel zu schleudern. Der Abruki gab nur noch ein „Uff" von sich, er war völlig außer Atem.

„Schnell! Lange kann ich den so nicht halten!", rief sie.

Nathan zog die Lanze aus dem zerfließenden Gefährten des Abruki und griff an, nagelte auch dieses Monster an die Kisten. Sein Gegner packte die Lanze und versuchte, sie herauszuziehen, aber Nathan lehnte sich mit seinem ganzen Gewicht darauf.

„Duck dich", sagte Gav hinter mir. Ich ging in Deckung. Ein blendend weißer Pfeil schnellte auf den Kopf des Monsters zu und traf es mitten ins aufgerissene Maul. Diesmal schoss der Pfeil nicht gleich hindurch. Der Abruki kreischte, ließ die Lanze los und versuchte, sich den Pfeil herauszureißen.

„Aller guten Dinge sind drei", murmelte ich, stürzte vor und stieß dem Ungeheuer Excalibur in den Hals, bis die Spitze der Klinge auf das Holz dahinter traf. Dort hing der Abruki einen Augenblick, ehe er zu einer Flutwelle aus Schleim und einem widerlichen Windstoß mit einer Mischung aus faulen Eiern und Aasgestank explodierte.

Außer Safi bekamen wir alle was davon ab. Safi hob ihren Kopf über den Schild, sah, dass die Monster tot waren, und kicherte.

Ich schüttelte mir Schleim vom Gesicht. „Ja, rasend komisch."

Als der Blutrote wieder verschwand, schaute Safi auf die versickernden Schleimpfützen, die ringsum im Zelt verspritzt waren. „Lasst uns hier abhauen. Weit weg." Sie rümpfte die Nase. „Ich möchte diesen Gestank nie wieder riechen."

Gav wühlte in einer der Kisten. Er zog ein paar Armbändchen hervor.

„Legt euch erst die hier um."

Mit Armbändchen ausgestattet, packten wir unsere Taschen und das Zelt und gingen blinzelnd in die Sonne hinaus. Wir ließen die Autoschlange und die Leute, die die Eintrittskarten überprüften, links liegen und flitzten hinten um das Zelt herum. Wir alle hatten Kratzer und blaue Flecke. Mein Arm brannte an den Stellen, wo der Seelenräuber ihn angefasst hatte, und nach seinem Griff an den Hals schmerzte mich das Atmen.

„Wir können wohl davon ausgehen, dass Mordred uns erwartet hat", sagte Nathan. „Was nun?"

Ich wandte mich an Gav. „Du warst doch schon mal hier. Wo gehen wir jetzt hin?"

„Hier lang", antwortete er. „Wir suchen uns einen Platz, wo wir unser Zelt aufschlagen können."

Wir luden uns das Gepäck auf die Schultern und drängten uns durch die Menschenmenge. Die meisten schleppten Zelte

und Rucksäcke herum, ein paar zogen Koffer auf Rädern hinter sich her.
Ich wischte mir noch immer Schleim von den Kleidern.
„Hector und Miss Lott wussten, dass wir herkommen würden", meinte ich. „Die müssen es Mordred verraten haben."
Wir platschten durch eine Pfütze. Der Regen hatte seine Spuren hinterlassen. Wir trotteten über Felder, die von Menschen nur so wimmelten, an der Hauptbühne vorüber, deren silbernes Pyramidendach sich hoch über der Menge erhob. Es glitzerte, als die Sonne hervorkam. Allmählich wurde es heiß, und das Gras trocknete rasch, aber wir stapften noch immer in unseren Gummistiefeln durch jede Menge Matsch. Irgendwann standen die Zelte nicht mehr so dicht.
„Wie wär's hier?", fragte Safi und blieb so plötzlich stehen, dass ich auflief. „Ich muss mich nach diesem Kampf erholen, und das hier ist ein schönes, trockenes Fleckchen."
Wir befanden uns oben an einem Hang, hinter uns war eine Hecke, und vor uns – was für ein Ausblick – Zelte, soweit das Auge reichte, neben manchen wehten Fahnen, vor anderen standen Liegestühle und Tische. Das Gelände fiel sanft ab bis zu den Bühnen. Von hier aus konnten wir das gesamte Festival überblicken, die Zirkuswiese mit den Hochseilen und den Trapezen, die bereits schwangen, die Essensstände, um die der Rauch von den Grills und Kochern wehte. Ich konnte sogar von hier aus die Hamburger und Zwiebeln riechen. Aus allen Richtungen hörte man Musikfetzen, von den hoch aufgetürmten Lautsprechern zu beiden Seiten der Hauptbühne bis zum Hip-Hop, der aus den Tanzzelten wummerte.

„He, Majestät", sagte Gavin und schubste mich. „Das ist dein Zelt. Wie zum Teufel stellt man das auf?"
Ich drehte mich um und sah, dass die drei sich in den Zeltleinen verheddert hatten. Safi hielt die Zeltleinwand hoch über dem Kopf, Gav hatte einen Gummihammer umklammert, und Nathan stand mit einer einzigen Zeltstange gebeugt in der Mitte.
„Keine Ahnung", antwortete ich und versuchte, nicht zu lachen. „Aber wie ihr so richtig angemerkt habt, bin ich der König, also darf ich zusehen, wie ihr euch abmüht." Ich ging ein Stückchen weg, um ihnen mehr Platz zu lassen, und tappte mitten in eine Schlammpfütze, sackte bis zur Hälfte meiner Gummistiefel ein.
„Ein schönes trockenes Fleckchen, was, Safi?"
Ich zog den Fuß mit einem laut schmatzenden Geräusch wieder heraus und kam bedenklich ins Wanken, als sich unter meinem anderen Fuß etwas bewegte. Ich fiel auf mein Hinterteil. Das schlammige Wasser blubberte.
„Pass doch auf, du wärst mir beinahe auf den Kopf getreten!", sagte eine fröhliche Stimme, und aus dem Schlamm tauchte Ellie auf. Mühelos schüttelte sie sich den Matsch von ihrem seegrünen Kleid, als die Sonne sie erreichte. Mir verschlug es die Sprache.
„Ups, tut mir leid, ich hab dich schon wieder erschreckt, nicht?" Ihre smaragdgrünen Augen funkelten verschmitzt. „Aber zumindest bist du diesmal nicht nackt!"
Ich schwöre, dass plötzlich das gesamte Festival verstummt war. Vom Zelt konnte man ein winziges „Ping" hören, als

Gav einen Zelthering fallen ließ. Alle drei starrten mich an. Wissenschaftler sagen, dass an der Oberfläche der Sonne eine Temperatur von zehn Millionen Grad herrscht. Das war alles gar nichts, verglichen mit der Hitze auf meinem Gesicht.

„Ich war ja nicht ganz nackt, da war noch der Schaum …"

„Schaum?", fragte Nathan mit zuckenden Mundwinkeln.

Gav und Safi fielen kichernd gegeneinander, beinahe hysterisch vor Heiterkeit.

„O ja. Schaum, und vergiss nicht den rosa Bademantel", sagte Ellie fröhlich.

Gav und Safi krümmten sich, brüllten vor Lachen, sogar Nathan fing an zu glucksen. Ich saß einfach nur da, stumm vor Verlegenheit. Es war so schlimm, dass ich geradezu erleichtert war, als die beiden Jungs vom Zelt nebenan, die mit einem Bier in der Hand auf ihren Liegestühlen gechillt hatten, zu uns rübergewankt kamen.

„He Leute. Ist es nicht toll hier? Glasto!" Der Erste drehte sich um, deutete mit einem Arm ringsum auf das Festivalgelände und wäre dabei beinahe umgefallen, wenn er sich nicht an dem anderen Typen festgehalten hätte.

„Ja, und wisst ihr, wofür Glastonbury so berühmt ist? Dafür, dass alle alles teilen." Der Zweite deutete auf unsere Rucksäcke. „Ich wette, ihr habt jede Menge Essen eingepackt." Er zog ein trauriges Gesicht. „Und das haben wir leider vergessen." Er taumelte betrunken auf uns zu. „Kommt schon, gebt uns was von euren Fressalien ab. Wir sind knapp vorm Verhungern."

„Ja, wir sind alle gute Freunde hier", fuhr der andere fort und lief auf unsicheren Beinen auf den nächstbesten Rucksack zu. Rasch stellte Nathan einen Fuß darauf. Seine gute Laune war verflogen.
„Haut ab."
Der Typ blieb stehen und starrte Nathan an, versuchte, sich gerade zu halten. „He, immer cool bleiben, Mann."
Nathan ließ den Fuß auf dem Rucksack stehen. „Ihr stört. Wir haben zu tun."
„Ja, na ja, wir haben doch nur nach was zu essen gefragt …"
„Ihr kriegt viel mehr als Essen, wenn ihr euch nicht verpisst", sagte Nathan und starrte dem Typen in die glasigen Augen. Der wollte noch was erwidern, konnte aber nicht mehr sprechen. Also verzog er sich und schleppte seinen Kumpel mit.
„Was ist das nur mit euch? Immer kriegt ihr irgendwie Ärger." Ellie schaute uns an und senkte die Stimme. „Sollten wir nicht eigentlich nach dem Grab suchen?"
„Wir sind grade erst angekommen", sagte Gavin. „Oh, und wir wären beinahe von Geh-Abruki umgebracht worden."
Ellie zuckte mit den Achseln, als würde sie das nicht im Geringsten interessieren. „Und jetzt?"
Safi kramte in ihrer Tasche, zog die zusammengerollte Karte heraus und zeigte sie Ellie. „Es sind nicht viele Einzelheiten drauf verzeichnet. Das Grab könnte überall sein."
Sobald ich die Karte sah, schauderte ich unwillkürlich. Merlin hatte recht, wo immer meine Gebeine auch waren, sie hatten eine große Wirkung auf mich. Ich stand auf und starrte über die Zelte und Bühnen hinweg, die sich erstreckten, soweit das

Auge reichte. Das Festival war so groß wie eine kleine Stadt.
Gav kam und stellte sich neben mich. „Hier das Grab zu finden ist so gut wie unmöglich."
Excalibur zuckte, und da kam mir eine Idee.
„Vielleicht finde ich ja einen Weg, es leichter zu machen", sagte ich.

14

Es war Nachmittag, und die Sonne brannte vom Himmel. Wir waren schon ein paar Stunden unterwegs und hatten immer noch nicht das ganze Gelände gesehen. Wir hatten alles gefunden, außer dem Grab. Wir waren auf der Zirkuswiese gewesen und auf einem Feld, auf dem Tipis standen, neben denen Volvos und BMWs parkten. Und wir hatten das Tanzzelt gefunden und einen Stand, wo man Crossbikes mieten konnte.

„Ich wünschte, wir hätten uns Fahrräder geliehen", stöhnte Gavin. „Dann würde die Sucherei schneller gehen."

„Und es würden uns nicht so viele Leute hinterherstarren", sagte Safi. Sie drehte sich zu mir um. „Könntest du das Schwert ein bisschen weniger auffällig tragen?"

Ich schnappte mir einen Lappen, den jemand neben einem Stand mit Glasto-Souvenirs weggeworfen hatte, und wickelte ihn um den Griff. „Da! Hat fünf Pfund gekostet. Wenn jemand fragt: Es ist eine Nachahmung."

Ich benutzte das Schwert wie eine Art Wünschelrute und hatte meine Jacke über die Klinge gehängt, weil ich hoffte, dass die Spitze vielleicht nach unten zucken würde, wenn wir irgendwo in der Nähe von Bediveres Grab vorbeikamen. Es war unsere einzige Möglichkeit. Bisher war allerdings nichts passiert. Wir hatten alle die Nase voll, weil wir auf einem Festival waren und es wirklich toll gefunden hätten, uns wie alle anderen vor die Pyramidenbühne zu stellen und die Bands anzuhören. Wir waren auf dem Hang gegenüber, wo weniger los war. Hier saßen nur ein paar Gruppen von Leuten auf dem Gras und schauten zu, wie die Roadies die Bühne für die Meatheads vorbereiteten. Diese Band sollte als Nächste auftreten. Vor der Bühne hatte sich eine riesige Fanmenge versammelt. Alle sangen und riefen Sprechchöre, während sie auf die Show warteten.

Das einzig Gute war, dass ich neben Ellie über das Festival spazieren konnte. Mit ihren nackten Füßen, dem grünen Haar und dem kurzen Flatterkleid passte sie perfekt nach Glastonbury. Jedes Mal, wenn ich sie anschaute, wünschte ich mir, ich wäre zum Vergnügen hier und nicht wegen unserer Aufgabe.

„Voll die Scheiße!“, schimpfte ich.

„Ja“, stimmte mir Gav zu und schaute sich auf dem riesigen Gelände um. „Und echt schräg.“

„Können wir voranmachen?“, murrte Nathan und schaute verärgert zur Pyramidenbühne rüber.

„Was ist los, hast du Angst, dass du nicht mal ’nen Blick auf die Meatheads werfen kannst?“, fragte Gav.

Nathan kickte wütend ins Gras, als könnte er gerade hier unter seinen Füßen fündig werden. „Ich sag ja nur. Das dauert alles Ewigkeiten.“

„Es ist unsere Mission“, meinte Safi. „Zumindest haben wir von hier aus beim Suchen einen tollen Blick aufs Festival.“

„Aber Nathan hat recht“, sagte ich. „Es könnte Tage dauern. Wenn ich die Karte sehe, läuft’s mir kalt den Rücken runter.

Aber seit wir hier rumlaufen, spüre ich rein gar nichts mehr. Lasst uns eine Pause machen."
Ich ließ mich ins Gras fallen und rammte, ohne groß nachzudenken, Excalibur neben mir in den Boden. Das Schwert ging geradewegs durch das harte Gras und den verkrusteten Kalkboden wie ein heißer Draht durch Käse.
Da erklang ein Ton, so leise und tief, dass ich ihn eher im Bauch spürte als hörte. Er kam mir vor wie der Herzschlag des Planeten. Der Ton schleuderte mich nach hinten und raubte mir den Atem. Ich rappelte mich mühsam wieder auf. In meinem Kopf drehte sich alles. Was es auch immer war, es hatte uns alle umgehauen. Sogar Ellie erhob sich gerade wieder.
„Was zum Teufel war das?" Ich rieb mir die Arme. Alle Haare standen mir zu Berge. Gav ging es genauso, seine Haare standen ihm vom Kopf, als wäre er eine Pusteblume, während Nathans T-Shirt bei jeder Bewegung kleine Blitze schleuderte. Safi schnippte mit den Fingern, und die Funken flogen. Nur Ellie wirkte völlig ungerührt.
„Wunderbar", sagte sie. „Du hast irgendwas aufgeschreckt."
Ich nickte und deutete mit einem zitternden Finger nach vorn. „Äh, vielleicht das?"
Über die Wiese, gefährlich nah an den Menschen vorüber, die auf die Bühne schauten, kam ein mächtiges weißes Pferd herangeprescht. Selbst von hier aus konnte ich spüren, wie die Erde unter seinen donnernden Hufen bebte. Die silbernen Zügel glitzerten in der Sonne, die Schabracke unter dem Sattel flatterte im Wind. Auf dem Rücken des Pferdes saß ein Ritter in voller Rüstung, das Visier seines Helms geschlossen,

die Hände in Kettenhandschuhen. Er hatte die Zügel gepackt und drängte das Pferd voran. Kein Wunder, dass das Tier in Höchstgeschwindigkeit galoppierte: In seiner Flanke steckten zwei Pfeile, und darunter sah man ein Rinnsal von Blut. Das Verrückte war, dass niemand sonst – keiner in der ganzen Menschenmenge – es zu bemerken schien. Keiner regte sich, schaute oder schrie. Ich stand auf, und das Herz hämmerte mir in der Brust. Ich konnte die Menschenmenge hinter dem Ritter sehen, aber nicht, vor wem er floh - und es bestand kein Zweifel, dass er vor jemandem floh. Er sah sich um und hieb dann seinem Pferd die Fersen in die Flanken.

Das Tier nahm geradewegs Kurs auf uns. Eine Hand berührte meinen Arm.

„Weg hier, Michael", sagte Ellie. „Das könnte gefährlich werden."

Die anderen wichen zurück, die Augen starr auf die Erscheinung gerichtet, oder was immer das war. Immer noch nahmen die Festivalbesucher keine Notiz von dem riesigen weißen Pferd, das mit dem Ritter an ihnen vorbeisprengte, aber der Windstoß von dem gestreckten Galopp ließ ihre Haare und Kleidung wehen.

„Michael!", zischte Safi. „Du wirst gleich zertrampelt!"

Ich hörte nicht hin. Ich musste einen besseren Blick auf den Ritter und sein Streitross bekommen, denn ein Teil von mir – ein uralter Teil – spürte die Erregung des Wiedererkennens. Ich kannte diese Rüstung mit den Keilerzähnen als Helmzier.

„Bedivere", hauchte ich. Er *musste* es sein.

Im letzten Augenblick, als der Ritter noch einmal nach hinten blickte und sich wieder wegduckte, warf ich mich zur Seite. Excalibur verschwand, aber es war zu spät. Safi schrie auf, als ich zu Boden ging und mir die Hände schützend über den Kopf hielt. Ich sah einen Wirbel von Hufen, Metall und Pferd, ehe ich hart getroffen wurde – und doch gleichzeitig ganz weich, als hätte mich eine gigantische Pusteblume erwischt. Ein riesiger dumpfer Schlag zerriss mich und setzte mich dann innerhalb von Sekundenbruchteilen wieder sanft zusammen. Ich stand auf, hatte einen Augenblick lang Angst, ich könnte in Stücke zerfallen.

„O Gott“, sagte Gav kreidebleich. „Das Pferd ist geradewegs durch dich durch gerannt.“

Der Ritter brachte sein bebendes Streitross zum Stehen, aber das machte er nicht meinetwegen. Er schaute auf etwas hinter uns, das in unserer Welt nicht sichtbar war, hielt das Schwert in der Hand.

„Ist es ein Gespenst?“, fragte Safi.

„Oder wir sehen die Vergangenheit“, meinte Gav.

Etwas summte an meinem Ohr vorüber. Ein Pfeil aus dem Äther. Der Ritter hob gerade noch rechtzeitig seinen Schild, und der Pfeil prallte gegen das Metall. Gerade wollte er seinen wilden Ritt wieder aufnehmen, als ein weiterer Pfeil an uns vorbeizischte.

„Pass auf!“, schrie ich. Aber er konnte mich nicht hören. Als er seinen Schwertarm hob, traf der Pfeil ihn in den Spalt zwischen seiner Körperrüstung und dem Metallärmel. Ich zuckte zusammen, als ich mir vorstellte, wie die Pfeilspitze in seinen

Brustkorb eindrang und sich in sein Herz bohrte. Der Ritter sackte im Sattel zusammen. Das verängstigte Pferd stieg in Panik, aber irgendwie behielt der Mann die Zügel in der Hand und schaffte es, das entsetzte Tier wieder zum gestreckten Galopp anzutreiben.

„Ihm nach!", rief ich.

Wir sprinteten hinter ihnen her, sprangen über Sonnenbadende und drängten uns an Meathead-Fans vorbei, die auf dem Weg zum Konzert ihrer Band waren. Die anderen fielen bald zurück, nur Ellie hielt mit mir Schritt. Ihr Haar wehte, und sie lief so leichtfüßig, als joggten wir ganz gemütlich, statt uns die Lunge aus dem Hals zu rennen. Das Pferd hatte inzwischen sein Tempo zu einem versammelten Galopp verlangsamt.

„Es hält auf die Pyramidenbühne zu", sagte Ellie. „Das gefällt mir gar nicht. Zu viele Leute viel zu nah an dieser uralten Magie. Das ist ein ganz mächtiger Zauber."

„Zumindest sieht ihn außer uns niemand", keuchte ich.

Es sah auch niemand die Blutspur, die hellrot auf dem Gras leuchtete, während die Lebenskraft des Ritters immer mehr schwand und er im Sattel wankte. Die Menschenmenge wurde dichter, aber sie schien doch die Wirkung des Zaubers zu spüren. Es bildete sich eine Gasse durch die Menge, als die Zuschauer wie von einer unsichtbaren Kraft zur Seite geschoben wurden. Und weil Ellie und ich und die anderen gleich hinterhergerannt kamen, gab man uns die Schuld.

„Verdammte Kids", schrie eine Frau, als sie nach hinten geschleudert wurde.

„He, wenn ihr ganz nach vorne wollt, müsst ihr einfach früher kommen“, rief ein Meathead-Fan und versuchte, mich zu packen. Ich wich zur Seite aus und rannte weiter durch die Gasse, die das Pferd für uns frei geräumt hatte. Hände streckten sich nach uns aus. Ellie schrie und wäre beinahe hingefallen, als ein wütender Fan versuchte, sie aufzuhalten.

„Wo will das Pferd hin?“, brüllte Gav.

Wie zur Antwort bewegte der sterbende Ritter schwach die Zügel, und das Pferd preschte erneut vor, auf die vordere Absperrung. Mühelos brach es durch die dicht gedrängte Reihe von Rausschmeißern und sprang wie ein Turnierpferd auf die Bühne; seine riesigen Hufe krachten auf die Bretter.

Die Menge brüllte begeistert, und einen Augenblick lang dachte ich, die Leute hätten die Erscheinung endlich auch gesehen. Aber plötzlich flammten die Lichter auf der Bühne auf, und Spots begleiteten vier in Leder gekleidete Männer, die auf die Bühne schlenderten.

„Großer Gott!“, hauchte Nathan ehrfürchtig. „Die Meatheads!“

15

Spike, der Leadsänger, schnappte sich das Mikrofon, kam zum Bühnenrand und sonnte sich in der Anbetung der Menge, stolzierte auf und ab, vorbei an dem riesigen weißen Pferd und dem sterbenden Ritter, die mit ihm auf der Bühne waren.

Wir standen ganz vorn gegen die Absperrung gequetscht, und rings um uns drängten sich die Fans. Die Reihe der Rausschmeißer war wie eine Muskelwand, die alle zurückhielt.

„Bedivere!", brüllte ich, aber das ging in dem Geschrei unter, mit dem die Meatheads begrüßt wurden. Alle vier hatten ähnlich komplizierte Frisuren wie Nathan. Frisuren, an denen ihre persönlichen Haarkünstler bestimmt ewig gebastelt hatten. Nathan war der größte Fan, aber wir anderen kannten die Band auch. Als Jimmy und Zak ihre Gitarren aufnahmen und Cooper sich hinter sein Schlagzeug setzte, hatten sie keine Ahnung, dass gleich neben ihnen ein sterbender Ritter im Sattel zusammensackte. Wir schauten zu, wie er schließlich das Gleichgewicht verlor und kopfüber geradewegs durch den massiven Bühnenboden fiel. Sein Streitross trabte reiterlos zwischen der Band umher, ehe es anfing, nervös auf dem Boden zu scharren und seine Hufe die Bühne hüpfen und erbeben ließen. Ich sah, wie Cooper beinahe vom Hocker fiel und sich gerade noch fangen konnte und wie Spike einen

Augenblick lang nicht mehr auf und ab ging, sondern sich umschaute, als hätte er irgendwas gespürt.
„Wo ist Bedivere hin?", rief ich. Ich konnte den seltsamen Anblick kaum fassen: Ein weißes Pferd mit mittelalterlichem Sattel, Schabracke und Zügeln, das auf der Bühne mit den Hufen scharrte, während Spike auf und ab ging und die Begeisterung der Menge genoss.
„Keine Ahnung", erwiderte Safi. „Nach unten, mehr habe ich nicht gesehen. Hat das was zu bedeuten?"
Ich konnte nicht antworten. Ein noch ohrenbetäubenderer Schrei war zu hören, als Spike stehen blieb und ins Mikrofon brüllte: „Hall-o Glaston …!"
Weiter kam er nicht, denn aus den Lautsprechertürmen zu beiden Seiten der Bühne ertönte ein Trommelfell zerstörendes Feedback-Kreischen. Die Menge japste und hielt sich die Ohren zu.
„Es ist das Pferd!", rief Ellie über den Krach hinweg. Spike gefiel das gar nicht. Er runzelte die Stirn, stürmte zur Seite der Bühne und brüllte jemanden an. Dem Pferd war das gleichgültig, es scharrte weiter mit den Hufen auf der Bühne und reckte den Hals zum Boden.
„Was macht es da?", fragte Safi, während der Feedback-Ton höher und tiefer wurde.
„Anscheinend will es nach unten", brüllte ich zurück. „Genau dahin, wo Bedivere durchgefallen ist. Können wir unter die Bühne kommen?"
Gav zuckte die Achseln. *Vielleicht gibt es hinter der Bühne einen Weg nach da unten,* sagte er in unseren Köpfen.

Ellie winkte uns, wir sollten ihr folgen. Wir duckten uns unter der Absperrung durch und rannten los, ehe die Rausschmeißer uns erwischen konnten. Ellie führte uns zur Seite der Bühne, während die Menge buhte und rhythmisch klatschte. Der Rausschmeißer, der den Bühneneingang bewachte, war ein Mann wie ein Berg, aber das konnte Ellie nicht abschrecken. Sie hüpfte zu ihm hin, plötzlich ganz kleinmädchenhaft.

„Entschuldigung", sagte sie laut, aber ganz süß über das Getöse hinweg. „Wir müssten hier durch, wenn Sie uns bitte vorbeilassen würden …"

Er schaute zu ihr hinunter. „Netter Versuch. Aber du bist heute schon die Tausendste, die das probiert." Er deutete mit dem Finger vor. „Macht, dass ihr wieder nach vorne kommt."

„Aber …"

„Jetzt gleich! Oder ich hole die Security, und die werfen euch raus."

Sie stampfte zu uns zurück. „Dieser Mensch muss einen sehr starken Willen haben. Das funktioniert normalerweise."

Gav tätschelte ihr den Arm. „Hier brauchen wir schweres Geschütz. Folgt mir."

Er spazierte ganz gemütlich auf den Rausschmeißer zu, und wir anderen gingen geschlossen hinterher.

„Hi!" Er strahlte den Mann an, der sich nicht beeindrucken ließ. „Man hat uns gesagt, wir sollen uns hier unsere Ausweise für den Backstage-Bereich abholen." Er deutete auf ein paar Ausweise, die neben dem Tor an einem Haken hingen.

Der Rausschmeißer machte ein grummelndes Geräusch, und ich glaubte, er lachte. „*Ihr* kriegt Backstage-Ausweise? Wer's glaubt, wird selig.“ Er hob sein Walkie-Talkie an den Mund – und zuckte zusammen, als ein weiteres Feedback-Kreischen die Luft zerschnitt und unsere Trommelfelle attackierte. „Security, könnt ihr kommen und ein paar Kids vom …“

„Stopp!“, sagte Gavin, und seine Stimme übertönte den ganzen Krach. „Sie irren sich. Hier liegen Ausweise für uns bereit. Wenn Sie uns die gleich geben, beschweren wir uns auch nicht über Ihr schlechtes Benehmen.“

Der Mann blinzelte ihn an, als hätte man ihm gerade was über den Kopf gezogen. „Aber wer seid ihr?“

„Wir gehören zu den Meatheads. Ich bin der persönliche Trainer“, sagte Gav aalglatt und ignorierte Nathans verächtliches Lachen. „Safi hier ist ihre Stimmbildnerin.“ Er deutete auf mich. „Michael ist ihr Haar-Stylist“. Diesmal kicherte Safi. „Ellie ist die persönliche Astrologin der Band. Und Nathan ist Spikes Fußpfleger. Niemand kann Zehennägel so gut schneiden wie er“, fuhr er fort, als Nathan versuchte, ihn zu treten.

Der Rausschmeißer hörte sich alles an und nickte. „Okay. Tut mir leid, dass ihr warten musstet.“ Wie im Traum nahm er die Ausweise und hängte jedem von uns einen um den Hals, ehe er die Bühnentür aufmachte und uns einließ.

Der Backstage-Bereich war voller Leute. Niemand beachtete uns. Security-Leute und Tontechniker rannten herum und brüllten einander an, während das Phantompferd noch immer dafür sorgte, dass das Beschallungssystem katastrophal versagte. Ich hörte Spike schimpfen und fluchen. Die Buhrufe der Zuschauer wurden mit jeder Sekunde lauter. Der Bereich unter der Bühne war mit Zäunen abgesperrt, aber es gab einen

Zugang für die Bühnentechniker und die Leute, die die Bühne aufbauten. Wir schoben uns dicht aneinandergedrängt unauffällig darauf zu und verschwanden unter der Bühne.

Da unten war es dunkel und laut – und sehr nass. Die Schwingungen des Bühnenbodens schienen rings um uns zu vibrieren. Es fühlte sich an, als würden meine Ohren mit einem Fleischklopfer bearbeitet. Überall waren Pfützen, deren Oberfläche sich von den Schallwellen kräuselten. Die Sonne konnte sie hier unten nicht austrocknen. Aber zumindest war so viel Platz, dass wir alle stehen konnten - solange es uns nichts ausmachte, dass die Bühnenbretter direkt über unseren Köpfen hüpften und vibrierten, während die Bandmitglieder unruhig auf und ab gingen und darauf warteten, mit ihrem ersten Song anzufangen.

„Was jetzt?", fragte Gav.

Ich ging nach vorn, wich den Pfützen aus und schaute nach oben. „Ich sollte jetzt genau unter dem Pferd sein. Es hat nach unten geschaut, also …"

Dann blitzte etwas weiß auf, und ich spürte erneut diesen harten, doch gleichzeitig geistergleichen Aufschlag, der meinen Körper durchdrang und mich benommen machte.

„Das Pferd ist mitten durch mich hindurchgefallen, stimmt's?"

„Ja. Ganz schön abgedreht, auch beim zweiten Mal", sagte Gav. Er schaute auf meine Füße. „Es ist genau da durch. Wenn es uns irgendwo hinführen will, muss das direkt unter dir sein."

Oben hörte das Kreischen auf, und wir atmeten erleichtert auf. Die Menge brach in Begeisterungsschreie aus. „Jetzt sind wir so weit, Glastonbury!", rief Spike.

Ich rammte meine Ferse in den durchnässten Boden. „Das Grab könnte also hier drunter sein?“

Es war ein Klirren zu hören, und dann sahen wir ein Leuchten im Dämmerlicht, als die Lanze des Schicksals in Nathans Hand erschien. „Kommt endlich in die Gänge“, sagte er wütend. „Wir sind so nah dran an den Meatheads, und ich muss hier mit euch Typen rumtrödeln.“ Er rammte die Lanze etwa einen Zentimeter vor der Spitze meiner Turnschuhe in den Boden.

Ich wollte ihm gerade sagen, er sollte gefälligst aufpassen, als der Boden unter mir bebte und sich hochwölbte. Ich musste Nathans Schulter packen, um nicht das Gleichgewicht zu verlieren. Ellie schrie auf und schlang die Arme um mich.

„Das gefällt mir gar nicht“, rief sie. „Dieser Zauber ist zu stark.“

Unter uns tat sich die Erde auf und legte eine schwarze Höhle frei. Ich ließ Nathan los und klammerte mich an Ellie. Wir versuchten, uns zu retten, aber es half alles nichts, der Boden verschob sich zu schnell. Wir konnten nicht entkommen. Es war, als versänken wir in Sand, und je mehr wir in Panik gerieten, desto tiefer sanken wir.

Über uns fing Spike gerade seinen ersten Song an. Die Menge brüllte begeistert, während wir schreiend und aneinandergeklammert in eine Grube völliger Finsternis stürzten.

16

Wie zu erwarten, war die Landung unsanft – ein heftiger, dumpfer Aufprall, der mir die Knochen durchschüttelte. Dann hatte ich einen von Gavs Füßen im Gesicht, und Safi schrie, als Nathan auf ihr landete. Ellie fiel auf mich, was nicht so schlimm war, denn sie ist federleicht. Sie sprang bereits auf, während wir anderen uns entwirrten.

Ich rappelte mich hoch. Der Song der Meatheads klang nun weit weg und ziemlich gedämpft. Von oben drang schwaches Licht zu uns. Das Pferd war verschwunden. Safi leuchtete mit der Taschenlampe ihres Handys um sich. Wir saßen unten in einer Grube. Der Lichtkreis über uns zeigte uns, dass wir ungefähr so tief gefallen waren wie aus einem Fenster im ersten Stock.

„Tunnel linker Hand", sagte Safi und ließ den Strahl ihrer Taschenlampe durch einen schmalen Gang wandern.

Ich lief in den Tunnel hinein, und die anderen folgten mir. Unterwegs tauchte ein Bild vor meinem inneren Auge auf. Woher es kam, weiß ich nicht mit Sicherheit. Es war klarer als eine Erinnerung, aber gleichzeitig weiter weg. Ich saß zu Pferd, und Bedivere ritt neben mir, während wir uns über ein ödes und windgepeitschtes Moor bewegten. Ich spürte den Herzschmerz einer tiefen, verlässlichen Freundschaft, die vergangen war.

Irgendwo im Dunkel des Durchgang schrie etwas. Die Stimme klang hoch und verzweifelt wie die eines kleinen Mädchens. Ich blieb wie angewurzelt stehen. So weit reichte Safis Taschenlampe nicht.
„Was zum Teufel war das?", fragte Gav dicht hinter mir.
Plötzlich zeigte sich ein Licht, als hätten wir irgendwie eine gespenstische Beleuchtung eingeschaltet. Und dann sahen wir, wer geschrien hatte. Es war tatsächlich ein kleines Mädchen! Ein Mädchen, das auf uns zurannte. Ihr langes Kleid wehte hinter ihr her, und sie hatte die Hände zu uns ausgestreckt. Ihr Gesicht war völlig verängstigt, und ihre kleine Stimme hallte jämmerlich. „Helft mir! Bitte!"
Mein erster Gedanke war, dass sie wohl auch runtergefallen war, obwohl sie nicht gerade aussah wie die typische Festivalbesucherin.
„He", sagte ich, streckte die Arme aus und fiel auf die Knie. „Es ist alles gut, wir helfen dir."
Aber sie blickte über die Schulter zurück und sah anscheinend etwas, das sie noch verzweifelter aufschreien ließ. Als sie weiterfliehen wollte, stolperte sie und fiel hin.
Ein Triumphgebrüll, das noch lauter war als die Meatheads, röhrte aus dem Schatten hinter ihr hervor. Ich blieb wie angewurzelt stehen, mir gefror das Blut in den Adern. Ein Feuerstrahl folgte, dessen Hitze uns ins Gesicht traf wie eine gewaltige Kraft. Aus der Dunkelheit hinter dem kleinen Mädchen erschien ein riesiger Drache, dessen langer Hals sich hin und her schlängelte. Die Schuppen glänzten im Dämmerlicht, die Augen waren zusammengekniffen. Er öffnete sein Maul, und

riesige Echsenzähne blitzten auf, ehe ein weiterer Feuerstrahl auf uns zuraste.
Meine Hand zitterte, als ich Excalibur zu mir rief. Ich hörte das metallische Klirren, als auch die anderen ihre Waffen zogen. Der Drache war nur noch wenige Meter von uns entfernt, und wir waren in diesem Tunnel gefangen. Wir würden es nicht schaffen, das kleine Mädchen zu packen und mit ihm aus der Grube zu klettern; vorher hätte der Drache uns zu schwarzen Klumpen verkohlt. Wir würden gegen ihn kämpfen müssen.
Ich warf mich vor das kleine Mädchen, stand also dem Drachen direkt im Weg.
„Ellie, bring sie in Sicherheit“, rief ich.
Gav hatte bereits einen Blitzpfeil an Yumis Sehne gelegt, und Nathan und Safi folgten uns auf dem Fuß.
Der Drache röhrte erneut und stampfte mit seinen Pranken auf.
„Da stimmt was nicht“, murmelte ich. Der Boden hatte nicht einmal gebebt.
„Natürlich stimmt da was nicht. Vor uns steht ein Drache“, spottete Nathan.
Ich senkte Excalibur und ging vorwärts. Die anderen keuchten entsetzt. Der Drache ragte reglos hoch über mir auf. Er starrte mich unendlich lange an, sodass mir die Knie weich wurden, sah einfach nur auf mich, und dann begannen seine Umrisse zu verschwimmen, und sein schuppiger Kopf und sein riesiger Körper lösten sich in scharlachroten Rauch auf, der wie ein kleiner Tornado um uns herumwirbelte, ehe er in

die Finsternis zurückgesaugt wurde. Eine Sekunde später verblasste auch das kleine Mädchen und verschwand.
„Was zum Teufel war das denn?“, sagte Nathan, der seine Lanze immer noch im Anschlag hatte.
„Noch mehr Gespenster?“, vermutete Safi.
Gav wischte sich das Gesicht am T-Shirt ab. „Geisterpferde, das geht meinetwegen in Ordnung, Geisterdrachen gerade noch.“ Ihn schauderte. „Aber gespenstische kleine Mädchen. Arrgh.“
Ich holte ein paar Mal tief Luft. „Das war kein Gespenst. Ich vermute, es war Magie.“
„Eindeutig“, stimmte Ellie zu und kam zu mir herüber. „Vielleicht sollte das Eindringlinge abschrecken oder so?“
Die Dunkelheit am entfernten Ende des Tunnels löste sich auf, als wäre es nur eine Projektion auf einer Leinwand gewesen. Als sie vollständig verschwunden war, sah man dahinter eine kreisrunde Kammer aus Stein, die aus dem Felsen gehauen war und von einem schwachen, flackernden Licht erhellt wurde. Mein Herz klopfte. Dort lagen vielleicht meine sterblichen Überreste. Und wir konnten nur auf eine Weise herausfinden, ob das wirklich so war.
„Kommt schon.“ Ich hielt Excalibur in der Hand und ging auf die Kammer zu, ließ mich von dem Licht leiten, das von der Klinge schimmerte und das Dämmerlicht im Inneren der Kammer erhellte. Halb hoffte ich, dass wir die Überreste von Bedivere finden würden, der meine Gebeine bewachte, halb war ich bei dem bloßen Gedanken daran völlig außer mir. Ich holte noch einmal tief Luft und trat in die Grabkammer. Das

Licht, das von nirgendwo zu kommen schien, machte die Schatten noch viel tiefer.
„Wow, das ist ja finster“, meinte Safi, die mir gefolgt war.
Steinsärge waren dort keine, auch keine Bronzeabbilder von Rittern, die auf Marmorplatten lagen, aber es gab jede Menge Spinnweben. Die Luft war muffig und roch seltsam nach Fisch. Hier und da triefte Wasser, lief in kleinen Rinnsalen von der Wand und sammelte sich am Boden in Pfützen.
„Sieht seltsam aus für eine Grabkammer“, flüsterte Ellie an meiner Seite. Sie schnüffelte. „Und was stinkt hier so?“
„Wenn das eine Grabkammer ist, wo sind dann die Särge?“, fragte Nathan, dessen Stimme widerhallte, während er sich umschaute. „Ich kann keinen toten König entdecken. Seine Gebeine genauso wenig.“
„Kein König, aber hier ist noch was viel Unheimlicheres“, sagte Gavin aus der Dunkelheit am anderen Ende. Er leuchtete mit seinem Handy nach unten, und wir hielten die Luft an. Auf dem Boden kniete eine Rüstung. Es sah aus, als wäre die Person, die da drinsteckte, mitten im Gebet gestorben, und das Metall wäre auf der Stelle festgerostet. Auf dem Helm prangten Keilerzähne, die staubig und grün verschimmelt waren.
„Das ist Bedivere, oder?“, fragte Gavin, der aussah, als müsste er sich gleich übergeben.
Und ich wusste sofort, dass das stimmte. „Ja“, flüsterte ich. Ich ging neben der Rüstung in die Hocke. Ein brauner Fleck oben am Metallärmel der Rüstung verriet, wo das Blut aus der Pfeilwunde geflossen war. Ich holte tief Luft, erinnerte

mich an Bediveres freundliches, vertrauensvolles Gesicht und klappte das Stahlvisier auf. Ich fuhr zurück.
„Scheiße!"
Durch die Öffnung starrte ich auf etwas, das einmal ein Gesicht gewesen war – weißer Knochen, der durch trockene braune Haut stach, eingesunkene Augäpfel, grinsende Zähne. Ich taumelte zurück, als der Helm von den Schultern der Rüstung abfiel und zu Boden klapperte.
„O Gott!", keuchte Safi, als Bediveres grinsender Schädel aus dem Helm kullerte. Gav sprang aus dem Weg. Der Schädel blieb genau da liegen, wo er vorher gestanden hatte. Weiße Haarsträhnen hingen von der ledrigen Haut.
Für einen kurzen Moment starrten wir alle auf den grausigen Anblick.
Dann bewegte sich der Kiefer.
Ich gebe zu, dass ich gekreischt habe wie ein siebenjähriges Mädchen. Wir klammerten uns aneinander, als der Mund knarzend aufging und eine hohle, tödliche Stimme herauszischte.
„Unerschrockener Reisender, du bist meiner Erscheinung bis hier gefolgt. Du hast die Mutprobe bestanden, die dir auferlegt wurde. Ich diene meinem König. Ich bitte dich untertänigst, mich wieder zu deinem Ritter zu machen, damit ich meine letzte Aufgabe in diesem Erdenleben erfüllen – und mich dann zur ewigen Ruhe legen kann."
„Ist das gruselig!", murmelte Gavin.
Sonst sagte niemand ein Wort. Alle starrten mich an.
„Er wartet schon lange auf dich", flüsterte Ellie.

„Wartet worauf?"
„Dass du ihn wieder zum Ritter machst."
Ich ließ Excalibur verschwinden und versuchte, meine Nerven zu beruhigen. Ich wollte nicht zu sehr darüber nachdenken, hob Bediveres Schädel auf, legte ihn sanft wieder in den Helm und setzte den Helm auf die stählernen Schultern. Dann rieb ich mir die Hände am T-Shirt ab. So, jetzt hatte er den Kopf wieder auf den Schultern – jetzt war er wieder ein Ritter.
Nichts geschah.
„Was nun?", fragte ich, während die anderen sich näher heranschlichen.
„Ich glaube, du musst ihn noch einmal zum Ritter schlagen", sagte Ellie. Sie beugte sich hinunter und schaute auf den Schädel hinter dem Visier. „Bäh. Menschen sind wirklich komisch, mit all den Knochen." Sie rümpfte die Nase. „Bin ich froh, dass ich kein Mensch bin."
„Aus nichts als Wasser und Ektoplasma zu bestehen, ist auch ziemlich seltsam", murmelte Nathan.
Ihn zum Ritter schlagen. Das kann ich. Ich stand vor der knienden Rüstung, schwang Excalibur, berührte erst die linke, dann die rechte Schulter. „Ich ernenne dich erneut zum Ritter der Tafelrunde. Erhebe dich, Sir Bedivere."
Stille senkte sich herab. Sogar die Musik der Meatheads, die durch Bodenschichten und Fels zu uns hereindrang, verklang. Nach ein paar Sekunden leuchtete aus dem Helm ein winziges Licht auf wie das Flackern eines Glühwürmchens, breitete sich aus und wurde immer heller. Nun wirbelten weiße Lichtstrahlen herum, legten sich wie Schlingen um die kniende Rüstung

und bildeten eine Art Kokon. Wir wichen zurück, als man aus dem Inneren der Hülle ein Knarzen und Krachen hörte. Nach ein paar Sekunden verlosch plötzlich das Licht. Dann war wieder dieselbe Rüstung zu sehen, immer noch kniend, nur jetzt völlig verändert. Der Stahl schimmerte hell wie ein polierter Spiegel, und die Keilerzähne waren unversehrt und glänzten. Dann knarrte es noch einmal. Ellies Hand stahl sich in meine. Der Ritter hob langsam die Arme und nahm den Helm ab. Zum Glück blieb der Kopf diesmal fest auf den Schultern. Bediveres Augen waren jetzt keine verschrumpelten Rosinen mehr, sondern ehrliche graue Augen in einem echten Gesicht mit faltiger Haut. Darüber quoll ein Wust von ergrauendem Haar. Die Rüstung knarzte noch einmal, als Bedivere aufstand. Was noch an Staub und Spinnweben daran gehaftet hatte, rieselte herunter. Dann stampfte Bedivere mit klirrenden Füßen auf. Ich verspürte denselben plötzlichen Ansturm von Freundschaft wie vorhin im Tunnel, als die Vision vor mir stand. Dieser Mann war mein Waffenbruder, mein verlässlicher und treuer Gefährte. Er hatte mir das Leben gerettet und ich ihm. Unzählige Male.

Er versuchte zu sprechen, musste aber husten. Er klopfte sich auf den Brustkasten und spuckte einen Nachtfalter aus. „Dem Himmel sei Dank“, krächzte er. „Es hat funktioniert. Vor meinem Tod habe ich einige Zauber über die Kammer verhängt. Einen, um meine zeitweilige Wiederbelebung zu sichern, falls du mich finden solltest, einen, um dich zu mir zu leiten, und einen, um mein Grabmal vor Unwürdigen zu schützen. Ich sehe nun, dass alle drei ihren Zweck erfüllt haben.“

„Du warst also für das Pferd und den Ritter verantwortlich, die beinahe den ersten Song der Meatheads ruiniert hätten!“, sagte ich, immer noch benommen, weil ich tatsächlich mit Bedivere redete. „Damit wolltest du uns also den Ort zeigen. Und der Drache sollte unseren Mut auf die Probe stellen, nicht wahr?“

Bedivere nickte bescheiden. „Nur die, die reinen Herzens sind, und die Tapfersten hätten versucht, das junge Mädchen vor dem Drachen zu retten. Du hast bestanden, mein Herr, ich habe immer gewusst, dass es so sein würde.“

Gavin lachte laut. „Du hast uns eine Art Zauber-Navi geschickt, und dann hast du uns noch ein Zaubersicherheitssystem vor die Nase gesetzt. Cool!“ Er boxte den Ritter auf den Arm seiner Rüstung. Bedivere hielt den schnell fest, als fürchtete er, der Arm könnte herunterfallen. „Du siehst eigentlich gar nicht schlecht aus, wenn man bedenkt, dass du tausend Jahre alt bist; ein paar Jahrzehnte hin oder her.“

Bedivere blinzelte überrascht. „Gawain? Das bist du, nicht?“ Er blickte sich um, und seine Rüstung quietschte, als er sich umdrehte und Safi anstrahlte. „Galahad! Und wenn ich mich nicht irre, ist das neben dir Lancelot!“ Seine Augen richteten sich auf Ellie, und er verneigte sich. „Mylady. Du kommst mir auch bekannt vor, nur weiß ich nicht woher.“

„Meine Mutter war die Herrin vom See“, antwortete Ellie. „Ich bin einer der Wassergeister.“

Bedivere verschränkte die Hände. „Natürlich. Wie geht es deiner Mutter, junge Frau?“

Ellie machte ein trauriges Gesicht. „Sie ist tot.“

Bedivere erstarrte.
„He, mach dir keine Sorgen", sagte Ellie. „Das ist schon ein paar hundert Jahre her, weißt du, ich komme damit klar."
Bedivere nickte und drehte sich wieder zu mir. „Und mein König. Artus. Sire, ich war, bin und werde immer in deinen Diensten stehen." Er sank auf die Knie und neigte den Kopf.
Nathan verdrehte die Augen.
„Äh, du kannst jetzt wieder aufstehen", sagte ich verlegen. „Wir machen so was heute nicht mehr. Und außerdem haben wir keine Zeit. Wir müssen meine Gebeine finden. Tut mir leid, dass ich dich so hetzen muss, aber man hat uns gesagt, dass du dich um meine Gebeine gekümmert hast und sie vor meinen Feinden versteckt hast." Ich schaute mich um, spürte aber nichts. Nicht das geringste Schaudern. Wenn sie hier waren, meldeten sie sich jedenfalls nicht bei mir.
Bedivere stand gehorsam auf „Natürlich, mein Herr. Es war meine höchste Aufgabe, mit der Bewachung deiner Gebeine beauftragt worden zu sein und sie an ihre letzte Ruhestatt zu bringen, damit Mordred sie niemals finden würde …" Er hielt inne, und seine Schultern sackten mitsamt der Rüstung nach unten. „Es ist eine Aufgabe, die ich bisher noch nicht völlig abgeschlossen habe, wie ich zu meiner Schande gestehen muss."
„Keine Sorge", erwiderte ich rasch. „Sag uns, was geschehen ist."
Ein ferner Nebel schien in Bediveres Augen zu treten. „Nach der Schlacht habe ich mich an diesem schrecklichen Tag mit deinem Leichnam auf den Weg gemacht. Ich konnte es noch

immer nicht glauben, dass du nicht mehr am Leben warst. Aber sofort hörte ich, dass es einen Plan gab, mich in einen Hinterhalt zu locken und deine sterblichen Überreste zu stehlen. Da ging ich ein Risiko ein: Ich vertraute deine Gebeine meinem Knappen an, und der ritt mit ihnen nach Süden, während ich mich nach Norden aufmachte und Mordred und seine Verbündeten so in die falsche Richtung lockte. Ich selbst war ebenfalls verwundet und ritt tagelang fast ohne Wasser und Essen. Als Mordred mich schließlich einholte, hatte ich keine Kraft mehr. Doch trotzdem streckte mich der Feigling mit Pfeilen nieder, anstatt mir mit dem Schwert gegenüberzutreten."

„Und wo sind seine Gebeine hingekommen?", fragte Nathan unverblümt.

Bedivere schien seine Unhöflichkeit nicht zu bemerken. „Wenn mein Knappe seine Aufgabe gut gemacht hat, sind sie in Avalon", antwortete er.

„Und das ist … äh … wo?", fragte Gavin.

„Glastonbury Tor, erinnerst du dich?", erwiderte Safi. „Merlin hat gesagt, dass Avalon auftaucht, wenn dort ein Zaubernebel hereinzieht."

„Merlin lebt?", fragte Bedivere.

„O ja", antwortete Nathan. „Sag mal, Bedders, war er auch damals zu deiner Zeit so eine Nervensäge?"

Bedivere lächelte, aber dann verging sein Lächeln. „Warum bewegen sich die Wände?"

„Das tun sie nicht", sagte ich, ohne hinzuschauen. „Das ist nur das Licht. Also, warten wir jetzt einfach auf diesen Nebel?"

„O nein", betonte Gavin. „Er hat recht!"

Excalibur tauchte ungerufen auf, und ich wirbelte herum. Die Wand schlängelte sich, es sah aus, als wären Tentakel unter dem Schlamm. Während ich entsetzt daraufstarrte, begannen sie sich von der Wand zu lösen und wie wild durch die feuchte Luft zu winken. Dann erschien ein tintenfischartiger Körper, wölbte sich aus der Wand hervor, ein Auge schwenkte hin und her, und in der Mitte saß ein scharfer Schnabel.

„Was ist *das*?", brüllte ich Gav an, denn er war unser Monster-experte.

Gav starrte angeekelt auf die sich schlängelnde, kriechende Masse. „Keine Ahnung!"

„Ich aber", sagte Ellie, die mit schreckensweiten Augen zu-rückwich. „Jetzt haben wir richtig große Probleme."

17

Lamakari“, sagte Ellie rasch und mit einem angewiderten Schauder. „Geschöpfe des Dunklen, aus dem Wasser und Schlamm verseuchter, vergifteter Seen gebildet und durch bösen Zauber zum Leben erweckt.“ Sie packte den Tintenfisch, hielt ihn hoch und drückte zu, als würde sie einen Schwamm ausquetschen.

Sofort begann das Ding in ihrer Hand zu schrumpfen und zu verschrumpeln. Und während es verschrumpelte, verzog Ellie das Gesicht, als müsste sie sich gleich übergeben. Aber sie drückte weiter, bis sie schließlich die Hand aufmachte und ein kleines Häufchen aus getrocknetem Schlamm wegpustete. Sie drehte sich zu uns um und lächelte.

„Da, ein ausgetrockneter Lamakari“, sagte sie und schüttelte sich. „Ich kann das Wasser aus ihnen raussaugen, aber es ist so verseucht, dass ich fast kotzen muss.“

Die Wände begannen sich erneut zu bewegen. Alle! Noch mehr Fangarme bildeten sich. Sie schlängelten vor und griffen nach uns.

„Einzeln kann man mit ihnen fertig werden“, sagte Ellie. „Aber ein ganzer Schwarm …“

Sie schob mich zur Seite, als ein weiteres Wesen auf sie zukam. Ein Griff, ein Quetschen, und wieder wurde ein Tintenfisch zu Staub und weggepustet.

Die Wände quatschten und gurgelten, als sich immer mehr Schlammgeschöpfe aus ihnen lösten. Wir wichen zurück, Gavin und ich mit dem Gesicht zu der einen Wand, Safi und Nathan zur anderen. Bedivere zog ein rostiges Schwert und bezog neben uns Stellung.

„Ellie! In die Mitte!", befahl ich.

Sie schlüpfte zwischen uns und stand unmittelbar hinter mir, eine Hand auf meiner Schulter. Ich konnte spüren, wie sie zitterte.

„Wie hast du die genannt?", erkundigte sich Gav. „Kalamari?"

„Lamakari!"

„Ist das die Übersetzung von Schlammtintenfisch? Denn so sehen sie für mich aus."

Gav schoss einen Pfeil ab, als wieder ein Tintenfisch aus der Wand kroch. Die Spitze schlug dem Monster ins Auge, und es zerplatzte zu einer Schlammpfütze.

„Einer weniger", murmelte Gav und legte schon einen weiteren Pfeil an die Bogensehne.

„Zehn sind's noch", sagte Nathan und spießte zwei mit seiner Lanze auf. „Kann's noch schlimmer kommen?"

„O ja", erwiderte Ellie. „Pass auf, da kommen sie!"

„Sie meint's ernst!", schrie ich, als einer sich aus der Wand löste und blitzschnell mit wogenden Tentakeln und einem starren Auge auf mich zugeschliddert kam. Ich hieb mit Excalibur nach dem Schlammwesen, verpasste es aber, und es sprang mit schlagenden Fangarmen in die Luft und zielte nach meinem Gesicht. Ich wich zurück, hackte und hieb weiter.

Nathan lachte wie wild, als eines der Wesen auf ihn zuklatschte. „Na los doch, komm schon, du Schleimer!"
„Wenigstens einer hat Spaß", meinte Safi.
„Ich hab einen guten Kampf dringend gebraucht", sagte Nathan, als das Wesen in Kopfhöhe auf ihn zuflog und auf seine Lanze aufgespießt wurde.
„Vielleicht bist du dann nicht mehr so knurrig …" Safis Satz brach jäh ab, als ein Tintenfisch mit einem schrecklichen Platschen gegen ihren Schild klatschte. Sie schüttelte ihn ab und trampelte mit der Ferse in das matschige Gesicht.
Plötzlich schienen es Dutzende zu sein, die sich auf uns zuschlängelten.
„Sterbt, Elende!", rief Bedivere, schmetterte einem seinen Kettenhandschuh auf den Kopf und schleuderte ihn zu Boden.
Ich schwang Excalibur, schnitt einem der Wesen durch die Fangarme. Sie flogen durch die Luft, dann öffnete sich der Schnabel unter dem Auge, und ein Strom schwarzer Flüssigkeit schoss auf mein Gesicht zu. Ich duckte mich, aber ein bisschen was platschte auf meine Haare.
Ein weiterer Tintenfisch hatte sich um Bediveres Panzerhandschuh geschlungen, ein anderer kletterte ihm das Bein hinauf. Bedivere riss sie weg, aber ich konnte sehen, dass seine Bewegungen langsam waren und er sich anstrengen musste.
„Komm hinter mich. Deine Kampftage sind vorbei", rief ich.
Er rührte sich nicht von der Stelle. „Mein Platz ist an deiner Seite, Sire", antwortete er. Er hieb mit seinem Schwert in den nächsten Schwarm von Lamakari und zerstückelte ein paar von ihnen.

Jetzt kamen sie in wahren Horden aus den Wänden, überall glitschige Tentakel, starrende Augen und schnappende Mäuler. „Ich weiß nicht, wie sie uns gefunden haben", rief Bedivere, während wir gegen die Lamakari kämpften. „Ist man euch hierher gefolgt?"

Ich schaute auf, gerade noch rechtzeitig, um zu sehen, wie einer auf meinen Kopf zugeflogen kam. Ich erwischte ihn in der Luft, benutzte Excalibur wie einen Baseballschläger.

„Böse Geschöpfe erwachen, wenn das Böse nah ist", sagte Ellie, die sich duckte und hinter mir versteckte, als eines der widerlichen Wesen sich aus der Decke löste und versuchte, uns mit seinen Tentakeln zu umschlingen. Excalibur schnitt sie alle mit einem einzigen Schlag durch, und Ellie pflückte sich die noch zuckenden Fangarme aus den Haaren.

Ein Stück Decke löste sich und fiel mit einem gewaltigen dumpfen Knall in meiner Nähe auf den Boden, gefolgt von einer Dusche aus Lamakari. Nachdem ich sie wegwischt hatte, schaffte ich es, nach oben zu schauen. Da oben an der Decke wanden sich so viele widerliche Geschöpfe, dass sie uns schon bald auf den Kopf krachen würde; Tonnen über Tonnen von Erde hinterher.

„Wir müssen hier raus", rief ich. „Oder wir werden mit einer ganzen Ladung von Schleimtintenfischen bei lebendigem Leib begraben!"

„Okay, los geht's. Ich hab die Nase voll von diesen Dingern", sagte Gav und wich zurück. Nathan spießte noch ein paar auf, trampelte sie in den Boden und bewegte sich dann mit Safi und Ellie in den Tunnel.

„Komm schon", sagte ich zu Bedivere, als ein weiterer riesiger Steinbrocken aus der Decke fiel und einen Haufen Tintenfische und eine kleine Erdlawine mitbrachte.

Er warf mir einen traurigen Blick zu, während die Lamakari rings um ihn ausschwärmten. „Es tut mir leid, Sire, aber ich kann nicht gehorchen."

„Aber …"

„Ich wünsche dir viel Glück und die Stärke, deine Feinde zu überwinden …" Er hob seine unverletzte Hand, während die Tintenfische seine Beine hinaufkrabbelten. „Meine Aufgabe auf Erden ist erledigt. Ich halte sie auf, damit ihr entkommen könnt. Leb wohl, mein König und mein Freund." Er begann, auf die Geschöpfe einzuhacken, während Nathan versuchte, mich in den Tunnel zu ziehen.

„Nein, ich muss ihm helfen!", sagte ich.

Bedivere lächelte tapfer. Das Letzte, was ich von ihm sah, war seine Hand, die nach den Tintenfischen schlug, die sein Gesicht bedeckten. Er kämpfte immer weiter, als die Schleimwesen sich voranschlängelten. Dann fielen die Teile seiner Rüstung eines nach dem anderen in sich zusammen, waren nur noch eine Staubwolke.

„Er ist weg", meinte Nathan. „Wir müssen los."

Ich hörte auf zu kämpfen und starrte auf meinen gefallenen Waffenbruder. Er hatte sich erneut bewiesen. Die Lamakari rotteten sich jetzt zusammen und begannen uns durch den Tunnel zu verfolgen. Ich schlug noch ein paar Mal mit dem Schwert nach ihnen, wandte mich dann um und rannte hinter den anderen her. Das Licht war beinahe erloschen, und wir konnten kaum sehen, wohin wir liefen. Die anderen waren nur Schatten vor mir, und ich musste darauf vertrauen, dass meine Füße nicht stolperten und ich nicht fallen würde. Von der Decke kamen Lehmklumpen herunter, und ich wusste, sie würde jeden Augenblick einstürzen. Ich japste nach Luft. Endlich erreichten wir den Schacht, durch den wir gefallen waren. Ich war erleichtert, als ich sah, dass sich an einer Seite lose Erde aufgehäuft hatte und einen halsbrecherisch steilen Hang bildete. Die anderen kletterten bereits hinauf, rutschten und glitten immer wieder zurück, kämpften sich aber tapfer weiter, krallten sich an der Erde fest, um hochzukommen.

„Schnell!", schrie ich Nathan zu, der noch unten stand.

Er schaute mich an, sein Gesicht war nur ein blasses Oval. „Du zuerst!", sagte er. „Mir macht das einen Höllenspaß!"

Safi beugte sich zu mir herunter, um mich zu packen.

Ich kletterte, bis ich ihre Finger zu fassen bekam, spürte, wie mich ihre ungeheuerlichen Kräfte nach oben zogen. Ich stolperte hinaus, und das Getöse der Meatheads, die für die jubelnde Menge spielten, traf mich wie ein Lastwagen. Nathan kam nun auch herausgeklettert, als ein weiteres Dröhnen aus der Tiefe erschallte, dann ein Grollen, ein Quatschen und kurz danach ein Rauschen.

Wir taumelten zurück. Eine braune Schlammfontäne schoss aus dem Schacht, traf die Unterseite der Bühne und fiel dann in einem brodelnden Haufen zusammen. Einige Lamakari schlitterten durch den Morast.

Gav packte mich beim Arm. „Die Bühne ist stark beschädigt, sie wird einstürzen!" Ich musste gar nicht lange schauen, um zu begreifen, dass er recht hatte. Überall flogen Stützen und Gerüststangen herunter. Die Bretter über unseren Köpfen bebten und krachten, und statt des Songs der Band waren nun Schreie und Kreischen zu hören.

„Komm!", rief ich Ellie zu.

„Geh vor. Ich komm klar!", brüllte sie zurück.

„Aber die …"

„Elementargeist", sagte sie. „Schon vergessen? Geht alle jetzt gleich!"

Die Bühne über uns wackelte und rutschte zu einer Seite weg. Die Schreie oben klangen immer verzweifelter, und das Publikum begann zu kreischen. Ich konnte nur eines denken: Wir sind schuld! Die Meatheads waren megaberühmt, und jetzt mussten sie auf der Bühne darum kämpfen, unter der Riesenpyramide über ihren Köpfen und den vielen Scheinwerfern, Stangen und Metallplatten heil wegzukommen. Es musste ja nur eins von den Teilen runterfallen, und dann könnten Leute umkommen. Ellie kämpfte immer noch, zerkrümelte die übrigen Lamakari zu Staub. Wie viel verseuchtes Wasser konnte sie wohl aufnehmen, ehe sie sich selbst in Gefahr brachte?

Wir rannten unter der bebenden Bühne hervor in den Backstage-Bereich.

„Kommt!", schrie Safi vom Zaun her.

Eine Stange krachte unmittelbar neben mir zu Boden, und ich machte kehrt und rannte. Rings um uns liefen Musiker und Zuhörer um ihr Leben. Die Bühne wankte und krachte. Stahlträger fielen polternd nieder, aber glücklicherweise schien die Grundkonstruktion zu halten.

Im Chaos der Panik quetschten wir uns durch den Bühneneingang und rannten, bis wir genug Abstand hatten. Die Zuhörer flohen in alle Richtungen, schubsten und drängelten und trampelten einander nieder. Ein Meer aus Abfall blieb vor der verlassenen Bühne zurück. Ich sackte auf dem Gras zusammen. Die Meathead-Fans drängten sich an mir vorbei, um noch weiter weg zu kommen.

Dann faltete sich mit einem schrecklichen Stöhnen ein Teil des Bühnenüberdachs zusammen und zerbrach, bis es nur noch ein Haufen aus Altmetall und zersplittertem Holz war. Zu beiden Seiten krachten die Lautsprechertürme mit einem letzten Feedback-Kreischen zusammen.

„Ellie", brüllte ich. Sie war irgendwo da drunter. Ja, sie war ein Zauberwesen, kein Mensch, aber unsterblich war sie nicht.

„Mike", sagte Safi leise. Sie hatte sich neben mich gekauert und schaute mich ängstlich an. „Schau nur."

„Nein, lass mich in Ruhe", sagte ich, die Augen immer noch auf die einstürzende Bühne gerichtet. Ich wollte nur noch einen Blick auf ihr grünes Haar erhaschen.

„Mike!" Safis sanfter Ton war verschwunden. Jetzt packte sie mich bei der Schulter und riss mich herum.

Da kletterte Ellie einen Meter entfernt aus einer Pfütze. Ihr grünes Haar schimmerte im Sonnenschein, aber ihr Gesicht war blass. Ich sprang auf. Sie trat aus der Pfütze, schwang ihr Haar nach hinten und klopfte sich den Staub von den Händen.

„Ellie, Gott sei Dank!", rief ich und umarmte sie kurz. „Ich habe mir Sorgen gemacht."

Sie ging einen Schritt zurück. „Nicht nötig. Aufgabe erledigt. Und ich habe gerade all das eklige Wasser ausgespuckt."

Ich lachte erleichtert. „Gut. Mein Leben lang möchte ich keinen Schlammtintenfisch mehr sehen."

Sie zuckte die Achseln. „Oh, die sind nicht tot, nur in alle Winde zerstreut. Die kommen wieder zusammen, aber es wird eine Weile dauern. Dann sind wir längst weg."

„Ich bin nur froh, dass du gesund wieder hier bist. Das war knapp." Ich lächelte sie an und schaute dann zu Gavin, der so tat, als spielte er hinter Ellies Rücken Geige. Ich raffte gerade all meine Energie zusammen, um ihn zu boxen, als Safi plötzlich fragte: „Wo ist Nathan?"

„Er ist …" Ich schaute mich um. Dann schaute ich noch einmal, diesmal ganz aufgeregt, und sprang auf die Beine. „Er ist nicht hier."

„Nathan!", rief Safi.

Ich bemerkte, dass Gavin bleich war und die Augen geschlossen hatte. Als er sie wieder aufschlug, sank mir das Herz. „Ich kann ihn nirgends sehen", sagte er.

Die Bühne krachte immer wieder, wenn das Gewicht des eingestürzten Metalls sich noch einmal verschob. Falls Nathan daruntersteckte, war er beinahe sicher tot.

18

Von allen Seiten heulten Sirenen und mischten sich mit dem Schreien und Kreischen der Zuschauer. Die Menschen waren in alle Richtungen zerstreut, fortgerannt wie Ameisen aus einem zerstörten Haufen. Überall liefen Leute herum, manche versorgten kleine Verletzungen, andere teilten Wasserflaschen aus. Viele riefen Namen oder umarmten einander. Mitten in all dem Aufruhr führte man die Meatheads fort. Anscheinend hatte ein herunterfallendes Teil Spike am Kopf getroffen, denn er blutete aus einer Schnittwunde.

„Wer hat Nathan zuletzt gesehen?", fragte Safi. In ihren Augen glitzerten Tränen.

Über uns brummten Helikopter, schwebten immer niedriger, zeichneten alles auf. Eine Hälfte meines Gehirns dachte: *Das waren wir, daran sind wir schuld.* Die andere Hälfte versuchte, sich daran zu erinnern, ob ich Nathan unter der Bühne gesehen hatte.

„Er ist nach mir den Schacht raufgeklettert", sagte ich. „Er war nur ein paar Schritte hinter mir. Hat jemand gesehen, ob er uns gefolgt ist?"

Gav und Safi schauten einander an.

„Nein", sagte Gavin.

„Ich auch nicht. O Gott …" Safi schlug die Hände vor den Mund.

„Ich hatte alle Hände voll mit den Lamakari zu tun", sagte Ellie.
Ich schaute Gav an. „Kannst du noch mal versuchen, Kontakt mit ihm aufzunehmen?"
Er schloss die Augen und verzog ein paar Sekunden lang das Gesicht, dann schüttelte er den Kopf. „Nichts."
Ellie schluckte schwer. „Ist er tot?"
Gav schüttelte den Kopf. „Nein, wahrscheinlich liegt es eher daran, dass er außer Reichweite ist. Wenn er unter der Erde feststeckt, kann ich ihn vielleicht nicht hören. Ich habe noch nie versucht, jemanden unterirdisch zu kontaktieren. Das bedeutet nicht, dass er tot ist. Das kann nicht sein." Er runzelte die Stirn.
„Nein, natürlich nicht", sagte ich. „Wir müssen es den Notfallteams sagen. Kommt." Ich sah mich um. „Moment. Wo ist Safi hin?"
„Da." Ellie stupste mich an und zeigte mit dem Finger zur Bühne. Ich hatte keine Ahnung, wie Safi an all den Polizeiautos, Löschzügen und Krankenwagen vorbeigekommen war, die zur Katastrophenstelle gerast kamen. Aber sie hatte es geschafft. Sie stand neben dem Haufen heruntergefallener Teile, warf Metallstangen und Gerüstbalken zur Seite und versuchte, sich tiefer hinunterzuwühlen.
„Die Kameras werden sie aufnehmen." Ellie deutete auf dic über uns schwebenden Hubschrauber.
„Es ist mir egal, ob es die ganze Welt sieht", sagte ich und rannte auf Safi zu. „Wir müssen Nathan retten."
Die Notfallfahrzeuge standen dicht an dicht, Blaulicht blinkte aus allen Richtungen. Zusätzlich zu denen, die ohnehin auf

dem Festival waren, kamen immer mehr hinzu. Die Unfallstelle war von Menschen umringt, die benommen und schweigend dastanden oder alles mit ihren Handys aufnahmen, damit sie erzählen konnten, sie wären dabei gewesen, als die Pyramidenbühne zusammenbrach. Über allem hing eine Staubwolke, die wahrscheinlich hauptsächlich aus den zerbröselten Schlammtintenfischen bestand.

Wir schlängelten uns durch die Notfallmannschaften, schrien Safi zu, sie sollte aufhören, aber sie bemerkte uns nicht. Doch ein paar Feuerwehrleute, die mit einer Art Schaum ein Feuer löschten, hatten uns gehört und entdeckten jetzt Safi. Als wir zu ihr hinübersprinteten, kamen sie ebenfalls angerannt und versperrten uns den Weg.

„Seid ihr verrückt? Zurück mit euch“, sagte einer.

Ich deutete auf Safi. „Da sind unsere Freunde.“ Ich versuchte, seitlich um den Feuerwehrmann herumzulaufen, aber er packte mich.

Als er sich umdrehte und Safi sah, fluchte er. „Frank, geh und hol das verrückte Mädchen da weg“, rief er seinem Kollegen zu. „Ich behalte die drei anderen hier.“

Rasch kletterte Frank über den Trümmerhaufen.

„Nein, Sie verstehen das nicht“, begann ich. „Unser anderer Freund ist da drunter, wir müssen ihn rausholen.“

Der Feuerwehrmann hielt die Hand um meinen Arm geklammert. „Jetzt ist keine Zeit für dumme Witze …“

„Das ist kein Witz“, sagte ich und riss meinen Arm weg. „Er heißt Nathan, und er war unter der Bühne. Bitte, wir müssen ihn da rausholen.“

Schon hatte der Mann mich wieder gepackt. „Schön, aber ihr zwei und das Mädchen werdet ihn wohl kaum ausgraben, oder? Da sind Tonnen von Stahl und Trümmern runtergefallen."

„Sie ist stark", murmelte ich, wusste aber schon, dass er mir nicht glauben würde.

„Es ist mir egal, ob sie die stärkste Frau der Welt ist …"

„Was ja stimmt", ergänzte Gav.

„… niemals könnte sie so viel Zeug wegschaffen", fuhr der Feuerwehrmann fort. „Wir haben das schwere Hebegerät bestellt und Experten, die es bedienen können. Wenn man eine Stange wegnimmt und die Trümmer sich verschieben, könnte euer Freund platt gequetscht werden. Das ist eine Aufgabe für Spezialteams."

Wie aufs Stichwort verschoben sich die Bühnentrümmer tatsächlich und ächzten ein wenig. Safi hörte sofort auf und kam zu uns. Sie atmete schwer, und ihr Gesicht war von Angst gezeichnet. Inzwischen war auch eine Polizistin dazugekommen.

„Schaffen Sie die Kids da weg", sagte der Feuerwehrmann.

Zögerlich folgten wir der Polizistin, bis wir in sicherer Entfernung von der Einsturzstelle waren. Ich schaute immer wieder zurück, denn ich hoffte, dass Nathan aus den Trümmern auftauchen würde. Klar, ich hatte ihn nicht immer besonders gut leiden können, aber ich hätte mir nie verziehen, wenn er da unten verletzt läge, in der Dunkelheit eingesperrt. Oder schlimmer. Er war zwar ein ziemlich arroganter Idiot, aber er hatte nie vor einem Kampf gekniffen.

„Bleibt hier stehen und rührt euch nicht von der Stelle", warnte uns die Polizistin.

Safi schossen Tränen in die Augen, sie rang die Hände. „Ich kann es nicht aushalten, einfach nichts zu tun. Er kann da unten nicht lange überleben. Er wird ersticken."

Wenn er überhaupt noch lebt, dachte ich.

Ich legte Safi den Arm um die Schultern. Mir war übel, weil ich wusste, dass ich hätte nachsehen sollen, ob er bei uns war. Was sagt man doch über den Kapitän eines Schiffs? Er soll das sinkende Schiff erst verlassen, wenn die ganze Mannschaft in Sicherheit ist. Nun, ich war der Kapitän dieses Schiffs. Ich war der Anführer. Ich hätte warten sollen. Und was alles noch schlimmer machte: Auf die anderen hätte ich auch gewartet. Auf Safi oder Gav. Aber Nathan war so arrogant und bildete sich so viel auf seine Fähigkeiten ein, dass ich einfach davon ausgegangen war, er würde schon irgendwie klarkommen.

Gav versuchte, Safi mit einem Lächeln aufzumuntern. „He, komm schon, du kennst doch Nathan. Der ist wie eine Katze, der hat neun Leben. Wart ab, dem fehlt nichts."

Aber wir wussten alle, dass selbst Nathan Schwierigkeiten haben würde, so etwas zu überleben.

Wir warteten. Und warteten. Safi saß da und umklammerte ihre Knie. Ellie lag in der Sonne und dampfte vor sich hin. Es war die schlimmste Stunde unseres Lebens. Die Rettungsmannschaften hoben Trümmerteile weg oder zerschnitten sie. Gav hatte recht, sagte ich mir. Er musste recht haben. Wenn irgendjemand das überlebte, dann Nathan.

„Zurück!", brüllte jemand. Wir schauten zu der zusammengebrochenen Bühne, wo sich eine kleine Gruppe von Polizisten, Feuerwehrmännern und Sanitätern versammelt hatte.

Es war schwer auszumachen, was da vor sich ging, aber alle waren sichtlich aufgeregt. Dann richteten sich zwei Feuerwehrleute auf und zwischen ihnen …

Nathan!

Erleichterung schoss mir durch alle Adern. Wir rannten los. Dann musste ich lachen, denn Nathan war nicht nur am Leben, sondern hatte alles völlig unbeschadet überstanden. Niemand außer Nathan konnte mit einer Horde Schlammtintenfischen kämpfen, unter Tonnen von verdrehtem Metall begraben sein und danach völlig makellos und perfekt aussehen. Seine Kleidung war sauber, die Gummistiefel ohne eine Spur von Schlamm, das Haar wie immer perfekt mit Gel gestylt. Das einzige Anzeichen dafür, dass er gerade dem Tod ein Schnippchen geschlagen hatte, war, dass sein übliches selbstgefälliges Grinsen von seinem Gesicht gewichen war.

„O Mann, haben wir uns Sorgen um dich gemacht!", rief Gav. Er und ich rannten zu Nathan und lösten die Feuerwehrmänner ab, stützten Nathan, während wir ihn von den Trümmern wegführten. Als wir bei den Mädchen waren, warfen wir alle die Arme um ihn, lachten und klopften ihm auf den Rücken.

„Wir dachten, du bist hinüber", sagte ich. „Was ist passiert?"

Nathan schaute finster und schob uns von sich. „Ihr habt mich im Stich gelassen, das ist passiert."

Ich glotzte ihn an. „Aber du warst doch gleich hinter mir."

„Ja, klar." Er schaute in die Runde, und sein Mund verzog sich verächtlich. „Schöne Freunde seid ihr. Wenn die Feuerwehrleute nicht gehört hätten, wie ich an eine Stange geklopft habe, dann läge ich jetzt tot da drunter."

„Es tut mir so leid, Nathan“, sagte Ellie. „Aber ich glaube, wir sollten hier weg. Die Polizei und die Sanitäter sind zu uns unterwegs.“

„Und ein paar Reporter, wie es aussieht“, ergänzte Safi. „Wenn wir nicht aufpassen, prangt Nathan morgen auf der Titelseite aller Zeitungen.“

„Brauchst du Hilfe?“, fragte ich Nathan.

„Überanstrengt euch nicht, ich komme schon klar“, sagte er, schüttelte Safis Arm ab und stolzierte davon.

Wir folgten ihm; betrübt und jämmerlich schlichen wir zwischen den Zelten und Festivalbesuchern hindurch. Als wir zu unserem Zelt zurückkamen, fühlte ich mich nicht mehr traurig. Ich wurde allmählich stinksauer.

„Seit wann nimmt Nathan Hilfe an?“, fragte ich. „Und er hat mir ausdrücklich gesagt, ich sollte schon mal vorgehen …“

„Ich weiß. Das sagst du immer wieder. Steck 'ne Socke rein und halt den Mund, sei ein braver König“, murmelte Gav.

„O nein, was ist denn *jetzt* passiert?“, fragte Safi. Sie hielt neben Nathan an, der auf unser Zelt starrte. Vielmehr dahin, wo einmal unser Zelt gestanden hatte.

Ich hatte gedacht, es könnte nicht mehr schlimmer kommen. Aber doch …

Unser Zelt war weg. Es lagen nur noch ein paar Zeltleinen und ein Stück zerfetzte Leinwand auf dem Boden. Man hatte unsere Taschen aufgerissen und unsere Kleider überall verstreut. Unser Essen war weg. Ich schnüffelte und roch Bombay Bad Boy Pot Noodle … aus dem Zelt nebenan. Jetzt flatterte dort eine Fahne aus zwei Spiderman-Boxershorts über dem Zelt.

Ich stürmte hinüber, und die beiden Typen von vorhin saßen unter ihrem Vorzelt, beobachteten die Rettungsmannschaften und aßen *meine* Nudeln.
„Wo ist der Rest von unserem Essen?", wollte ich wissen, schnappte dem, der mir am nächsten saß, den Becher aus der Hand. Er war leer.
„Was redest du da?", antwortete der andere. „Das haben wir gefunden."
„Ihr habt unser Zelt verwüstet!", schimpfte Gav.
Der Typ schaute sich den Trümmerhaufen an, als hätte er das gerade eben erst bemerkt. „Das waren nicht wir. Das war schon so, als wir hier ankamen."
„He, Nate, sind das nicht deine Spiderman-Unterhosen?", fragte Gavin und deutete auf die Fahne.
Nathan zuckte die Achseln, als wäre ihm das gleichgültig. Ich starrte ihn an. Normalerweise wäre er ausgerastet, wenn jemand ihn veräppelte. Jetzt schien es ihm nichts auszumachen.
Safi schaute zum Himmel hinauf, und im gleichen Moment spürte ich die ersten Regentropfen auf dem Gesicht. „Kommt, wir sammeln unser Zeug zusammen und suchen uns einen Unterschlupf."
„Wo?", fragte Gav.
Ich seufzte schwer. „Ich weiß einen Platz. Aber gefallen wird er euch nicht."

19

Ich konnte es selbst kaum glauben, dass ich das gleich machen würde.

„Manchmal muss man für das allgemeine Wohl eben ein Opfer bringen“, verkündete Gav, der neben mir unter das kleine Vordach gekauert stand.

„Komm schon, Mike“, forderte mich Safi auf. Der Regen triefte ihr vom Kopftuch.

Ich holte tief Luft und klopfte an die Tür des Winnebago. Clementine hatte sie mit selbst gebastelten Fähnchen geschmückt. Neben der Schwelle prangte eine Fußmatte mit dem Wort „Willkommen“. Die Satellitenschüssel auf dem Dach war ausgefahren, und drinnen hörte man eine leise Stimme murmeln.

Nach einer Ewigkeit ging die Tür auf, und Edwin starrte uns an. Er rieb sich schläfrig die Augen – und brach dann in ein irres Gelächter aus.

„Ha. Sind wir nass geworden, was? Macht euch der Campingausflug keinen Spaß? Hier drin ist's wie im Hilton.“ Er wollte die Tür wieder schließen, doch da kam Clementines vor Schmuckreifen nur so klirrender Arm dazwischen.

„Michael! Kommt doch rein. Ist es nicht schrecklich, dieser katastrophale Unfall? Wir haben uns alles ganz genau angeschaut, nicht war, Edwin? Über Satellit.“

Edwin knurrte, wich aber keinen Zentimeter von der Tür zurück und versperrte uns den Weg ins Innere. „Die haben ihr Zelt. Ich will sie nicht hier drin haben. Die verdrecken nur alles“, grummelte er.
„Ein paar Besoffene haben unser Zelt verwüstet. Und unser ganzes Essen geklaut.“
Das heiterte Edwin wieder auf. „Von unserem kriegt ihr nichts ab, wenn ihr deswegen gekommen seid.“
Wieder versuchte er, uns die Tür vor der Nase zuzuschlagen.
„Eddy, sei doch nicht so missmutig“, trällerte Clementine.
Endlich gab Edwin nach. Wir traten rasch ein und setzten uns um den Tisch, Safi und Gav auf der einen Seite, Ellie und ich auf der anderen, so eng beieinander, dass unsere Arme sich berührten. Nathan weigerte sich hereinzukommen, saß stattdessen auf der Treppe und starrte grimmig auf das regennasse Festival.
„Willkommen, willkommen“, rief Clementine und klatschte in die Hände. „Oh, ich finde dein Haar supertoll!“, sagte sie zu Ellie. „Ist das Crazy Colour von L'Oréal?“
„Klar“, antwortete Ellie.
Clementine stellte in der Kochecke einen kleinen Wasserkessel auf eine Herdplatte. „Also – wer möchte einen Tee zum Aufwärmen?“
Das war der Tropfen, der bei Edwin das Fass zum Überlaufen brachte. „Ich setze mich nicht mit denen hier hin! Schau dir doch nur an, wie die aussehen!“
Da hatte er nicht ganz unrecht. Außer Nathan, der immer noch wirkte, als hätte ihn ein Team von Stylisten kunstvoll ein wenig

zerzaust, waren wir wirklich ein schrecklicher Anblick: Die Schlammkraken hatten uns mit einem klebrigen schwarzen Schleim bespritzt, und der Staub von der zusammenkrachenden Bühne war daran kleben geblieben. Das alles hätte der Regen eigentlich wegwaschen sollen, aber stattdessen hatte er den Schlamm nur weiter verteilt und überall Streifen hinterlassen.

„Wir waren gleich neben der Bühne, als sie zusammengestürzt ist", erklärte ich. „Nathan war eine Weile eingeklemmt."

Clemmie guckte entsetzt. „Oh, ihr Ärmsten! Und der arme Nathan! Wie könnt ihr da so ruhig hier sitzen?"

Ich wollte ihr antworten, wenn man einmal von einem Drachen aus der Luft mit Feuer bespuckt worden ist, wenn einen die Geister der Unterwelt bedroht haben, wenn die Nahtoderlebnisse Schlag auf Schlag kommen, dann gewöhnt man sich beinahe dran und wird irgendwie mit ihnen fertig. Wenn sie dann vorbei sind, muss man loslassen und mit dem weitermachen, was anliegt. In unserem Fall ging es darum, was zu essen zu organisieren und die geheimnisvolle Insel Avalon zu finden. Aber all das konnte ich ihr nicht erzählen, also zog ich ein trauriges Gesicht und sagte: „Wir stehen unter Schock. Unsere Blutzuckerwerte sind gefährlich niedrig." Ich hoffte, sie würde die Anspielung kapieren.

„Wisst ihr was, ich brate euch ein paar von meinen Gourmet-Burgern." Sie drehte sich wieder zum Herd. „Nach so einem Schrecken braucht ihr Nahrung. Das beruhigt die Nerven."

Hinter ihr vollführten Safi und Gav einen kleinen Freudentanz und jubelten tonlos. Ich war zu sehr damit beschäftigt, Edwins Reaktion auf die Neuigkeit zu beobachten, dass

Nathan unter der Bühne eingeklemmt gewesen war. Hatte er von Bediveres Grab gewusst? War er hier im Auftrag Mordreds, um es zu finden? Wenn das so war, dann würde ihn unsere Geschichte interessieren. Was aber nicht der Fall war. Er verdrehte nur die Augen und sagte: „Ach, die armen Kleinen! Da blutet mir das Herzchen! Oder, Moment – nein, das tut es nicht. Es ist mir total egal." Dann stürzte er ins Schlafzimmer und knallte die Tür hinter sich zu.

Was bedeutete, dass wir uns alle entspannen und ein bisschen ausbreiten konnten. Schon bald reichte uns Clementine Henkelbecher mit Tee. Nur Nathan wollte nichts und starrte weiter wütend in den Regen hinaus. Wir lehnten uns zurück, schlürften Tee und beobachteten die Rettungsmannschaften unten bei der Bühne. Die Hubschrauber schwebten immer noch über den Blaulichtern der geparkten Fahrzeuge. Der Regen hatte einige Zuschauer vertrieben, und viele Zelte wurden frühzeitig abgebaut. Ich hatte ein schlechtes Gewissen. Im Grunde hatten wir gerade das Glastonbury-Festival ruiniert.

Aus der Kochecke zog ein köstlicher Duft herüber, und mir knurrte der Magen. Clementine hatte recht, wir brauchten was zu essen. Ein paar Minuten später reichte sie jedem von uns einen Teller. „Bitte sehr – meine weltberühmten veganen Kichererbsenburger!"

Wir zogen lange Gesichter.

„Was ist vegan?", erkundigte sich Ellie, hob eine Ecke ihres Brötchens hoch und linste auf den Burger. „Ist das eine Art Fisch?"

„Esst einfach. Es ist vielleicht die einzige Mahlzeit, die wir heute kriegen." Ich hatte einen Bärenhunger, also nahm ich einen Riesenbissen, und das Wunderbare war: Es war köstlich. Es war mehr als köstlich. Es war wunderbar lecker. Glasto-Clemmie war eine echte Entdeckung.

Ehe wir aufessen konnten, klopfte jemand an das Seitenfenster bei der Kochecke.

Clementine, die gerade in dem kleinen Spülbecken abwusch, schaute hoch und schrie. „Igitt! Ein Hippie! Ein alter Hippie!"

Nun, es war keiner. Es war Merlin. Er schaute in das Wohnmobil, hatte die Nase ans Fenster gepresst. Das Wasser strömte ihm nur so aus den Haaren. Ich glaube, er hatte sich einen Blitz Marke Ziggy Stardust aufs Gesicht gemalt, aber das war alles im Regen verlaufen, und jetzt sah Merlin nur noch aus wie ein vielfarbiger Irrer, was ja, ehrlich gesagt, eigentlich auch sonst eine gute Beschreibung für ihn war. Kein Wunder, dass Clementine gekreischt hatte.

„Das geht in Ordnung, den kennen wir. Der ist harmlos", sagte ich. Ich winkte Merlin zur Tür. Er eilte um den Wohnwagen herum und stieg über Nathan hinweg, der ihn komplett ignorierte. Merlin hatte sich wirklich voll auf die Glasto-Hippie-Vibes eingelassen – lila Schlaghosen aus Samt, ein pitschnasser Poncho in einem schrillen Aztekenmuster, lederne Flipflops an den hässlichen Füßen und unzählige Ketten mit bunten Perlen um den dürren Hals geschlungen. Außerdem stank er nach Patschuli-Öl.

„Schön. Wo hast du denn dieses Sechzigerjahre-Outfit her?", fragte ich, als er sich auf eine der Bänke quetschte.

„Ich weiß nicht, was du meinst. Das sind meine eigenen Kleider", antwortete er pikiert, wurde aber schon fröhlicher, als Clementine ihm einen Burger und einen Becher Tee brachte.
„Sie müssen Stammgast in Glastonbury sein", sagte sie, hielt aber immer noch Abstand. Ich glaube, Clementine war nur gern Hippie, solange das nichts mit müffelnden alten Männern zu tun hatte.
Merlin stürzte den Tee in einem Zug herunter, wischte sich den Mund ab und grinste sie an. „Da haben Sie recht, junge Dame. Ich komme schon seit Jahrhunderten her." Er lachte leise vor sich hin, als ob das sehr schlau und witzig gewesen wäre.
„Cool", sagte Clementine mit einem starren Lächeln. „Ich muss Wasser holen." Sie stieg über Nathan hinweg und verschwand mit einem großen Plastikcontainer in der Hand.
Sobald sie weg war, lehnte ich mich zu Merlin vor, damit Edwin uns vom Schlafzimmer aus nicht hören konnte. „Wir müssen zum Glastonbury Tor."
Merlin zog eine Augenbraue in die Höhe. „Habt ihr …?"
Ich sagte ihm, er solle still sein. „Ja. Wir haben es geschafft, Kontakt mit unserem … Freund aufzunehmen", flüsterte ich.
Merlins Mund verzog sich zu einem liebevollen Lächeln. „Wirklich? Wie geht es ihm?"
Gav, Ellie und Safi waren plötzlich sehr damit beschäftigt, die letzten Krümel vom Tisch zu fegen und ihre Teller aufeinanderzustapeln. Ich musste also antworten. „Er ist … weg." Ich spürte einen Hauch von Trauer, erinnerte mich an Bediveres tapferes und unerschütterliches Gesicht, als er sich zu seiner

letzten Ruhe begeben hatte. „Aber er hatte noch Zeit, uns zu erzählen, was damals geschehen ist. Sein Knappe brachte mein ... äh ... das ... Ding nach Avalon."

Merlin klatschte die Hand auf den Tisch. „Avalon! Obwohl wir alle dachten, dass es da unmöglich sein könnte. Das ist eine hervorragende Neuigkeit! Endlich kennen wir den Ort!"

„Psst, leise", mahnte ich. „Du hast doch gesagt, dass Avalon der gleiche Ort wie Glastonbury Tor ist. Wir müssen schnell dorthin."

Merlin nickte und deutete aus dem Fenster und an den Trümmern der Pyramidenbühne vorüber auf eine runde Hügelkuppe in der Ferne, die aus dem flachen Land aufragte. Es war früher Abend, die Sonne versank hinter dem Hügel, verwandelte ihn in eine dunkle Silhouette, auf der ein einsamer Kirchturm aufragte. „Das ist der Glastonbury Tor. Der Kirchturm ist neu. In den alten Zeiten wuchs da nur ein Apfelbaum."

Ich starrte auf den Hügel. „Wir könnten uns jetzt auf den Weg dorthin machen, oder? Es dauert noch Ewigkeiten, bis es dunkel wird."

„Los, gehen wir", sagte Gav sofort. „Wir haben ja sowieso kein Zelt, in dem wir schlafen können."

„Ich bin dabei", sagte Safi.

Ohne Vorwarnung sprang Nathan von der Treppenstufe auf. „Mir reicht's jetzt." Er schaute uns wütend an. „Ich mache einen Spaziergang."

Mit diesen Worten stürmte er in den Regen hinaus.

„Was zum Teufel war das denn?", fragte Gav.

„Nathan ist eben Nathan", meinte Safi.
„Er geht auf die Bühne zu", sagte Ellie, die aus dem Fenster schaute. „Vielleicht sollten wir ihn zurückholen."
Ehrlich gesagt, ich hatte die Nase voll von Nathan. Ich hatte die Nase voll davon, ein schlechtes Gewissen zu haben, weil ich der Letzte war, der ihn unter der Bühne gesehen hatte. Ich hatte die Nase voll davon, dass er immer Streit mit mir suchte.
Ich lehnte mich zurück. „Seine Sache. Der wird nass und kommt bald wieder zurückgeschlichen. Ihr werdet schon sehen."
„Nein." Merlin tippte mir auf die Brust. „Er ist einer von deinen Rittern. Du bist der König. Ein König sollte immer für seine Ritter da sein. Wenn sie etwas beunruhigt, dann muss er es herausfinden. Sobald eine Kluft zwischen euch ist, seid ihr verwundbar für Mordreds Einfluss."
Safi und Ellie nickten. Sogar Gav sagte: „Ausnahmsweise sagt er mal was Sinnvolles, Mike."
„Schön." Ich stand auf und quetschte mich an Ellie und Merlin vorbei. „Aber König zu sein nervt echt."
Ich marschierte unglücklich in den Regen hinaus und sah, wie Nathan sich einen Weg durch die Zuschauer rings um die zusammengekrachte Bühne bahnte. Ich rannte hinter ihm her, schlitterte und rutschte im Matsch aus. Nathan bewegte sich ebenfalls schnell. Ich dachte, er wollte zum Ort seines Unfalls zurück, aber er lief um die Trümmer herum und weiter, als wollte er meilenweit über das Feld zum Glastonbury Tor rennen. Dachte er, er müsste den Helden spielen und meine Gebeine ganz allein holen? Wenn ja, wie wollte er den Nebel

heraufbeschwören, um Avalon in unsere Welt zu rufen? Selbst ich hatte keine Ahnung, wie das zu bewerkstelligen war.

„Nathan!“, schrie ich und schlängelte mich durch die Menge. „Warte! Du hast das alles falsch verstanden.“

Ich dachte, er könnte mich nicht hören, aber er drehte sich um und starrte mich einen Augenblick an. In seinen Augen stand nichts als Hass. „Warte!“, schrie ich.

Aber er wandte sich um und verschwand in der Menge.

20

Ich drängelte mich durch die Menschen, die den Rettungsteams und Feuerwehrleuten zuschauten, und rannte weiter an den Trümmern vorüber. Aber kaum war ich vorbei, blieb ich wie angewurzelt stehen und schaute mich um. Nathan war nirgends mehr zu sehen. Vielleicht war er vom Festivalgelände gelaufen? Oder hatte er einen Bogen geschlagen und war zum Winnebago zurückgekehrt? Ich wusste es nicht, also drehte ich um. Ich wollte so gern Mitgefühl mit ihm haben, ehrlich. Und, klar, er war gerade lebendig begraben gewesen. Aber wir mussten uns jetzt auf unsere Aufgabe konzentrieren und hatten keine Zeit, uns mit seinen Ängsten zu beschäftigen. Es lief alles wieder auf das alte Problem hinaus – ich war Artus, der Anführer, und er musste die zweite Geige spielen. Nun, ich hatte nicht darum gebeten, also konnte er mir kaum die Schuld dafür geben, oder?

Ich bahnte mir einen Weg zurück durch die Menge, die beobachtete, wie die Rettungsmannschaften unter einem Teil der Bühne gruben. Einige Sanitäter und Polizisten schauten ihnen gebannt zu.

„Sind da immer noch Leute eingeklemmt?", fragte ich einen großen Mann, der sein Telefon über die Köpfe der Leute vor ihm hielt und alles aufzeichnete.

„Hm", bestätigte er und nahm die Augen nicht vom Display seines Handys. „Sie haben vor einer Weile eine Stimme gehört. Da ist noch jemand drunter."
Mein Herz pochte. War uns jemand gefolgt? Einer der Sicherheitsleute vielleicht. Ich fand den Gedanken unerträglich, dass wir mit unserer Mission vielleicht der Grund dafür waren, dass jemand da unten eingeklemmt war. Plötzlich hörte man vorn Jubel. Ich stellte mich auf die Zehenspitzen, konnte aber immer noch nicht über die Menge hinwegschauen.
„Es ist ein Junge", sagte der Mann. „Sie haben ihn erreicht, und er lebt noch!"
Ich drängte mich vor, schlängelte mich an den Fernsehteams und Reportern vorbei, die sich darum prügelten, den glücklichen Überlebenden zu sprechen.
„Da ist er!", rief einer der Feuerwehrmänner. Aus dem Tunnel, den sie unter den Trümmern gegraben hatten, tauchte staubig und zerkratzt Nathan auf.
Ich stand mit offenem Mund da. Es war unmöglich, dass er dort wieder hinuntergekrabbelt war. Das ergab alles überhaupt keinen Sinn.
Wie?
Jetzt half man Nathan auf sicheren Boden. Seine Beine zitterten, seine Kleider waren zerfetzt und schmutzig, sein Haar platt gedrückt, sein Gesicht mit Schlamm verkrustet.
Ich hatte doch gerade gesehen, wie Nathan beleidigt davongestürmt war. Und doch zog man ihn da vorn zerlumpt und zerfetzt aus den Trümmern. Ich duckte mich unter einer Absperrung hindurch und lief auf ihn zu. Und während ich noch

rannte, wurde mir klar, dass der erste Nathan sauber und ordentlich gewesen war, als sie ihn gefunden hatten. Wie wahrscheinlich war das denn? Ich hatte es abgetan, hatte gedacht, das wäre eben typisch Nathan, weil der ja immer so makellos aussah. Doch dieser Nathan hier, dem jetzt jemand in den Krankenwagen half, der hatte wirklich einiges mitgemacht. Sein T-Shirt war zerrissen, und er sah völlig erschüttert aus, als er sich von den Sanitätern auf eine Trage legen ließ. Nicht nur das, er hatte auch immer noch den Backstage-Ausweis um den Hals hängen. Als ich endlich um all die Reporter herum war, die versuchten, ein Foto von ihm zu machen und seinen Namen riefen, schaute er sofort auf und warf mir ein schwaches Lächeln zu.

„Ich wette, ich sehe ziemlich schlimm aus", sagte er und kämmte sich mit den Fingern durchs Haar. Da wusste ich, dass er der echte Nathan war. Was bedeutet, dass der andere Typ, der mit uns zum Winnebago gekommen war, eben nicht der echte Nathan gewesen war.

„Gott sei Dank!", sagte ich und wich geschickt einem Sanitäter aus, der versuchte, mich aus dem Weg zu zerren. „Geht's dir halbwegs gut?"

Nathan schnitt eine Grimasse. „Ich denke schon. Was ist passiert? Erst bin ich hinter dir her geklettert, und im nächsten Moment hat mich ein Feuerwehrmann unter einer Tonne Trümmer hervorgezerrt."

Ich schüttelte den Kopf. „Das ist wirklich megaseltsam."

Er zuckte die Achseln. „Das gilt doch für alles, was wir machen, oder?" Er versuchte sich aufzusetzen, aber der Sanitäter drückte ihn wieder nach unten.

„Bleib ruhig liegen – wir müssen dich erst noch untersuchen."
Ich hatte immer noch nicht begriffen, was da passiert war. Zwei Nathans. Einer echt, aber was zum Teufel war der andere? „Bist du so weit, dass wir hier schnell abhauen können?"
Er nickte und kletterte dann rasch von der Trage.
„Nein!", sagte der Sanitäter.
„Mir geht's prima", sagte Nathan. „Ehrlich."
Er stützte sich ein bisschen auf mich, als wir davontaumelten, ignorierte die Bitten des Sanitäters, doch zurückzukommen. Ein paar Leute machten Bilder mit ihren Handys, aber daran konnten wir nicht viel ändern. Wir drückten uns hinter einer Reihe stinkender Toiletten vorbei und gingen quer über einen der Zeltplätze, wo die Leute mit ihren eigenen Angelegenheiten beschäftigt waren und uns nicht beachteten. Als wir auf halbem Weg zum Wohnmobil waren, hielt sich Nathan die Seite, und wir mussten langsamer gehen. Ich legte den Arm um ihn und half ihm weiter.
„Ich dachte, ihr würdet bei der Bühne warten, um zu sehen, ob ich noch am Leben bin", sagte er mit ruhiger Stimme. „Sieht ganz so aus, als wäre es Safi und Gavin egal."
„Das ist ja das Seltsame. Safi hat versucht, dich mit bloßen Händen auszubuddeln. Wir haben ewig gewartet, und dann … dann haben sie dich gefunden, und wir sind gemeinsam zum Zelt zurückgegangen …"
Er lachte krächzend. „Was? Was sagst du da?"
„Vor einer Stunde wurde hier dein identischer Zwilling rausgeholt. Sah haargenau so aus wie du."

Nathan glotzte mich an. „Jemand hat sich für mich ausgegeben? Wie? Warum?"
„Wie – keine Ahnung. Magie, nehme ich mal an. Er hat 'ne Weile bei uns rumgelungert, ehe er weggerannt ist." Da kam mir ein schrecklicher Gedanke. „Kurz nachdem ich Merlin gesagt hatte, dass meine Gebeine in Avalon sind und der geantwortet hat, dass wir auf den Glastonbury Tor steigen müssen, um dieses Land zu finden. Vielleicht ist das das *Warum*. Er hat abgewartet, bis er mitbekommen hat, wo die Knochen sind. Natürlich!"
Nathan mochte so aussehen, als hätte er eine Gehirnerschütterung, aber sein Hirn funktionierte noch prima. „Mein Doppelgänger hat gehört, wie Merlin das gesagt hat?"
„Ja."
Nathan starrte mich an. „Dahinter steckt Mordred. Er hat einen Avatar von mir geschaffen, und jetzt erreicht er deine Gebeine vor uns."
Inzwischen waren wir in Sichtweite des Wohnmobils. Meine Gedanken überschlugen sich. „Deswegen haben Hector und Miss Lott uns geholfen, hierherzufahren. Mordred hat wohl vermutet, dass wir in Farrars Haus herausgefunden haben, wo das Grab ist. Also musste er nur noch hinter uns her spionieren, während wir da unten waren, einen von uns durch einen Avatar ersetzen, der lauscht und ihm dann Bericht erstattet."
„Warum hat er dann aber die Geh-Abruki geschickt, die uns angreifen und töten sollten?", fragte Nathan.
„Vielleicht wollte er irgendwie an dein Bildnis kommen", erklärte ich ihm. „Oder es war einfach Rache für all die Abruki-Jungs, die wir in der Vergangenheit erledigt haben – du weißt

schon, etwas Persönliches. Ich habe nicht den Eindruck, dass die Geh-Abruki sonderlich weit vorausdenken."
Nathan nickte. „Jedenfalls weiß Mordred jetzt, dass die Gebeine in Avalon sind." Er begann zu rennen, zuckte zusammen und hielt sich die Rippen, lief aber trotzdem schnell weiter. Selbst verwundet war Nathan ein toller Sportler.
Als wir auf den Winnebago zukamen, entdeckte uns Safi und öffnete die Tür.
„Meine Güte, was hast du denn veranstaltet?", fragte sie. „Du bist jetzt schmutziger als vorhin, als sie dich aus den Trümmern hervorgezogen haben."
„Äh, lange Geschichte, Leute." Ich schaute ins Wohnmobil. „Wo sind Edwin und Clementine?"
„Dein Bruder hatte eine Saulaune", erwiderte Safi. „Also hat Clementine ihn zu einem Treffen mit ein paar von ihren Hippie-Freunden geschleift. Als würde er sich dann besser fühlen ..."
„Das bedeutet, dass wir uns zumindest unterhalten können", antwortete ich. „Und *Stiefbruder*, bitte. Wir haben keine DNA gemeinsam."
Drinnen schlief Merlin mit dem Kopf auf dem Tisch, und Gav durchsuchte die Schränke nach mehr Essen.
„Lass gut sein, komm und hör dir das an", sagte ich zu ihm.
Er drehte sich um, sah Nathans ramponierten Zustand und grinste. „Das ist bestimmt eine gute Geschichte."
Ich rüttelte Merlin aus dem Schlaf, holte tief Luft und erklärte die Sache mit den beiden Nathans. Während ich erzählte, lauschten die anderen mit völlig verdatterter Miene.

„Also hat uns Mordred überlistet. Er hat uns dazu benutzt, den Ort herauszufinden", beendete ich meine Rede. „Und jetzt ist er entweder bereits in Avalon oder auf dem Weg dorthin."
Gav stöhnte. „Wir können ihn nicht schlagen. Er hat einen Riesenvorsprung."
Ich deutete aus dem Fenster auf den fernen Hügel. „Noch umgibt kein Nebel den Glastonbury Tor. Das bedeutet, dass noch niemand Avalon heraufbeschworen hat."
„Mordred hat nicht die Macht, einen Elementen-Nebel heraufziehen zu lassen", meldete sich Merlin.
Ich stand auf. „Also haben wir eine Chance, vor ihm zu meinen Gebeinen zu gelangen."
Merlin, Gav, Safi und Nathan machten sich auf den Weg zur Tür. Ich schaute mich um. „Moment, wo ist Ellie?"
Gav drehte sich um. „Das solltest du wissen, nicht wir."
Ich hatte keine Ahnung, wovon sie redeten. „Erklärt's mir. Sie saß doch hier, als ich gegangen bin."
Gav wurde kreidebleich. „Scheiße. Vor fünf Minuten ist jemand aufgetaucht, der genau wie du aussah und Ellie gebeten hat, mitzukommen, um Nathan zum Umkehren zu überreden."
Einen Augenblick lang konnte ich mich weder bewegen noch vernünftig denken. Eine Welle von Schuldgefühlen schwappte über mich hinweg. Das konnte nur eines bedeuten: Mordred hatte Ellie.

21

Der Vermieter der Cyclocross-Räder machte blendende Geschäfte. Der Regen hatte das Festivalgelände in ein Schlammbad verwandelt, und einige von denen, die noch nicht eingepackt hatten und nach Hause gefahren waren, hatten beschlossen, auf Rädern über das Gelände zu brettern und sich dabei von Kopf bis Fuß mit Schlamm einzuspritzen.

Es gab normale Cyclocross-Räder und Mountainbikes. Wir hatten uns vier Räder mit superbreiten Reifen gesichert.

„Das wird die Sache sehr verlangsamen", grummelte Merlin, der mit verschränkten Armen dastand. „Ihr müsst schneller sein."

„Nun, da du uns nicht hinzaubern kannst, ist das die einzige Möglichkeit, die uns einfällt", sagte ich und stellte meinen Sattel auf die richtige Höhe ein. „Die Straßen sind kilometerweit verstopft, weil so viele Autos vom Festival wegfahren, also kann Gav nicht einmal jemanden durch Gedankenübertragung dazu bringen, uns mitzunehmen."

„Hier, kostenloses Wasser für jedes Fahrrad", sagte der Typ, der das Geld einsammelte, und reichte jedem eine Flasche.

Safi schob ihre in den Getränkehalter ihres Fahrrads. „Ich hätte ja lieber ein richtiges Pferd wie ein echter Ritter."

Ich stellte mir vor, wie wir alle auf Pferden zum Glastonbury Tor reiten würden. Damals in Cornwall hatten wir zum ersten

Mal in dieser Inkarnation auf Pferden gesessen. Es hatte gut geklappt, aber einige Dinge sind in der modernen Welt einfach besser.

„Fahrräder muss man nicht erst einfangen oder satteln oder füttern und tränken, sobald man irgendwo angekommen ist“, sagte ich zu ihr. „Das ist unsere einzige Chance, um vor dem Avatar von Nathan dort hinzukommen und Ellie zurückzuholen.“

„Oh, klar“, sagte der echte Nathan und stieg auf sein Rad. „Wenn es um Ellie geht, heißt es schnell, schnell, schnell. Wenn *ich* unter Tonnen von Trümmern eingeklemmt bin, wartet ihr ab und lasst mich von jemand anderem retten.“

„Es geht nicht nur um Ellie“, sagte Safi friedlich. „Wenn Mordred die Gebeine kriegt, dann haben wir alle ein Riesenproblem.“

Inzwischen schwand das Licht rasch. Schon bald würde es dunkel sein. Wir mussten fünf Meilen radeln, quer über schlammige Felder und Feldwege, bis zum Glastonbury Tor. Ich schaute auf den einsamen Hügel mit seinem Kirchturm, der dunkel vor der untergehenden Sonne stand. Oh-oh. Um den Fuß des Berges leuchtete ein weißer Kreis. Ich packte Merlins Arm. „Nebel! Bitte sag mir, dass das normaler irdischer Dunst ist.“

Merlin starrte nach Westen. „Verdammt. Nein. Ich glaube, es ist Nebel, und das ist gar nicht gut“, murmelte er. Der Tor sah aus wie eine Insel, die in einem weißen Meer schwebte.

„Mordred?“, fragte Safi.

Merlin schüttelte den Kopf. „Ich glaube nicht, dass Mordred so schnell einen Elementen-Nebel heraufbeschwören könnte, das sagte ich ja schon. Über ein Jahrhundert lang hat das niemand geschafft. Ich werde das mal untersuchen." Er verschwand hinter dem Stand, und wenig später schwang sich ein kleiner brauner Greifvogel in den Himmel hinauf und hielt auf den Tor zu.

„Tausend Dank, Merlin", schrie ich ihm hinterher. „Wir finden schon selbst hin!"

Von hoch oben ertönte ein lautes Krächzen. Es war nicht Merlin, denn der war nur noch ein winziger Punkt in der Ferne. Es war Strongclaws, die im Wind schwebte und uns führen würde.

Im vergehenden Licht radelten wir über das Festivalgelände und auf die Felder hinaus, folgten den Trampelpfaden von Kühen, wuchteten unsere Fahrräder über Zäune, traten in die Pedale, bis unsere Lungen beinahe platzten, und legten eine Meile nach der anderen zurück. Der Glastonbury Tor kam immer näher.

Auf den letzten paar Meilen war Safi immer stiller geworden. Sie beugte sich über ihren Lenker, ihr Gesicht eine einzige Schlammmaske. Mit zusammengekniffenen Augen murmelte sie: „Nie wieder, nie, nie wieder." Gav radelte vor ihr und keuchte wie ein Hund. Nathan und ich fuhren abwechselnd voraus, behielten Strongclaws ständig im Blick.

Wir pfiffen alle auf dem letzten Loch, als wir auf das Meer aus weißem Nebel zuradelten, das um den Fuß des Hügels herumwirbelte. Aus der Nähe wirkte der Tor sehr viel eindrucksvoller. Der Nebel wurde dichter, stieg den Hang hinauf, würde schon bald den ganzen Hügel einhüllen. Ich hatte so etwas noch nie gesehen. Wir blieben unten stehen, schraubten unsere Wasserflaschen auf und tranken ein paar Schlucke, während wir hinaufschauten.

„Sag nicht, dass wir den ganzen Weg bis oben radeln müssen", flehte Safi, die schlapp auf dem Sattel hing.

„Ich muss weiter", sagte ich. „Aber ich erwarte nicht, dass ihr drei mir folgt."

Gav boxte mich auf den Arm. „Hör auf, wir machen das zusammen, stimmt's, Safi?"

Sie nickte. „Ja. Obwohl ich dieses Fahrrad wirklich hasse!"

„Stimmt's, Nathan?"

Nathan nickte. „Wo immer unser König hingeht, wir folgen ihm."

Ich konnte nicht heraushören, ob es sarkastisch gemeint war oder nicht. Aber das war auch egal. Im Augenblick konnte ich nur daran denken, dass wir Ellie retten mussten. Mit brennenden Beinen trat ich in die Pedale, fuhr in den Nebel hinein, der sich um mich schloss.

„Er ist … *warm*", sagte ich verwundert.

Die anderen folgten mir.

„Als wäre man im Dampfbad", meinte Safi.

„Wir müssen durchradeln", sagte ich. „Erinnert ihr euch? Als wir den Tor von fern gesehen haben, hat sich der Pfad in Spiralen bis nach oben gewunden. Dem folgen wir, so fahren wir nicht in die Irre oder über eine Kante hinaus."

Der Pfad wand sich rund um den Berg, immer weiter aufwärts, ermüdete unsere Beine, während wir versuchten, noch schneller zu fahren. Es kostete uns die letzte Kraft. Ich schnaufte wie eine Dampflok, und meine Lungen brannten. Es war wirklich anstrengend, aber doch viel schneller als Laufen.

So in den Nebel eingehüllt, konnte man kaum noch erkennen, ob es Nacht oder Tag war. Das weiße Wabern tauchte alles in ein seltsames Zwielicht, und ich konnte nie mehr als ein paar Meter weit sehen. Da hörte ich einen fernen, merkwürdig gedämpften Schrei: „Hilfe! Ist da wer?"

Ich blieb stehen. „Habt ihr das gehört?" Nathan schüttelte den Kopf. „Was ist mit dir?", fragte ich Gav, als er, über den Lenker gebeugt, an mir vorbeiradelte.

„Nein, kann nichts hören, muss treten", keuchte er.

Ich wartete einen Augenblick, lauschte angestrengt, bis ich ganz schwach wieder etwas hörte. Einen Schmerzensschrei, und dann: „Hilfe! Hilf mir!"

Ich hatte recht, und ich hatte die Stimme erkannt. Es war Ellie.

Ich dachte, ich hätte keine Energie mehr im Körper, aber dieser Schrei hatte mich wiederbelebt. Von irgendwoher strömte neue Kraft in mich. Ich lenkte mein Fahrrad vom Pfad und fuhr auf den breiten Reifen geradewegs den Hang hinauf, nicht mehr in Spiralen um den Tor. Ich strampelte im kleinsten Gang schnurgeradeaus, mit surrenden Pedalen und wirbelnden Beinen.

Endlich holperte mein Vorderrad über eine Kante, und plötzlich ging es leichter, vor mir flachte der Boden ab. Ich hatte es auf den flachen Gipfel des Tor geschafft, aber ich konnte nichts sehen, nicht einmal die Turmruine. Ich schaute mich um und sah die anderen hinter mir, obwohl Gav sein Fahrrad schob, nicht im Sattel saß. Vom Himmel über mir erschallte ein Krächzen.

Es war Merlin, noch in Vogelgestalt. Er stob durch den Nebel auf uns zu, ein Flügel flatterte, einer hing schlaff herab. Er war viel zu schnell. Er verwandelte sich wieder in seine Menschengestalt, kurz bevor er mit einem schrecklichen, dumpfen Geräusch auf den Boden aufprallte. Ich warf mein Fahrrad hin und rannte zu ihm. Der Zauberer lag auf den Knien und hielt sich den Arm. Der Ärmel sah schwarz und verbrannt aus, und darunter war seine Haut rosa und versengt.

Ich kniete mich neben ihn. „Was ist passiert?"

„Vorsicht!", krächzte er. „Morgana ist hier." Und dann sackte er auf dem Boden zusammen.

22

Excalibur sprang in meine Hand.

Morgana, der Name allein reichte, um uns unsere Waffen rufen zu lassen.

„Alles in Ordnung mit ihm?“, fragte Safi.

Gavin kniete sich neben Merlin und fühlte ihm am Hals den Puls. „Er ist nur bewusstlos“, sagte er.

Mir liefen eiskalte Schauer über die Haut beim bloßen Gedanken, dass die böse Zauberin in der Nähe war. Vorsichtig bewegte ich mich durch den blendenden Nebel. Mordred mochte nicht in der Lage sein, einen Zaubernebel heraufzubeschwören, aber es sah ganz so aus, als hätte Morgana eine Methode gefunden.

Sie muss irgendwo da drinnen lauern, wie eine Spinne in ihrem Netz.

„Ich sehe rein gar nichts“, murmelte ich und streckte mein Schwert vor mir aus.

„Vielleicht sollten wir zuerst einen Plan machen“, sagte Safi nervös.

Irgendetwas leuchtete vor uns im Nebel – es sah wie eine Neonschlange aus. Blutrot.

„Was zum Teufel ist das?“, zischte ich.

„Was?“, fragten Gav und Safi wie aus einer Kehle.

„Bleibt zusammen“, befahl ich. „Gav und Safi, ihr sichert die Seiten. Nathan, du schaust hinter uns.“

Wir bewegten uns als Team schnell voran. Ich führte, starrte ins Weiße, konnte nichts erkennen, nicht einmal einen Schatten oder einen Umriss, aber mir standen alle Haare zu Berge. Da draußen in dieser milchigen Weiße war irgendwas. Kurz flackerte ein Schatten vor mir auf und war schon wieder verschwunden.

„Jemand folgt uns“, sagte Nathan. „Da ist was hinter uns.“

Ich drehte mich um, hob Excalibur. Etwas bewegte sich links in meiner Nähe, doch ehe ich das Schwert schwingen konnte, war die Luft heiß und zischte, und eine blitzend rote Zunge schoss aus dem Nebel hervor und schlang sich um mein Handgelenk, zog fest zu. Der Schmerz folgte eine Millisekunde später, zusammen mit dem Gestank von brennendem Haar und versengtem Fleisch. Ich schrie, und Excalibur verschwand. Ich starrte entsetzt auf meine leere Hand. Das seltsame rot glühende Seil brannte wie ein Höllenfeuer. Neben mir hörte ich auch die anderen drei vor Schmerz aufschreien. Meine Hand ruckte vorwärts, als das Wesen am Ende dieser Feuerpeitsche – was auch immer es war – mich zu sich heranzog. Ich stemmte die Beine in den Boden, aber die Peitsche zerrte erneut an mir, schleifte mich vorwärts, sodass ich über meine eigenen Füße stolperte. Die anderen waren an die gleichen feurigen Seile gebunden und kämpften genauso vergeblich wie ich. Bis ich aus dem dicken Nebel vor mir eine große Gestalt auftauchen sah. Dann mehrere, alle in einer Reihe. Sie sahen fast aus wie Männer, aber sie waren sehr groß und hatten seltsam geformte Köpfe, die zu langen Schnauzen ausliefen.

Neben mir fiel Gavin auf die Knie und schrie vor Qual. Ich verlor ebenfalls den Halt, und der Schmerz an meinem Arm verdreifachte sich. Ich wurde über den Boden geschleift. Ich versuchte, Excalibur herzurufen, aber es tat zu weh. Dann spürte ich die Wasserflasche in meiner hinteren Tasche.

Ich packte sie mit der freien Hand, schraubte sie mit den Zähnen auf und schüttete das Wasser auf mein Handgelenk. Für einen kurzen Augenblick verlosch das rote Glühen der Peitsche, und der stechende Schmerz ließ nach.

„Excalibur!"

Das Schwert sprang in meine Hand. Ich hieb auf das Seil ein, und es zerriss in zwei Stücke. Aus dem Nebel schrie das Wesen, das die Peitsche gehalten hatte. Es tappte schwerfällig vorwärts und reckte den Arm in die Höhe. Ich sah, dass es keine Hand mehr hatte, nur ein schmaler werdendes Handgelenk mit einer Wunde, aus der Funken sprühten, als hätte ich ein Stromkabel durchtrennt. Das Gesicht des Wesens sah ein wenig wie das eines Krokodils aus, und sein gesamter Körper schien mit geschwärzten Schuppen überzogen zu sein. Die Peitsche war ein Teil von ihm, und ich hatte sie gerade abgehackt. Als das Wesen erneut vor Schmerz aufjaulte, ignorierte ich das schwächer werdende Pochen in meiner Hand und rannte los, um den anderen zu helfen. Ich hackte alle drei Seile durch. Nathan beschwor die Lanze des Schicksals herauf und spießte seinen Feuerdämonen damit auf. Gavs und Safis Dämonen verzogen sich in den Nebel.

Wir waren frei, aber wie lange? Wir stellten uns eng zusammen, die Gesichter nach außen gerichtet, um sicher zu sein, dass sich

keine Geschöpfe mehr anschleichen konnten. Der Schmerz in meinem Handgelenk war nur noch ein mattes Klopfen.
„Hilf mir, bitte hilf mir!“
Bei diesem verzweifelten Schrei fuhr ich herum. Es war Ellie, jetzt viel näher.
„Hier entlang“, zischte ich und lief auf das Geräusch zu. Hier war es jetzt immer mehr wie in einer Sauna. Heiße Wassertropfen rannen mir übers Gesicht und durchnässten meine Kleidung. Vor mir begann sich das hohe dunkle Rechteck des Turms aus dem Nebel zu schälen, und ich hörte, wie Ellie vor Schmerz und Verzweiflung schrie. Ich schaute mich um, aber ich konnte nur eine riesige glühende Blase aus flackernden Flammen am Fuß des Turms sehen.
Daneben stand eine Frau, von der ich gehofft hatte, sie nie wiederzusehen: Morgana. Sie war in rotes Leder gekleidet, ihr trockenes Haar flatterte trotz der Dampfwolken, die um sie herumwirbelten. Sie hatte die Hand ausgestreckt. Flammen schossen daraus hervor und trafen auf die glühende Blase.
Safi packte mich beim Arm. „Was macht sie?“, flüsterte sie.
„Ich weiß es nicht. Kannst du Ellie sehen?“
Gav schlich zu mir herüber, sein Gesicht eine Maske des Entsetzens. Er deutete auf die Blase. „Ellie ist da drin! Sie wird bei lebendigem Leibe verbrannt!“
Ich sah, dass er recht hatte. Ellie hatte sich inmitten der Flammen zu einem Ball zusammengekauert. Sie lebte irgendwie, war von einem weißen Leuchten umgeben. Und dann kapierte ich es – es war Ellie, die den Nebel hervorbrachte. Sie wurde nicht bei lebendigem Leibe verbrannt. Sie wurde gekocht!

„Der Elementar-Nebel!“, sagte ich, machte mir nicht einmal mehr die Mühe zu flüstern, denn plötzlich war mein Entsetzen einer unbändigen Wut gewichen. Ich ging vorwärts, näherte mich der Blase. Morgana benutzte Ellie, um den Nebel zu erzeugen. Sie tötete sie, um Avalon in unsere Welt zu bringen.

Die Zauberin wandte sich um.

Morgana lachte, während sie weiterhin die Blase mit Flammen überzog. „Bravo, Artus. Zu spät, aber immerhin.“ Sie lächelte stolz. „Alle haben gesagt, es wäre unmöglich. Sie haben gesagt, Avalon wäre für immer und ewig verschwunden, weil die Elementarwesen, die die Pforte zwischen Avalon und unserer Welt bewachen, ausgestorben seien. Es gäbe niemanden mehr, der den Nebel erzeugen könne, um zur Insel der Seligen zu gelangen.“ Sie grinste grausam, während sich Ellie vor Schmerzen wand und schrie. Morgana stach mit der Hand in die Luft, fachte die Flammen an und ließ Ellie noch lauter aufschreien. „Zu spät. Du kannst sie nicht mehr retten, Artus. Schon bald habe ich genug Nebel. Und dann verdampft sie endgültig zu nichts.“

Durch die flammende Blase konnte ich Ellies Gesicht erblicken. Sie hatte mich gesehen, aber sie war beinahe geistergleich, denn das kostbare Wasser, das sie am Leben hielt, verdampfte allmählich.

Nein, ich würde sie nicht sterben lassen.

Ich packte Excalibur und rannte auf Morgana zu, die nicht einmal den Blick von Ellie wandte. Ich hieb mit der Klinge nach dem Hals der Zauberin. Doch ehe ich die Bewegung vollenden konnte, erstarrten meine Arme, als wäre ich ein Uhrwerk, das aufgezogen werden musste. Ich war starr, in Schmerz gefesselt. Ich schaute hinunter und sah, dass die Peitschen eines der Feuerdämonen meine Brust umschlungen und mich festgenagelt hatten. Das Wesen zerrte mich zurück, bis ich mit den anderen zusammenstieß. Dann umringten uns die Feuerdämonen, reichten einander die Hände, bis sie rings um uns eine zwei Meter hohe Gefängniskammer aus Flammen aufgerichtet hatten. Nun verschwanden die Feuerseile von meiner Brust, hinterließen schwarze Brandflecken auf meinen Kleidern.

Ich konnte mich nicht rühren, konnte Excalibur nicht rufen. Es gab keinen Weg durch diese Feuerwand.

„Ich hätte dich töten können", sagte Morgana. „Ich wollte es, aber er möchte, dass du zuerst noch etwas siehst."

Morgana hob die Hand und entfesselte einen weiteren Feuersturm auf Ellie, ließ die Flammen rings um sie springen und tanzen. Diesmal kam nur ein kleines Dampfwölkchen heraus. Ellie war beinahe ausgetrocknet.

Die Hitze in dem Feuergefängnis war so intensiv, dass die Haare auf meinen Armen und meine Augenbrauen angesengt wurden.

Morgana schnippte mit der Hand und murmelte ein paar Worte, die ich nicht verstand. Aber plötzlich wallte Ellies Nebel zurück, als hätte ihn ein mächtiger Windstoß getrieben. Er zog sich zu beiden Seiten des Hügels zurück, und als ringsum die Luft aufklarte, wich die Dunkelheit. Der Himmel war taghell, das Gras leuchtete in saftigem Grün unter der Sonne.

Der Nebel verschwand, und an seiner Stelle tauchte ein Graben mit kristallklarem Wasser auf. Bäume erschienen, bedeckten die Hänge, waren mit rosigen Äpfeln beladen. Zuletzt verwandelte sich die Ruine der alten Kirche in einen strahlend weißen Turm.

Ich erkannte es sofort, spürte es tief in meiner Seele. Dies war Avalon. Das vertraute Grabesschaudern packte mich erneut. Meine Gebeine waren sehr nah und riefen mich.

23

Trotz des unglaublichen Anblicks wanderten meine Augen sofort wieder zu Ellie, die durch die Flammenwand, die uns umgab, nur schwach zu sehen war. Sie lag drinnen neben dem Marmorturm, regte sich nicht, war beinahe durchsichtig. Ihr Kopf ruhte auf dem Boden. Einen Augenblick dachte ich, sie wäre tot, aber dann sah ich, dass sich eine Locke ihres grünen Haars sanft in ihrem Atemhauch bewegte. Sie lebte, aber nur gerade eben noch.

Was machen wir jetzt? murmelte Gav in meinen Gedanken.

Wir warten erst mal ab, funkte ich zurück.

Ich schaute Safis Schild an und hatte eine Idee. Ich konnte nicht *durch* das Feuergefängnis hindurch, aber vielleicht gab es einen anderen Weg …

Morgana starrte über das kristallklare Wasser hinaus, auf dem Seerosen und Rohrkolben wuchsen. Es war ein wunderschöner Ort.

Und dann sah ich den Drachen.

Zuerst war er nur ein kleiner schwarzer Punkt mit einem Schlangenkopf und Schwanz, aber er kam rasch auf uns zu, schwamm elegant, pechschwarz, als saugte er ringsum allen Sonnenschein in sich auf. Er bewegte sich schnell, das Wasser kräuselte sich kaum, doch als er sich dem Ufer näherte, begriff ich, dass es kein Drache war, sondern ein drachenförmiges

Boot, dessen Bug und Heck der Drachenkopf und Schwanz waren. Der Körper war ausgehöhlt, und darin stand ein einzelner Fahrgast und sah uns an, als das Boot auf den Strand auflief. Der Fahrgast war Mordred. Der verzogene Rotzbengel mit seinem Wieselgesicht, den weißen Haaren, dem tödlichen Blick und den zusammengewachsenen dichten Augenbrauen. Er trug eine Art Goth-Outfit, viel Schwarz und ein paar unechte Ketten und schwere Stiefel mit Nieten überall. Dazu hatte er ein völlig überkandideltes schwarzes Cape umgeworfen. Das breitete er nun aus, ließ es in der Brise wehen, ehe er auf die Nase des Drachen stieg und dann auf das Gras von Avalon sprang. Er kam den sanften Hang hinauf auf uns zu.

„Das ist was ganz Besonderes, nicht?“, sagte er. „Wir alle hier zusammen.“ Er spazierte auf mich zu, als genösse er einfach nur den sonnigen Tag. „Erinnerst du dich, Artus? An die Kämpfe, die wir vor langer Zeit ausgefochten haben, als Ritter noch tapfer und furchtlos waren und nicht dämliche Kids wie heute.“ Er schaute verächtlich auf Gav, Safi und Nathan.

„Dann kämpfe jetzt gegen mich“, sagte ich, während mir die Wut in die Brust stieg.

Sein Lächeln verging, und er verzog schmollend den Mund. „Pass bloß auf, Artus“, blaffte er. „Diese Feuerdämonen könnten dich mit ein paar kleinen Schritten in Holzkohle verwandeln.“

„Mein Herr“, begann Morgana ungeduldig. „Es ist alles bereit.“

„Oh, nicht so hastig“, sagte Mordred. „Es wird noch genug Zeit sein, um Artus’ Gebeine zu bergen. Ich bin doch gerade erst angekommen." Er kam näher und grinste mich durch die Flammen hindurch an. „Weißt du, ich suche deine Gebeine schon seit Hunderten von Jahren. Ich dachte, diese völlig unnützen Söldner, die den armen, treuen, ehrlichen – jämmerlichen – Bedivere umgebracht haben, hätten mich betrogen und wären mit den Gebeinen geflohen." Er grinste böse. „Ich habe sie gefunden, und ich habe sie furchtbar, ganz furchtbar gefoltert. Als sie starben, habe ich ihre Seelen eingefangen und selbst die noch weiter gefoltert. Stell dir vor, wie peinlich es mir war, als ich endlich begriffen habe, dass sie mich gar nicht betrogen hatten. Ups!"

Er kicherte, als wir ihn angewidert betrachteten. Aber dann verging ihm das Lachen, und sein Gesicht sah wieder aus wie das eines verzogenen Babys. „Ich konnte doch nicht ahnen, dass der tollpatschige Bedivere sich so einen Betrug ausgedacht hatte!"

„Das Ritual ist bereit, Sire", unterbrach ihn Morgana. „Wenn du jetzt zum Turm gehen würdest?"

„Ja, in Ordnung. Meckere nicht so", blaffte er. Er folgte Morgana hinüber zum Turm. Sie hob eine Hand, und ich sah, dass die sich entzündete, als wäre sie mit Öl bedeckt. Eine Flamme leuchtete grün, blau und golden daraus hervor. Morgana begann, in seltsam verschlungenen Buchstaben auf den Turm zu schreiben, in einer Sprache, die ich noch nie gesehen hatte. Aber jeder Strich und jeder Buchstabe erfüllte mich mit Entsetzen. Diese Buchstaben trugen eine schreckliche Last, ich wusste einfach, dass es uralte, mächtige Symbole waren.

Die Feuerdämonen beobachteten uns teilnahmslos. Ich konnte nicht erkennen, ob sie tatsächlich unabhängige Wesen oder einfach willenlose Sklaven von Morgana waren.
Ein ohrenbetäubendes Krachen durchschnitt die Luft wie ein Donnerschlag. Es kam aus dem Marmorturm, und erneut durchlief mich ein Schauder. Welchen Zauber auch immer Morgana benutzt hatte, die Steine des Turms waren nun von Rissen durchzogen wie von einem Spinnennetz. Mordred klatschte in die blassen Hände, als der Turm zerbröselte und in Stücken zusammenfiel wie ein Jenga-Spiel.
Ich blinzelte, und mir tränten die Augen, als hätte jemand ein sehr helles Licht darauf gerichtet. All meine Nervenenden summten. Mitten in den Trümmern stand ein Sarkophag aus weißem Marmor. Auf dem Deckel konnte ich das Bildnis eines Ritters sehen, in voller Rüstung mit dem Schwert auf der Brust. Und ich wusste sofort, wer das war. König Artus. Ich.
„Hallo, alter Freund", sagte Mordred. Er stieg über die heruntergefallenen Steine und versuchte, den Sargdeckel zu verschieben. Der bewegte sich keinen Zentimeter. Mordred grunzte und drückte fester. Wieder ohne Wirkung.
„Schwächling", murmelte Nathan.
Morgana trat vor. „Erlaube mir, Sire", sagte sie und hob die Handflächen gen Himmel. Gleichzeitig hob sich der Deckel des Grabmals in die Luft. Mit einer raschen Bewegung ihrer Handgelenke schleuderte sie ihn über die Hügelkuppe.
„Das hätte ich selbst auch geschafft", grummelte Mordred.
Ich konnte von dort, wo ich stand, nicht sehen, was im Sarg lag, aber das musste ich auch nicht, denn nun erhob sich drinnen

etwas. Zunächst sah es aus wie ein Schatten – die verschwommenen Umrisse einer Hand packten den Rand. Mordred taumelte zurück. Als Nächstes folgte ein Staubwirbel, der sich langsam zu einem Kopf und Oberkörper formte. Einem Kopf, der eine Krone trug.

Mir war schwindelig, meine Gedanken verschwammen und wurden wieder klarer. In einem Augenblick sah ich die Szene durch die Feuerwand, die die Dämonen geschaffen hatten, doch im nächsten sah ich Mordred und Morgana direkt vor mir. Dann begriff ich, was geschah – ich sah die beiden mit den Augen der gespenstischen Gestalt, mit den Augen des Aschenkönigs.

Es war, als blickte ich durch einen grauen Schleier. Alles war verschwommen und farblos. Aber ich konnte Gav, Safi, Nathan und mich selbst sehen, die auf mich starrten, während die Feuerdämonen Wache hielten. Und etwas näher bei mir lag die arme Ellie noch immer im Gras. Ich schaute weg. Da tauchte Mordreds grinsendes Gesicht vor mir auf.

Ich blinzelte, und das brach den Zauber, und ich war wieder ich selbst und bei meinen Rittern.

Wie ein schäbiger Bühnenzauberer zog Mordred eine silberne Urne unter seinem Cape hervor und nahm mit rascher Bewegung den Deckel ab. „Das wird dein Gefängnis sein, Artus." Er hob den Topf zum Himmel. „Durch die Macht der Dunkelheit, durch mein Recht als Herrscher der Unterwelt, zu der alles Tote gehört, stehst du nun unter meinem Befehl." Aus dem blauen Himmel schlug ein Blitz in die Urne und prallte auf den Aschenkönig ab. Als der getroffen wurde, lachte

Mordred, und ich spürte einen Ruck in meinem Brustkorb, als der Aschenkönig taumelte.
„Verneige dich vor mir!“, schrie Mordred, und ich sah und fühlte, wie der Aschenkönig sich in einer Art Verbeugung nach vorne lehnte. „Ja, du bist wahrhaftig mein!“, rief Mordred und hielt triumphierend die Urne in die Höhe.
Ich musste hier raus. Ich konnte nicht einfach zusehen, wie Mordred meine Seele gefangen nahm. Aber die Feuerdämonen beobachteten uns …
Gav, ich brauche Safis Hilfe, dachte ich. *Sag ihr, sie soll mir hochhelfen.*
Gav runzelte ein paar Sekunden lang die Stirn.
Wo hoch?, will sie wissen, antwortete er.
Über diese Feuerwand.
Gav nickte, und einen Moment später sah ich, wie Safi die Hände sinken ließ und verschränkte. Die Feuerdämonen zuckten nicht einmal.
Ich hob einen Fuß und stellte ihn auf Safis Hände.
Sie ist sich nicht sicher, sagte Gavins Stimme in meinem Kopf. *Was ist, wenn sie dich zu hoch schleudert?*
„Mach's einfach“, sagte ich laut.
Und dann wirbelte ich durch die Luft, wurde weit über die Köpfe der Feuerdämonen geschleudert. Ich schlug wie wild mit Armen und Beinen um mich, als ich beinahe zehn Meter in die Luft flog. Das Hochgefühl war schnell geschwunden und wich blankem Entsetzen, als ich auf der anderen Seite auf den Boden zuraste. Ich landete mit einem dumpfen Schlag und sprang auf, rief Excalibur herbei. Zum Glück war nichts

gebrochen. Mit einem Stoß trieb ich die Klinge in den Rücken des nächsten Feuerdämonen. Der schrie auf, und die Flammenwand brach zusammen. Im Bruchteil einer Sekunde hatten die anderen ihre Waffen herbeigerufen und griffen an. Safi enthauptete einen der Dämonen mit der Kante ihres Schildes, während ein anderer über Nathans Lanze zusammensackte.

Ich wirbelte herum und sah, dass der Aschenkönig bereits den Rand der Urne mit der Hand gepackt hatte. Wie Eisenfeilspäne von einem Magneten angezogen werden, schien sich sein Körper wie eine Flüssigkeit zu bewegen und in die Urne zu ergießen.

„Nein!", schrie ich.

„Aus dem Weg!", sagte Gavin.

Ich duckte mich, und er schoss einen zischenden Pfeil auf Mordred ab. Einen kurzen Augenblick lang dachte ich, er würde ihn treffen, aber Morgana parierte ihn mit einem Flammenbolzen, und der Pfeil löste sich in nichts auf. Ein Feuerdämon sprang mich an, riss seinen Flammenschlund auf. Ich wirbelte herum, hieb mit dem Schwert zur Seite, und der Dämon zerfiel in zwei Teile. Die Flammen verloschen und hinterließen nur Brandflecke auf dem Gras.

Mordred verschloss die Urne und steckte sie ein. „Zu spät, Michael", sagte er.

„Haltet ihn auf!", schrie ich, und wir rannten auf unseren Feind zu. Mordred ballte die Faust und schleuderte sie auf uns zu. Sofort erhob sich ein heulender Wind, der uns voll ins Gesicht traf. Wir hatten Mühe, auf den Beinen zu bleiben.

„Zusammen könnt ihr gegen ihn kämpfen“, sagte Ellie schwach. Ich biss die Zähne zusammen und stemmte mich gegen den Orkan. Die anderen taten es mir nach. In winzigen Schritten näherten wir uns Mordred. Unsere gemeinsame Kraft war groß. Der Wind pfiff über die Klinge von Excalibur hinweg, als ich das Schwert hochreckte.

Mordreds Blick wurde besorgt.

„Halt sie auf!“, brüllte er über den jaulenden Wind hinweg.

Morganas Hände verwandelten sich in Flammenbälle, und sie verengte die Augen. Ich dachte, sie würde uns angreifen, aber stattdessen wandte sie sich zu Ellie. „Erst muss ich noch dieses Wasserwesen erledigen.“

Sie schleuderte ihre Hände in Ellies Richtung, und Feuerstrahlen schossen auf Ellie zu. Die bäumte sich auf und wand sich am Boden, während Dampf von ihrer Haut aufstieg.

„Wie haben ihn beinahe“, sagte Nathan und legte seine Lanze auf Mordred an. „Wir schaffen das!“

Aber ich konnte Ellie nicht im Stich lassen. Ich brach aus unserem Vorstoß aus und rannte auf sie zu. Im gleichen Augenblick trieb Mordreds Hurrikan die anderen zurück, und sie fielen unter Schmerzensschreien auf den Rücken. Ich erreichte Morganas Flammenwerfer und schwang Excalibur im großen Bogen auf sie hinunter, durchtrennte die Feuerbögen. Von den Flammen befreit, rollte Ellie mit einem Stöhnen zur Seite.

„Sie entkommen!“, rief Gavin.

Ich drehte mich um und sah, wie Mordred und Morgana flohen. Meine Freunde lagen noch immer auf dem Boden. Ich rannte hinter ihnen her, aber ich wusste schon, dass ich viel zu weit hinter ihnen war. Mordred sprang auf das Deck seines Drachenbootes, Morgana hinterher. Sobald ihre Füße landeten, begann das Boot vom Ufer auf das Wasser hinauszutreiben. Trotz meiner Schmerzen rannte ich hinterher und watete ins flache Wasser. Wenn ich es nur schaffte, eine Hand auf den Bug zu bekommen …

Doch dann verschwanden das Boot, der Nebel und der klare blaue Himmel so schnell, als hätte jemand einen Schalter umgelegt. Es war wieder Nacht, über uns ein Sternenhimmel. Avalon war nicht mehr.

„Du Idiot!“, sagte Nathan und stützte sich auf seine Lanze, während er sich wieder auf die Füße rappelte. „Du bist aus der Formation ausgeschert! Du hast ihn entkommen lassen!“

Ich ignorierte ihn, denn ich sah, wie Safi neben der reglosen Ellie kauerte. Ich rannte zu ihr und fiel neben ihr auf den Boden. Der Wassergeist sah völlig ausgezehrt aus. Buchstäblich ausgesaugt. Ellie war skelettdünn, die Arme und Beine verkümmert.

„Ellie“, sagte ich. „Halt durch.“

Sie schaute mich mit leeren Augen an, die tief in den Höhlen lagen. Ich wusste, wie sehr Morgana sie ausgesaugt hatte, wie nah sie dem Tod war. Vielleicht war es schon zu spät.

Wie um diesen Gedanken zu bestätigen, schloss sie langsam ihre Augen.

„Ellie?“, fragte ich noch einmal.

Sie antwortete nicht.

24

Ich fasste mit beiden Armen unter ihren leblosen Körper und hob sie hoch. Sie wog fast nichts, und ich konnte ihre Knochen durch die Kleider hindurch spüren. Panisch schaute ich mich um.
„Wo ist Merlin?“, fragte ich. „Der weiß bestimmt, was zu tun ist.“
Ich suchte verzweifelt die Umgebung ab. Kein sonniger Tag mehr, keine Apfelbäume, keine sanften Hänge. Jetzt waren wir wieder oben auf dem Glastonbury Tor, und die Nacht war dunkel und eiskalt. Drüben zu meiner Linken konnte ich die Lichter des Festivals ausmachen. Vor mir die Lichter der Stadt. Ich musste den Zauberer finden, aber ich hatte die Orientierung verloren.
„Wir haben ihn da drüben zuletzt gesehen“, sagte Safi und deutete auf den Hang. Ich sah die Schatten unserer Fahrräder und begann mit den anderen zusammen dort hinzurennen. Keine Spur von Merlin.
„Blut“, sagte Gavin, der in die Hocke gegangen war. Er hatte recht. Von einem größeren Fleck neben den Fahrrädern führte eine Spur kleinerer Spritzer nach unten. Nicht zum ersten Mal verspürte ich Wut auf den Zauberer. Wohin war er verschwunden? Warum hatte er uns nicht geholfen?

Als die anderen auf ihre Räder stiegen, begann ich bergab zu laufen, halb rennend, halb taumelnd. Ich hielt Ellie fest umschlungen und versuchte, sie nicht zu sehr durchzuschütteln.

Wir fanden Merlin bald. Er war wieder zu sich gekommen, saß auf einem Felsen, starrte auf seinen verletzten Arm und stopfte sich mit der unversehrten Hand gerade eine tote Maus in den Mund. Der Ärmel seines Hemds aus Käseleinen dampfte ein wenig. Ich rannte zu ihm, Ellie immer noch fest umschlungen.

Er schaute auf, war innerhalb von Sekunden auf den Beinen und hatte die Maus heruntergeschluckt. „Sie braucht Wasser, jede Menge Wasser."

„Wo? Ist hier ein Fluss in der Nähe?"

„Ich weiß es nicht, aber ich kenne eine, die es weiß." Er blickte auf und stieß einen scharfen Schrei aus, eher einen Vogelschrei als einen Menschenschrei. Im dunklen Himmel über uns ertönte eine Antwort.

Strongclaws!

„Hilf uns!", rief ich.

Der Vogel wirbelte herum, stieg höher in die Luft. Dann richtete Strongclaws ihren Schnabel aus und flog geradewegs auf die Stadt zu.

„Folgt ihr!", sagte ich.

Wir bewegten uns weiter den Hang hinunter, Merlin an meiner Seite, während die anderen radelten.

„Wo sind die Gebeine?", fragte der Zauberer. „Hast du die Gebeine?"

Ich umfasste Ellies federleichten Körper fester. „Mordred hat sie. Und Morgana hat Ellie beinahe umgebracht."
Nathan rollte neben uns. „Du meinst, du hast Mordred die Gebeine nehmen lassen!", blaffte er.
„Um Ellie zu retten", sagte ich.
Aber Nathan wollte die Sache nicht auf sich beruhen lassen. „Ich bin nicht sicher, ob du das kapiert hast, aber es sind *deine* Gebeine, die er sich da geschnappt hat."
„Hör auf damit, Nathan", rief Gavin zurück. Er rollte voran zum Fuß des Glastonbury Tor, die Augen immer auf Strongclaws gerichtet. „Für so was ist jetzt nicht der richtige Zeitpunkt."
„Nun, ich bin beinahe bei lebendigem Leibe begraben worden wegen dieser Mission, und du gibst am Ende einfach auf, weil du nur deine *Freundin* im Kopf hast."
„Sie ist nicht *meine* Freundin", murmelte ich. Wie weit war es noch bis unten? „Sie ist *unsere* Freundin, und sie liegt im Sterben. Ich hätte dasselbe für jeden von euch getan."
Nathans Vorderrad traf auf einen Stein, und er kam ins Schleudern, aber er kriegte sein Rad wieder in den Griff. „O ja, das stimmt. Ihr seid ja alle dageblieben und habt mich unter den Trümmern hervorgezogen, nicht wahr?" Er tat so, als müsste er darüber nachdenken. „Moment mal. Nein, das habt ihr nicht."
Safi fuhr neben mich, betätigte immer wieder die Bremsen, hatte die Füße von den Pedalen genommen. „Ist sie …?", fragte sie, und ihre besorgten Augen spiegelten das Mondlicht wider.

„Ich weiß es nicht“, antwortete ich.
Ich hätte außer mir vor Furcht sein sollen, weil Mordred die Gewalt über meine sterblichen Überreste hatte, aber ich konnte nur daran denken, wie ich Ellie möglichst schnell zum Wasser kriegen könnte. Wo führte uns Strongclaws hin?
Wir erreichten den Fuß des Hügels, und das Falkenweibchen kam zurück, damit wir sie einholen konnten. Wir rannten und fuhren eine Straße in den Außenbezirken der Stadt entlang, an der große Einfamilienhäuser standen, die von gelben Straßenlaternen beschienen waren. Wie sollten wir hier Wasser finden? Wir brauchten einen Fluss, keine Häuser. Strongclaws schwebte jetzt dicht über unseren Köpfen. Sie flog über einen Zaun gleich neben mir und stieß dann hinunter, stieg wieder hoch auf und stieß wieder in denselben Garten hinunter. Ich duckte mich, als sie das erneut machte.
„Sie will, dass wir in diesen Garten gehen.“
An einer Seite war ein Tor. Safi und die beiden anderen ließen ihre Fahrräder in der Einfahrt fallen. Safi rannte los und kickte das Tor aus den Scharnieren. Wir liefen in den Garten. Es war uns egal, dass in einem der Fenster im Erdgeschoss des Hauses Licht brannte.
„Da“, rief Gavin. „Ein Whirlpool!“ Er stand auf einem Holzdeck am unteren Ende des Gartens. Gav zerrte die Plane herunter, und ich ließ Ellies schlaffen Körper sacht in das Wasser gleiten. Es war eiskalt. Ihr Kopf sackte unter die Wasseroberfläche, und sie schwebte leblos in dem Pool.
Ich hörte Gavins Stimme in meinem Kopf. *Es ist zu spät.*
„Das kann nicht sein“, rief ich.

Ich musterte Ellies Gesicht, hielt Ausschau nach einem Zeichen, dass Gavin sich irrte.
„Sie hat so viel Flüssigkeit verloren", sagte Merlin, und sein Gesicht war von Sorgen zerfurcht.
Safi schaute zum Haus. „Da ist jemand. Ich kann den Fernseher sehen. Was ist, wenn die uns bemerken?"
Aus dem Whirlpool kam ein Keuchen. Ellies Augen waren offen. Mein Herz machte einen Hüpfer.
„Ellie!", rief ich.
Sie schien mich nicht zu hören.
„Das wird eine Weile dauern", meinte Merlin. „Sie muss sich erholen. Lasst sie."
Wir hockten auf dem Rand der Wanne und beobachteten, wie der Wasserstand sank, während Ellie sich erfrischte. Erst waren die Veränderungen nur klein – ihre Gliedmaßen wurden kräftiger, ihre hohlen Wangen füllten sich aus, aber dann wurden ihre Augen klarer, und sie hob den Kopf über das Wasser. Als sie mich anlächelte, wusste ich, dass alles gut werden würde. Das Haar schwebte ihr um den Kopf, alle Durchsichtigkeit war vergangen.
„Was ist passiert?", fragte sie.
„Michael hat dir das Leben gerettet", antwortete Merlin.
„Und die Gebeine verloren", grummelte Nathan.
Safi und Gavin funkelten ihn böse an.
„Nein!", sagte Ellie. „Wo ist Mordred jetzt?"
„Gute Frage", erwiderte Merlin.
„Du hast gesagt, er würde sie zerstören", sagte Safi. „Er würde Michael so zurichten …"

„… dass er nur noch dahinvegetiert“, ergänzte Nathan. Er grinste mich an. „Hast du schon das Gefühl, dass du gehirnamputiert bist?“
„So einfach ist das nicht“, wandte Merlin ein. „Man kann eine Seele nicht so leicht auslöschen. Es muss zuerst ein Ritual geben – einen uralten Zauber.“
„Wir haben also noch Zeit?“, fragte Gavin.
„Ein bisschen“, antwortete Merlin.
„Was für ein Zauber ist das?“, wollte ich wissen.
Merlin und Ellie warfen sich einen beunruhigten Blick zu, sie schwiegen kurz und sagten dann wie aus einem Mund: „Schwarzes Feuer.“
„Nie gehört“, meinte Gavin. „Wie unterscheidet sich das von normalem Feuer?“
Merlins Augenbrauen schossen in die Höhe. „Schwarzes Feuer verbrennt keine Gegenstände“, sagte er. „Es wird aus der Unterwelt heraufbeschworen. Es verzehrt Seelen. Es kann nur durch uralte Portale angelockt werden, an Orten, wo die Magie besonders stark ist.“
Ich runzelte die Stirn. „Wie zum Beispiel?“
Plötzlich ging draußen vor dem Haus ein Licht an, und die Hintertür wurde geöffnet.
„Schnell, versteckt euch!“, sagte Safi.
Wir kauerten uns alle hinter das Deck, als jemand das Gesicht aus der Tür streckte. „Ist da draußen jemand?“, fragte eine Männerstimme.
„Komm wieder rein, Derek“, rief eine Frau. „Das sind bestimmt nur Katzen.“

Ich hörte das Knarren von Schritten auf dem Deck. Die Spitze von Excalibur tauchte auf, aber ich zwang sie mit meinen Gedanken wieder zurück. Das war keine Lösung.
„Hallo?“, rief die Stimme erneut.
Wir hielten die Luft an. Dann entfernten sich die Schritte wieder, und die Tür ging zu. Ich atmete auf und erhob mich langsam. Dabei fiel mein Blick auf etwas am unteren Ende des Gartens, das mir ein ungutes Gefühl gab. Es waren Gartenzwerge, die um eine Miniaturnachbildung von Stonehenge angeordnet waren. Ich konnte nicht genau sagen warum, aber aus irgendeinem Grund jagte mir das kalte Schauer über den Rücken.
„Du hast also gesagt, es soll ein uraltes Portal sein?“, nahm Gavin das Gespräch wieder auf.
„O nein!“, sagte ich, als mir plötzlich eine Erkenntnis kam, die mir durch Mark und Bein ging. Es passte alles zusammen. Der Ort, wo Hector seine Fracking-Bohrungen machte, die abgesperrten Straßen, Mordreds Plan.
„Was ist los?“, fragte Safi.
Ich hielt meine Augen starr auf die Gartenzwerge gerichtet. „Ich glaube, ich weiß, wohin er meine Gebeine bringt.“
Als die anderen die Gartenzwerge sahen, kapierten sie es langsam.
„Ah“, stöhnte Merlin. „Ja, das könnte funktionieren.“

25

Wir gingen im Gänsemarsch durch das hintere Gartentor, als Gavin plötzlich stehen blieb.

„He, guck mal – das ist dein Stiefvater."

Er stand neben dem erleuchteten Fenster und schaute hinein. Wir gesellten uns zu ihm. Im Fernseher in dem Wohnzimmer konnte ich Hector erkennen, der gerade in eine Limousine einsteigen wollte.

„Was geht da vor?", fragte Nathan.

Merlin richtete seinen Zeigefinger auf die Fensterscheibe, und ein Lautstärkeregler wurde darauf sichtbar, der rasch hochgefahren wurde. Nun konnte man den Ton auch draußen hören.

„Man kann es als Sieg der Umweltaktivisten sehen. Ein Sprecher von Boomgardt Industries hat soeben Reporter darüber informiert, dass das Fracking in der Nähe von Stonehenge abgebrochen wurde. Diese Kehrtwende ist offenbar eine Reaktion auf verschiedene Berichte in letzter Zeit, die darauf hinweisen, dass die Sicherheit des Geländes nicht mehr gewährleistet ist …"

Der Mann, der auf das Deck herausgekommen war, stürzte ins Zimmer, packte die Fernbedienung des Fernsehers und drehte die Lautstärke herunter. Er schaute verwirrt, und wir nutzten die Gelegenheit, um uns aus dem Staub zu machen.

„Es sieht so aus, als wäre deine Theorie richtig", sagte Merlin. „Das Fracking war immer nur Tarnung. Ich hätte das früher begreifen müssen."
„Aber ich habe immer gedacht, Stonehenge wäre so eine Art Steinzeitkalender", meinte Safi.
„Es ist viel mehr als das", erwiderte Merlin. „Das sind nicht nur Steine. Es ist wie eine Art Steckdose. Die Menschen, die Stonehenge erbaut haben, haben auf diese Weise die Kräfte der Erde angezapft, die für Gutes oder Böses genutzt werden können. Diese magische Funktion wurde in den letzten dreitausend Jahren nicht benutzt. Als man sie das letzte Mal verwendet hat, ist es anscheinend zu einer Explosion gekommen. Dabei sind einige Steine heruntergefallen und andere fehlen – sie wurden wahrscheinlich durch die Macht des Schwarzen Feuers in die Umlaufbahn geschleudert."
Ich schaute Merlin mit offenem Mund an. „Wenn also Stonehenge eine gigantische Steckdose ist, hat es … einen Kurzschluss gegeben?"
„So ähnlich", antwortete Merlin.
Ich schaute die Ritter an. „Wir müssen sofort dorthin. Seid ihr dabei?"
„Ja!", antworteten sie wie aus einer Kehle.
„Ich auch." Ellies Augen funkelten. „Du hast mich gerettet. Jetzt kann ich helfen, dich zu retten."
„Aber wie kommen wir da hin?", fragte Safi, die wie immer praktisch dachte. „Ich radle nicht bis Stonehenge. Es ist zu weit."
„Ich habe eine Idee!", rief Nathan. „Wir fahren!"

Wir stellten die Fahrräder am Eingang des halb verlassenen Festivalgeländes ab, von dem immer noch einige wenige Fahrzeuge davonfuhren. Merlin war geflogen und schwebte mit Strongclaws über uns am Himmel. Gav hatte mich hinten auf seinem Fahrrad mitgenommen. Nathan war vorausgefahren. Ellie war eine Weile verschwunden und tauchte aus einer Schlammpfütze in der Nähe des Eingangs wieder auf. Sie sah ziemlich gut aus, wenn man bedachte, dass sie gerade aus dem Schlamm gekrochen war. Von den Bühnen in der Ferne war Musik zu hören, aber die Stimmung war gedrückt, die Leute saßen vor ihren Zelten oder dicht beieinander um kleine Lagerfeuer.

„Was nun?", fragte Safi.

Wie auf ein Stichwort kam ein großes Fahrzeug auf uns zu geholpert. Der Winnebago bremste abrupt und blieb ein bisschen zu nah vor uns stehen. Nathan lehnte sich aus dem offenen Fenster.

„O Gott, du hast es tatsächlich gemacht. Du hast ein Wohnmobil gestohlen", sagte ich. „Was ist mit Edwin?"

Nathan grinste. „Keine Spur von ihm. Ich konnte einfach damit wegfahren."

Ich hatte keine Zeit, mir lange Gedanken über die Konsequenzen zu machen – es war die einzige Möglichkeit.

Ich öffnete die Seitentür und stieg neben Nathan ein. Die anderen kletterten hinten in den Wagen und setzten sich um den Tisch. Den vielen leeren Flaschen nach zu urteilen, hatten Edwin und Clemmie nach unserem Verschwinden eine wilde Party gefeiert. Ich versuchte, nicht zu grinsen, als ich mir vor-

stellte, wie blöd sie schauen würden, wenn sie zum Standplatz kamen und der Winnebago verschwunden war.
„Meinst du, du schaffst das?", fragte Gavin zweifelnd. Nathan hoppelte mit dem Wohnmobil voran, ehe das Fahrzeug Geschwindigkeit aufnahm und vom Gelände raste. Er bog in eine schmale Seitenstraße ein.
„Fällt dir was Besseres ein?", fragte er.
„Aber du hast doch keinen Führerschein", wandte Safi ein und zurrte ihren Sicherheitsgurt fest.
Nathan lachte. „Keine Sorge, einer meiner Ziehväter wohnte auf einem Bauernhof. Der hat mich den Range Rover über die Felder fahren lassen." Er drückte das Gaspedal runter und überholte ein Auto. „Jedenfalls bis zu dem Unfall."
Safi blickte auf. „Bis zu welchem Unfall?"
„Ach, nichts. Sie haben es geschafft, das Feuer zu löschen und die Scheune wieder aufzubauen."
Jetzt legte sich auch Ellie den Sicherheitsgurt um.
„Er macht nur Spaß", sagte ich und schaute zu Nathan. „Oder?"
„Das werdet ihr nie erfahren." Nathan lächelte und bretterte mit dem Winnebago so rasant um eine Kurve, dass wir uns alle an unseren Sitzen festklammerten. Aus dem Schlafzimmer hinten war ein dumpfer Aufprall zu hören, dann ein Stöhnen.
„Äh, was war das denn?", fragte Gavin. „Fahr mal an den Straßenrand."
Nathan tat, wie ihm befohlen. Nachdem er den Winnebago unsanft auf der Böschung zum Stehen gebracht hatte, folgte

ich Gavin nach hinten und machte die Schlafzimmertür auf. Eine Wolke von schalem Alkohol schlug uns entgegen. Kein Wunder. Edwin lag auf einem Einzelbett ausgestreckt und schnarchte wie ein Wildschwein. Zwei von Clementines Freundinnen lagen auf dem anderen Bett, völlig hinüber, und Clementine entdeckten wir auf dem Boden zwischen den beiden Betten. Wir hielten die Luft an, als sie erneut stöhnte und irgendwas murmelte, wie gemein Edwin doch wäre. Dann drehte sie sich um und schlief weiter.

„Ups", sagte Nathan, der sich zu uns gesellt hatte. „Im Schlafzimmer habe ich nicht nachgeschaut."

„Lass die Witze", sagte Gav. „Was machen wir jetzt?"

„Alle rausschmeißen und weiterfahren?", schlug Nathan vor.

„Nein. Edwin würde ein Riesentheater machen, die Polizei rufen und uns anhalten lassen", sagte ich. „Fahr einfach langsam. Die sind total weg vom Fenster."

Wir schlossen die Tür und entfernten uns auf Zehenspitzen. Sobald wir wieder unterwegs waren, programmierten wir das Navi auf Stonehenge. Die Schlafenden hinten im Auto blieben ruhig – bis Nathan mit voller Geschwindigkeit in ein Schlagloch bretterte und uns alle in die Luft katapultierte, ehe wir wieder runterkrachten. Wir erstarrten, als Edwin hinten im Schlafzimmer in Panik schrie: „Clemmie! Clemmie! Warum fahren wir?"

„Überlasst das mir", sagte Gav. Er ging nach hinten, öffnete die Tür und sagte in beruhigendem Tonfall: „Das träumst du nur, Edwin. Es ist ein schöner Traum, nicht? Ein Traum, aus dem du noch nicht aufwachen möchtest. Okay?"

„Hm, ja, ein schöner Traum", gurrte Edwin.
„Fein, fein, kuschel dich ein", sagte Gav. „Ihr schlaft alle tief und fest. Tief, sehr tief und sehr fest."
Gav drehte sich zu uns um und reckte den Daumen in die Höhe. „Damit könnte ich ordentlich Geld verdienen", meinte er.
Den Rest der Fahrt über erzählte er uns, was er mit all dem Geld anfangen würde – es war dämlich, aber ich war wirklich dankbar für sein Geschwätz. Es hielt mich davon ab, mir zu viele Sorgen über meine potenzielle Zukunft als benommener, seelenloser Idiot zu machen.
„Oh-oh. Kleines Problem", sagte Nathan. Er war mit Höchstgeschwindigkeit um eine Kurve gefahren und bremste scharf ab, als eine Straßensperre im Scheinwerferlicht auftauchte. Stonehenge war nur noch etwa eine Meile entfernt, aber wir würden nicht näher herankommen, ehe wir nicht diesen Kontrollpunkt hinter uns gebracht hatten.
Sicherheitsleute saßen in einem kleinen Häuschen und ließen die Schranke hinauf oder hinunter. Dahinter war der abgesperrte Bereich. Das war ein Problem, genau wie das Stöhnen, das man jetzt von hinten im Wagen hören konnte.
„Es klingt ganz so, als wären die Schläfer aufgewacht", sagte ich zu Gav. „Geh besser nach hinten und stell die wieder ruhig."
Er sollte keine Gelegenheit dazu bekommen. Die Schlafzimmertür ging krachend auf, und Edwin erschien. Die Haare standen ihm in allen Richtungen vom Kopf, und sein Gesicht war zornesrot.
„Was geht hier vor?", brüllte er.

Ehe er irgendwas anderes sagen konnte, schob sich Clementine an ihm vorbei und kreischte: „Wir sind entführt worden! Hol die Polizei!" Hinter ihr saßen die beiden Mädchen und kreischten mit.

„Haltet die Klappe, alle miteinander", brüllte Edwin. „Das ist nur mein dämlicher Stiefbruder. Der *eine ganze Menge* zu erklären hat."

„Es ist ein Notfall." Ich versuchte, ruhig zu bleiben, aber eigentlich wollte ich nur so schnell wie möglich weg von Edwin und nach Stonehenge, in die Dunkelheit hinter dem Kontrollpunkt. Am Horizont konnte ich die schwarzen Umrisse der Steine vor dem Sternenhimmel sehen.

Jetzt bemerkte Edwin den Kontrollpunkt. Langsam stahl sich ein Lächeln auf sein Gesicht. Ein Wachmann kam im Scheinwerferlicht auf das Wohnmobil zu. Der Körpergröße und dem Gang nach konnte es eine Frau sein. Sie trug über ihrer Uniform einen wasserdichten gelben Poncho. „Das könnt ihr dann meinem Dad erklären", sagte Edwin gehässig.

Die Wache blieb an der Fahrertür stehen und leuchtete mit einer Taschenlampe in den Wagen.

„Kann ich Ihnen helfen?", fragte sie. Verdammt. Ich wollte doch keiner unschuldigen Person Schmerzen zufügen. Ich warf Gavin einen Blick zu. Wir mussten unsere Überzeugungskraft einsetzen.

Da krachte Edwin aus der Seitentür heraus, und die Sicherheitsfrau drehte sich zu ihm um.

„Könnten Sie bitte wieder in Ihr Fahrzeug einsteigen, Sir?", sagte die Frau.

„Mein Vater ist Hector Boomgardt“, erwiderte Edwin. „Ich möchte, dass Sie ihn anrufen, ihn und die Polizei. Die Person, die diesen Wagen fährt, hat keinen Führerschein und hat das Fahrzeug ohne meine Erlaubnis an sich genommen.“

Einen Augenblick passierte gar nichts, doch dann schaltete die Frau ihre Taschenlampe aus. Aus irgendeinem Grund gefiel mir das gar nicht. Ich lehnte mich aus der Seitentür, um besser sehen zu können. Obwohl sie eine Schirmmütze und diesen wasserdichten Poncho trug, begriff ich sofort, dass es Miss Lott war.

Edwin sah das auch. „Oh“, sagte er. „Sie sind das. Was machen Sie denn hier?“

„Edwin. Was für ein … Vergnügen“, erwiderte sie.

„Wie praktisch“, dröhnte er weiter. Er hätte die Warnsignale in ihrem Gesicht bemerken müssen. Selbst von hier aus konnte ich sehen, dass ihre Augen gefährlich funkelten. Aber Edwin raffte nichts, wie immer.

„Ich möchte, dass Sie sofort meinen Vater anrufen und mir ein Auto herbestellen. Ich möchte nie im Leben wieder ein Festival oder einen Winnebago sehen. Ich fahre nach Hause.“

„O nein, das tun Sie nicht.“

Edwin starrte sie an. Miss Lott griff unter ihr Cape. Dann hörte man ein langes, zischendes Geräusch, und ihre Hand tauchte mit einem leuchtenden blauen Schwert wieder auf. Miss Lott lächelte Edwin eisig an. „Du fährst nie mehr nach Hause. Mordred braucht dich und deinen Vater nicht mehr. Er hat jetzt mich.“

Edwin erstarrte, als sie auf ihn zu stolzierte. Es war egal, dass Edwin ein tollpatschiger Trottel war, dass ich ihn hasste, dass ich niemals einen Stiefbruder haben wollte … Ich wollte trotzdem nicht, dass er starb. Ich rief Excalibur, aber aus irgendeinem Grund erschien mein Schwert nicht.

„Nein!", schrie ich und stieg aus dem Auto auf die Straße, ohne zu wissen, was ich überhaupt hier tun konnte.

Miss Lott hob das Schwert hoch über den Kopf und ließ es dann hinuntersausen, um Edwin in zwei Teile zu hacken.

26

Clementine, die vom Fenster aus zuschaute, kreischte, und ich schaute weg. Es folgte aber kein schreckliches dumpfes Geräusch, sondern es klang, als wäre das Schwert auf eine Glocke oder einen Gong aufgeprallt. Metall auf Metall. Ich drehte mich um, aber ich sah nicht, wie befürchtet, Edwin in Stücken.

Die Klinge war wenige Zentimeter vor Edwins Schädel abrupt gebremst worden. Sein ganzer Körper war von einem seltsamen grünen Kraftfeld umgeben, von der gleichen Farbe und Durchsichtigkeit wie eine Weinflasche. Dann schwand der grüne Schein.

„Aua“, sagte Edwin und schaute verdattert.

Aber längst nicht so verdattert wie Miss Lott. Sie hob das Schwert noch einmal und schlug es nun von der Seite auf Edwins Hals. Wieder tauchte, kurz bevor die Klinge in sein Fleisch schnitt, die grüne Rüstung auf, und der Stahl prallte mit einem erneuten „Doiiiing“ ab. Da bemerkte ich, dass der Ring an Edwins Finger leuchtete. Er war offensichtlich die Quelle dieser neuen Kraft. Edwin schaute so verdutzt wie ich.

„Nun, das war nicht geplant“, murmelte Miss Lott. Sie schaute sich zum Wohnmobil um, blickte auf die hysterische Clementine und deren Freundinnen, die schwach vom Licht des Armaturenbretts erleuchtet waren, zuletzt auf uns – und da verzog sich ihr Mund zu einem breiten Haifischlächeln. „Aber keine Sorge. Hier sind ja die Ritter in ihren glänzenden Rüstungen, die gekommen sind, um die Welt zu retten. Ich töte für mein Leben gern Ritter."

Hinter mir hörte ich das „Schtiiing" unserer Waffen, die erschienen.

Miss Lott zog spöttisch eine Augenbraue in die Höhe. „Kids jagen mir keine Angst ein." Sie ließ ihr Schwert nach unten sinken und winkte uns mit der anderen Hand zu sich heran. Hinter ihr betastete Edwin, der sogar noch dämlicher aus der Wäsche guckte als sonst, seine schimmernde grüne Rüstung.

Gav kam an meine Seite, sein Bogen Yumi brummte. „Wo ist Excalibur?", murmelte er.

Das wollte ich auch zu gern wissen. Ich konzentrierte mich, und endlich erschien das Schwert in meiner Hand, wenn auch nicht mit einem hellen „Siiing", sondern sehr zögerlich, und der Stahl der Klinge war matt. Eine Welle der Panik ließ mein Herz rasen. Das Schwert lag mir irgendwie nicht richtig in der Hand. Ich schwang es zur Probe, aber es fühlte sich an wie Blei – zu schwer, um es locker zu bewegen. Hatte das was mit meinen Gebeinen zu tun? Hatte Mordred schon irgendwas mit ihnen gemacht?

Miss Lott bemerkte das sofort. „Ha, der große König schwächelt! Jetzt wird die Sache langsam interessant. Da fangen wir doch gleich mit dir an." Sie kam mit übermenschlicher Geschwindigkeit auf mich zu, holte mit ihrem leuchtenden Schwert nach meinem Hals aus. Ich versuchte, den Hieb abzublocken, aber ich war zu langsam. Es gab einen ungeheuren

Knall, und dann krachte Miss Lotts Schwert gegen Nathans Lanze. Nathan grinste mich an.

„Immer wieder gern, Kumpel."

Jetzt schwang Miss Lott ihr Schwert in verschlungenen Kreisen über dem Kopf wie ein Samurai.

Nathan stieß mit seiner Lanze zu. Miss Lott drehte sich ein wenig, wirbelte dann auf ihren hohen Absätzen herum und hieb ihm die Lanze problemlos aus der Hand. Etwas flog zischend an meinem Ohr vorbei und traf Miss Lott an der Schulter, riss sie herum und warf sie zu Boden. Sie lag reglos da.

„Treffer", murmelte Gav, spannte die Sehne erneut und zielte mit einem zweiten Pfeil auf die liegende Gestalt.

Miss Lott stand auf. Ich bemerkte keinerlei Spuren des Pfeils. Die Haare standen ihr in allen Richtungen vom Kopf, und ihre Augen funkelten. Sie lachte irre und winkte Gav zu, während ihr die Funken von den Fingerspitzen sprühten. „Hast du noch mehr von diesen Blitzpfeilen? Die sind besser als jeder starke Kaffee."

Gav schoss erneut. Diesmal fing sie den Pfeil mitten aus der Luft. Er zischte auf der ganzen Länge und verschwand. Miss Lott schien um mehrere Zentimeter gewachsen zu sein.

„Keine Pfeile mehr", sagte ich. Ich drehte mich zu Safi um. „Schnell, wir brauchen den Blutroten!"

Safi sprang auf Miss Lott zu, hielt den Schild wie einen Diskus und zog schon den Arm zurück, um ihn zu werfen. Doch Miss Lott hatte sie gesehen und bewegte sich noch schneller, so schnell, dass sie geradezu an den Umrissen zu verschwimmen schien. Dann blieb sie abrupt vor Safi stehen, schlug ihr den Schild aus den Händen und stellte ihr ein Bein, sodass sie hinfiel. Dann stieß sie mit dem Schwert in Richtung von Safis Brust.

„STEH STILL, DÄMONIN!", dröhnte eine laute Stimme.

Miss Lott erstarrte, schoss dann zurück und fiel schwer auf den Boden, als hätte eine unsichtbare Kraft sie niedergeworfen. Merlin kam an uns vorbeigeschritten. Er hatte eine Hand ausgestreckt, und aus seinen Fingern stoben Funken. Ich hatte ihn noch nie so wütend und auch nie so kraftvoll gesehen.

„O ja, typisch Merlin", meinte Gav. „Spektakulärer Auftritt, aber zu spät."

„Besser spät als nie", sagte Safi und atmete, die Hand über dem Herzen, erleichtert auf. Merlin schritt zu Miss Lott hinüber, während immer noch Funken von seinen Fingern sprühten und eine Kugel aus Licht um sie waberte. Sie wand sich, fluchte und keifte ihn an. Er schaute über die Schulter zu uns zurück.

„Geht! Ihr müsst nach Stonehenge. Das Schwarze Feuer kann nur in der Morgendämmerung heraufbeschworen werden, ihr habt nicht mehr viel Zeit." Er deutete mit dem Finger nach Osten, wo der Himmel schon ein helleres Mitternachtsblau hatte als der Rest. „Heute ist die kürzeste Nacht, und es ist nicht mehr lang bis zum Sonnenaufgang. Ich halte sie hier fest – geht jetzt!"

Ich wollte ihn nicht verlassen. Ich konnte sehen, dass er ins Schwitzen kam – es war anstrengend für ihn. Aber Gav berührte mich am Arm. „Komm schon, Mike. Wir müssen."

Wir kletterten wieder in den Winnebago, Ellie quetschte sich neben mir auf den Vordersitz, die anderen saßen hinten.

Edwin war schon drinnen, schaute immer noch kopfschüttelnd auf den grünen Ring an seinem Finger. Neben ihm rang Clementine die Hände, und die beiden Mädchen schluchzten unkontrolliert.

„Was zum Teufel ist da passiert?", fragte ich Edwin, als Nathan sich ans Steuer setzte und den Motor anließ.

Edwin schaute mich an, und sein Gesicht verhärtete sich. „Ich habe keine Ahnung, aber hast du mich gesehen, hä? Wie ich diese Verrückte aufgehalten habe – ich hab Dad wegen ihr schon gewarnt, ich habe gleich gesagt, mit der stimmt was nicht."

„Ich dachte, die würde dich umbringen, Babe", sagte Clementine und strich ihm übers Haar. Wenn man bedenkt, dass sie gerade eine übernatürliche Erscheinung erlebt hatte, ging sie ziemlich gut damit um.

„Na ja, da hast du dich geirrt", antwortete Edwin. „Endlich habe ich ein paar Kräfte. Wurde auch Zeit, verdammt noch mal."

Clementine wirkte verwirrt, aber so sieht sie ja eigentlich meistens aus.

Nathan ließ den Motor aufheulen. „Bereit?", schrie er nach hinten. Es war eine Warnung, und alle, sogar Edwin, klammerten sich schnell an irgendwas fest.

Ich holte tief Luft. „Los!"

Nathan grinste. „Auf sie mit Gebrüll!" Er trat das Gaspedal durch, und mit quietschenden Reifen jagte er den Winnebago direkt auf die Schranke zu und zerhackte sie zu Schrott.

27

Wir fuhren weiter über die dunkle, leere Straße, immer auf die Steine in der Ferne zu.

Hinten jammerte Clementine darüber, in was für Schwierigkeiten sie kommen würde, weil sie zugelassen hatte, dass wir das Wohnmobil geschrottet hatten. Ihre Freundinnen klammerten sich aneinander und schluchzten, während Edwin mürrisch vor sich hin grummelte, dass er sein Handy finden und seinen Vater anrufen müsse. Wir vorne waren still. Wir wussten, dass wir auf einen Kampf zufuhren. Irgendwo vor uns bereitete sich Mordred darauf vor, mich und meine Ritter auszulöschen. Wir hatten Waffen, aber es war uns schon einmal nicht gelungen, Mordred zu zerstören, und jetzt war ich das schwächste Glied in der Kette. Ich rieb mir die Hand. Irgendwas stimmte nicht mit Excalibur. Gegen Mordred würde ich mehr als unnütz sein, wenn ich nicht die Kraft des Schwerts wieder zurückbekam.

Wir schlitterten mit Hochgeschwindigkeit um eine Kurve. „Noch eine Straßensperre", murmelte Nathan und verringerte das Tempo ein wenig.

Große Lastwagen mit dem Logo von Boomgardt auf der Seite waren quer über die Straße geparkt, aber es waren weit und breit keine Arbeiter zu sehen.

„Ist das Ding geländetauglich?“, fragte ich.
„Jetzt schon!“ Nathan trat das Gaspedal wieder durch und riss das Steuer herum. Wir hörten, wie hinten Geschirr und Gläser zu Bruch gingen. Wir durchbrachen eine Hecke und holperten über das raue Gras, fuhren jetzt geradewegs auf die großen Steine zu. Inzwischen wurde der Himmel rasch heller, ein blasses Blau schimmerte wie verwässerte Tinte hinter den schwarzen Steinsäulen.
„Was ist los?“, fragte Clementine weinend. „Eddy, wieso hat sich die Sekretärin deines Dads in eine Ninja verwandelt? Und was hattest du da für einen seltsamen Anzug an? Ich meine, ich will nicht sagen, dass er dir nicht gut gestanden hätte, du hast sogar ziemlich heiß ausgesehen. Grün war schon immer deine Farbe.“
„Ich weiß nicht, was das war“, antwortete Edwin. „Ich verstehe überhaupt nichts mehr. Zum Beispiel was Miss Lott mit Mordred zu tun hat. Und warum sie versucht hat, mich umzubringen. *Mich!* Wir sind doch auf Mordreds Seite, verdammt! Wieso greift er mich dann an?“
„Wer ist Mordred?“, fragte Clementine. „Spielt der in einer Band?“
Hätte ich Zeit gehabt und wären wir nicht in Lebensgefahr gewesen, ich hätte schallend gelacht. Da beschwerte sich Edwin wegen Mordred bei mir! „Wir sind wirklich eine stinknormale Familie, was?“, sagte ich.
Edwin schnaubte. „Wenn das hier vorbei ist, werde ich mich mit dir befassen“, erwiderte er. „Und Miss Lott fliegt ganz sicher raus.“

„Es sieht so aus, als hätte dein Dad gewusst, dass er ihr nicht trauen kann“, meinte ich. „Dieser Ring ist das Einzige, was dich gerettet hat. Besser als ein Auto, würde ich mal sagen.“
Etwas flitzte am kleinen Seitenfenster vorüber. „Was war das?“, fragte Clementine.
Edwin öffnete das Fenster und streckte den Kopf hinaus. Plötzlich zog er ihn mit einem Jaulen zurück. Eine Schlammkrake hatte sich um sein Gesicht geschlungen. Er fiel auf den Boden und krümmte sich vor Schmerz. Clementine fing wieder an zu schreien.
„Leute! Lamakari!“, brüllte ich.
Safi schlug krachend das Fenster zu.
„Holt das von mir runter!“, brüllte Edwin.
Ellie schob sich an mir vorbei und rannte zu ihm. Sie packte ein paar Greifarme und drückte fest zu. Sofort trocknete die Krake aus und zerbröselte. Edwins Gesicht tauchte wieder auf, entsetzt, verkrustet mit vertrocknetem, nach Fisch stinkendem Schlamm. Er machte den Mund auf und zu, aber es kamen keine Worte heraus.
Ich lachte erleichtert. „Gut gemacht, Ellie!“ Sie kämpfte sich zu mir zurück, während der Winnebago über das raue Gelände holperte, und ließ sich neben mir auf den Sitz fallen.
„Ich hoffe, da sind nicht noch mehr von denen“, sagte Edwin.
Nathan bremste plötzlich. „So viel Glück haben wir nicht“, erwiderte er. Er schaltete die Scheinwerfer auf Fernlicht. Das Gras vor uns wimmelte nur so von diesen widerlichen Schlammwesen, die auf uns zuglitschten und -krabbelten.

„Nicht langsamer werden", sagte ich. „Überfahr sie!"
Nathan nickte, drückte das Gaspedal voll durch, und wir hoppelten über das Gras. Clementine und ihre Freundinnen kreischen und hielten sich an allem fest, was sie erwischen konnten. Die Schlammkraken zerplatzten unter unseren Reifen.
„Nehmt das, ihr Schleimer", heulte Gav. Es gab ein Platschen, als etwas gegen die Windschutzscheibe klatschte und sie in eine braune Masse aus Fangarmen und Schleim verwandelte. Nathan schaltet rasch die Scheibenwischer ein, aber sie wurden nicht mit den Schlammkraken fertig. Das Wohnmobil fing an zu beben, als die Kraken darauf zuflogen, gegen die Fenster und das Dach klatschten. Es war unmöglich, aus der Windschutzscheibe noch etwas zu sehen.
„Fahr weiter", schrie ich. „Wenn du anhältst, überrennen sie uns."
Nathan nickte, und der Winnebago preschte vorwärts. Wir hoppelten und schüttelten, und das ganze Ding krachte und stöhnte, als würde es jeden Augenblick auseinanderfallen. Dann ruckelte eines der Vorderräder, und wir fielen alle von unseren Sitzen. Ich hielt Ellie fest, Gav packte Safi, und wir machten uns auf den Aufprall gefasst. Ich landete auf der Seitenwand, und die Welt stand Kopf. Kleidungstücke und ein Paket Cornflakes trafen mich im Gesicht, und ein Wasserkessel hüpfte knapp an meiner Schulter vorüber. Die anderen wurden wie Stoffpuppen durch die Trümmer geschleudert. Es gab noch ein Krachen, und dann hörte man Glas splittern. Clementine hatte tatsächlich zu schreien aufgehört, aber mein

eigenes Geheul ersetzte das vollkommen. Wir rutschten über das Gelände, und dann kam der Winnebago mit einem grässlichen Quietschen zum Stehen. Alles war still, bis auf ein leises Zischen.

Mir war schwindelig, und ich hatte die Orientierung verloren. Ich versuchte herauszufinden, ob wir auf der Seite oder dem Dach gelandet waren.

Vor mir waren Ellie, Gav und Safi auf Nathan aufgetürmt. Ich schaffte es mit Mühe, meinen Kopf zu drehen. Hinten lagen die Mädchen in einem Haufen auf Edwin, der stöhnte und sich den Kopf hielt. Der hintere Teil des Winnebago war völlig eingedrückt und halb weggerissen, dahinter sahen wir Gras und den Himmel. Mir wurde klar, dass das Zischen aus der Kochecke hinter Nathan kam. Ich schnüffelte. Gar nicht gut.

„Das ist ein Gasleck!", rief ich. „Alle raus!"

Safi lag ganz oben auf unserem Haufen. Sie zog die Beine unters Kinn und kickte dann mit aller Kraft die verbeulte Beifahrertür auf, die aus den Scharnieren flog. Wir entwirrten uns und folgten ihr. Sie rannte zu der Seitentür und begann, die Mädchen und Edwin hinten aus dem Wagen zu zerren. Clementine blutete am Arm, und eine ihrer Freudinnen humpelte. Edwin schien völlig unverletzt zu sein, wahrscheinlich wegen seiner coolen Rüstung, überlegte ich.

„Was waren denn das für Krakendinger?", prustete er.

Von außen sahen die Trümmer des schlammverdreckten Winnebago noch viel schlimmer aus. Der Kühlergrill hing herunter, die Scheinwerfer und die Windschutzscheibe waren weg.

Ein Rad lag im Gras, ein anderes hing in einem sehr seltsamen Winkel. Selbst wenn wir das Fahrzeug wieder aufrichten konnten, würden wir nirgends mehr damit hinfahren. Wir standen mitten in dem sanft gewellten Grasland, völlig ungeschützt. Die anderen hatten bereits ihre Waffen herbeigerufen und schwärmten in einem Halbkreis aus. Clementine und die Mädchen duckten sich hinter ihnen.

Keine Spur von den Lamakari.

„Seltsam – sie sind verschwunden", sagte ich.

Ellie tippte mir auf die Schulter. „Sind sie nicht."

Ich folgte ihrem zitternden Finger mit den Augen. Sie deutete auf etwas zu meiner Linken, das wie ein kleiner brauner Hügel aussah und vor den weiter entfernten Steinen des Henge aufragte. Aber dieser Hügel bewegte sich, seine Oberfläche wand sich hin und her.

„Edwin, bring die Mädchen hier weg", sagte ich.

Mein Stiefbruder starrte auf den wachsenden Schlammhaufen.

„Edwin, geh!", sagte ich und packte ihn beim Arm. „Das ist nicht dein Kampf. Rette Clementine und die anderen."

„Nein." Edwin schüttelte mich ab. „Ich kämpfe mit. Nie wieder wird so ein kleiner Schleimer mit Fangarmen versuchen, mein Gesicht zu fressen."

Ich konnte die Augen nicht von der hoch aufragenden Masse vor uns abwenden. Ich wusste jetzt, was das war. Immer mehr Lamakari hielten darauf zu und stürzten sich auf die Masse, und immer wenn sich einer dazugesellte, begann die Masse sich zu verändern und zu winden. Dann fing sie an, sich auf uns zuzubewegen. Riesententakel, jeder so dick wie ein Menschenarm, begannen sich zu bilden. Einer der Fangarme streckte sich aus und donnerte auf den Boden nieder. Ein Schnabel öffnete und schloss sich gierig.

„Bist du dir ganz sicher, Edwin?“, murmelte ich.

28

Der Boden bebte, als die Megakrake auf uns zugeglitscht kam, Büsche und Bäume entwurzelte und das Gras umpflügte. Ich versuchte, Excalibur zu mir zu rufen, aber da war nichts, kein Jucken, kein Zeichen auf der Handfläche. Ich versuchte es noch einmal, beschwor verzweifelt das Schwert herauf. Nichts.

„Michael, beweg dich!"

Nathan krachte gegen mich und zerrte mich zu Boden, sodass wir beide herumrollten. Als ich aufblickte, sah ich einen der zwanzig Meter langen Fangarme der Krake mit einem nassen Klatschen genau auf die Stelle aufschlagen, wo ich gerade noch gestanden hatte. Keine Frage, er hätte mich zerquetscht. Dann hob sich der Fangarm wieder mit einem ekligen Sauggeräusch. Die anderen wichen zurück, und ich folgte ihnen mit Nathan.

Safi brach als Erste aus der Formation aus, hieb mit der Kante ihres Schilds auf einen der Fangarme. Das Wesen schien das nicht einmal zu merken. Für die Krake war Safi nichts als ein Krümel, der Schild ein Stäubchen. Safi wurde durch die Luft geschleudert und schlitterte über die Erde, bis sie vor unseren Füßen landete.

„Autsch!", murmelte sie, ehe sie auf die Beine sprang. Ich packte sie beim Arm. „Nein, wir brauchen eine Strategie. So

können wir dieses Wesen nicht besiegen. Wir müssen uns zurückziehen und einen Plan schmieden."
Edwin ballte die Fäuste. „Edwin Boomgardt rennt nicht weg. Er kämpft."
„Dann duck dich", schrie ich und zerrte ihn nach unten, als ein ganzer Strahl elektrischer Pfeile von Gavs Bogen surrte und in die Krake klatschte. Ich bedeckte meinen Kopf, weil ich hoffte, dass flüssige Schlammkrake auf mich herunterregnen würde, aber nichts geschah. Ich nahm die Arme wieder herunter. Gavs Pfeile hatten das Geschöpf nicht aufgehalten. Im Gegenteil: Es wirkte nur noch wütender, und die riesigen Augen schwenkten hin und her. Ein Fangarm schnellte vor und wickelte sich mit einem grässlichen Saugen um Edwins Taille. Seine grüne Rüstung erschien und schützte ihn davor, zerquetscht zu werden, aber sie konnte nicht verhindern, dass er hoch in die Luft gehoben wurde. Der riesige Lamakari ließ Edwin vor seinem ekligen, weit aufgerissenen Schnabel baumeln.
Ich musste irgendwas unternehmen, und ohne groß nachzudenken, rannte ich auf das widerliche Wesen zu. Ein Fangarm kam von rechts geflogen, und ich rutschte drunter durch. Ich rannte weiter auf die Krake zu, doch auf der halben Strecke überholte mich Ellie.
„Nein!", schrie ich.
Sie hörte mich nicht oder sie ignorierte mich. Sie stürzte sich auf den Schlammhaufen, wich geschickt den sich windenden Fangarmen aus und sprang hoch, bis sie den Fangarm erwischt hatte, der um Edwin geschlungen war. Ein gewaltiges Beben

lief durch die Schlammkrake. Ihr Schnabel war weit aufgerissen und stieß ein Geräusch aus, das dem Pfeifen einer Dampflok ähnelte.

„Sie trocknet den Fangarm aus!“, rief Safi. „Durchhalten, Ellie!“

Einen Augenblick später gab es einen dumpfen Schlag, und Edwin lag wieder auf dem Gras. Ellie landete elegant und lautlos auf der Erde. Der Lamakari wich zurück, hatte nun einen Fangarm weniger. Aber schon kam er wieder auf uns zu! Ich schaute mich nach einer Waffe – irgendeiner – um, die ich benutzen konnte, nun, da Excalibur verschwunden war. Meine Augen fielen auf den Winnebago, und da begriff ich, dass es etwas gab, das ich benutzen konnte. Ich rannte zurück zu dem Wohnmobil.

„Oi, du großer, dampfender Schleimhaufen“, rief ich über die Schulter zurück. „Schau mich an – ich bin unbewaffnet. Komm und hol mich, wenn du dich traust!“

Die Krake konnte mich nicht verstanden haben, aber sie hatte bestimmt Lust auf so einen unbewaffneten Leckerbissen, den sie sich ins Maul werfen konnte.

„Bist du wahnsinnig geworden?“, rief Gavin und feuerte weiter Pfeile ab, die wirkungslos in dem Schlammgeschöpf verglühten. „Das Ding hat’s auf dich abgesehen.“

Er hatte recht. Aber die Krake schien zu schwer zu sein, um rasch in die Gänge zu kommen. „Gut.“ Ich lief weiter zum Wohnmobil. „Komm mir nach und halte einen Pfeil bereit.“

Hinter mir begann die Erde zu beben. Die Krake schlitterte hinter mir her, ihre Fangarme klatschten nass zu allen Seiten herunter. Beim Winnebago stürzte ich mich kopfüber durch die zerbeulte Seitentür ins Innere, landete auf dem Haufen aus Taschen und Kleidungsstücken. Der Gestank von den undichten Propangasbehältern war beinahe überwältigend. Ein einziger Funken würde alles in die Luft sprengen. Das Ende eines Fangarms quetschte sich bereits durch das große Loch in der Windschutzscheibe und warf mich um.

Draußen schrien Nathan und Safi, dass ich rauskommen sollte, solange ich noch konnte.

Fertig machen zum Schießen, übermittelte ich Gavin.

Mit einem Knarren hob der Lamakari die Überreste des Winnebago vom Boden hoch und schüttelte sie. Drinnen wurde ich hin und her geschleudert, konnte mich aber an der Kante des an die Wand geschraubten Tisches festhalten. Durch einen Spalt stellte ich fest, dass ich Auge in Auge mit dem Monster war. Das hieß, es war ein weiter Weg bis zum Boden unten.

„Es bleibt mir nichts anderes übrig“, murmelte ich.

Im gleichen Moment krabbelte ich zur Tür und sprang raus.

Die Welt drehte sich, aber ich sah verschiedene Dinge gleichzeitig. Erstens Stonehenge, ein paar hundert Meter entfernt. Zweitens meine Freunde unten auf der Erde. Drittens einen feurigen Pfeil, der vorbeizischte.

Ich prallte so hart auf den Boden auf, dass es mir den Atem verschlug.

Von oben kam ein „RUMS“, und einen Augenblick später gab es einen gewaltigen Blitz und einen Knall, der mich wieder flach hinstreckte. Ich blickte auf und sah den Lamakari, oder was davon noch übrig war, in einem Feuerball verschwinden. Fangarme zerborsten in einer Wolke von Schlammspritzern, riesige Brocken waren überall auf dem Boden verstreut. Der Winnebago war irgendwie verschwunden.

Edwin kam zu mir herübergekrochen. „Du hast Clemmies Wohnmobil in die Luft gesprengt", sagte er. „Sie wird sehr wütend sein."

„Besser als die Alternative", erwiderte ich. Asche und Fetzen von Kleidungsstücken regneten auf uns herunter.

„Auch wieder wahr." Edwin stand auf und sah zu, wie die Überreste der Krake dahinschmolzen.

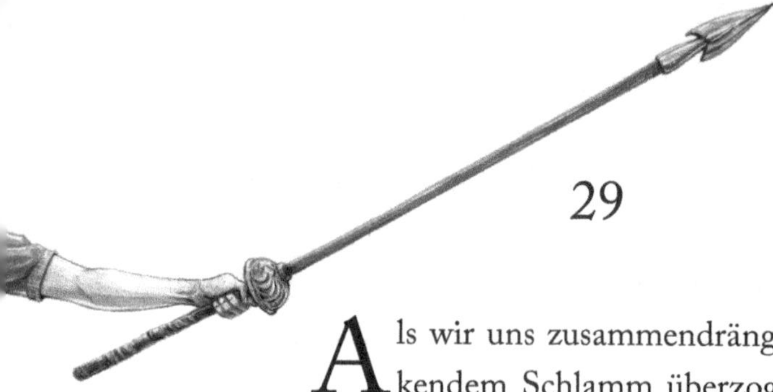

29

Als wir uns zusammendrängten, alle mit stinkendem Schlamm überzogen, bemerkte ich, dass Ellie und Edwin sauber waren. An Ellies Elementarwesen-Haut lief der Schleim einfach herunter, und Edwin war durch die gespenstische grüne Rüstung geschützt. Nathan hatte einen besonders heftigen Schlammregen ins Gesicht abbekommen – man sah nur noch das Weiße in seinen Augen. Er wirkte, als wäre ihm speiübel.

„Äh, wo ist eigentlich Clementine?“, fragte ich und schaute mich um.

Edwin runzelte die Stirn. „Ich habe gesehen, wie sie mit ihren Freundinnen vom Winnebago weggerannt ist“, antwortete er.

„Da sind sie!“ Gav deutete auf den Sonnenaufgang und die dunklen Umrisse von Stonehenge am Horizont. Ich fasste es nicht. Clementine und ihre Freundinnen waren langsam in diese Richtung unterwegs. Aber wenn da Mordred wartete …

Ich begann, hinter ihnen herzulaufen, dicht gefolgt von den Rittern und Ellie. „Wir müssen sie aufhalten“, rief ich zu Edwin zurück. „Da oben gibt es gleich große Probleme, die was mit der steinzeitlichen Magie zu tun haben. Das wird gar nicht lustig.“

Ich war erst ein paar Schritte weiter, als Edwin neben mich gerannt kam. „Mordred?“

„Ja.“ Ich zögerte, aber was zum Teufel sollte das. Er konnte es genauso gut erfahren. „Er hat es darauf abgesehen, meine Seele zu zerstören.“
Edwin grinste. „Kann man ja verstehen – du bist echt ’ne ziemliche Nervensäge.“ Er kniff den Mund zu einer grimmigen Linie zusammen. „Aber niemand sollte versuchen, mich zu köpfen, nicht mal Mordred. Auch wenn er der König der Unterwelt oder sonst was ist.“
„Du hilfst uns also?“, fragte ich.
„Im Augenblick schon“, antwortete Edwin. „Das bedeutet aber nicht, dass wir Freunde sind. Kapiert?“
„Klar“, erwiderte ich. Wir rannten Kopf an Kopf hinter den Mädchen her, brüllten ihnen zu, sie sollten warten.
Aus irgendeinem Grund trugen unsere Stimmen nicht. Entweder das, oder sie ignorierten uns einfach. Sie gingen weiter wie Roboter. Als wir sie eingeholt hatten, waren sie schon beinahe bei den Steinen.
„He, Clem, bleib stehen“, keuchte Edwin. „Kehr um, geh zurück zur Straße.“
Sonst hing Clementine immer an Edwins Lippen, aber heute übersah sie ihn einfach. Ihre beiden Freundinnen machten es genauso.
„Babe – halt!“ Er rannte ein paar Schritte voraus und baute sich vor ihr auf, streckte die Hand aus, um sie zu stoppen. Was als Nächstes passierte, hätte eigentlich aufgezeichnet und auf YouTube eingestellt werden sollen. Es hätte eine Million Aufrufe pro Stunde bekommen. Clementine in ihren Glasto-Hippie-Klamotten, mit ihren mickrigen Streichholzarmen

und -beinen, schwang ihre lächerliche Faust und versetzte Edwin einen solchen Kinnhaken, dass er rückwärts durch die Luft segelte und hart auf dem Rücken landete. Seine grüne Rüstung schimmerte.

Danach spazierte sie weiter, als wäre nichts geschehen.

„Wow, was war das denn?“, fragte Nathan.

„Moment mal.“ Gav rannte voraus und schaute in Clemmies Gesicht, dann in die der beiden Mädchen, wobei er sorgsam außer Reichweite ihrer Fäuste blieb. Er kam zu uns zurückgejoggt.

„Ich glaube, die sind verzaubert worden“, berichtete er. Wir schauten ihnen hinterher, wie sie schnurstracks auf die Steine zumarschierten. „Ihre Gedanken sind völlig leer.“

Edwin rappelte sich auf. „Bedeutet der Zauber auch, dass sie superstark geworden sind? Normalerweise könnte sich Clemmie nicht mal aus ’ner Papiertüte rauskämpfen.“

Ehe ich antworten konnte, fiel neben uns etwas Kleines, Fedriges vom Himmel und verwandelte sich in einen zerlumpten und niedergeschlagenen Merlin.

„Ja, diejenigen, die unter diesem Zauber stehen, entwickeln übermenschliche Kräfte. Ich würde dir also raten, ihnen im Augenblick aus dem Weg zu gehen, Edwin.“ Er bürstete sich ein paar Federn von seinen versengten und zerrissenen Kleidern. Sein Poncho bestand nun nur noch aus der Vorderhälfte, der Rücken war fast komplett weggebrannt, und seine lila Samthose war unter dem Knie abgerissen.

„Was ist passiert, Merlin, wie geht es Miss Lott?“, erkundigte ich mich.

Merlin schnippte noch ein paar Federn von seiner Schulter. „Die Frau ist ein absoluter Albtraum! Sie heißt eigentlich Morgause und ist Morganas Schwester." Er zupfte an den Überresten seines Hemdes, das in Fetzen herunterhing. „Und sie ist genauso mörderisch und schlau wie ihre Schwester, die Feuerdämonin."

Ich hatte Merlin noch nie so durcheinander erlebt.

„Also ... hast du gewonnen?", fragte Gavin unschuldig.

„Ja, natürlich ... na ja, eigentlich war es wohl eher ein Unentschieden ..." Er schnaufte erschöpft. „Sagen wir mal, wir haben uns geeinigt, dass wir uns nicht einigen können. Aber sie wird euch nicht mehr verfolgen. Hört mal – ihr müsst euch beeilen. Die Zeit rennt euch davon. Die Sonne geht schon auf."

Er hatte recht. Im Osten war der Himmel blassblau mit einer Spur Rosa, und am Horizont bildeten sich lange dünne Wolken mit silbrigen Rändern. Die Steine waren immer noch schwarze Umrisse, die hoch über der Ebene aufragten, aber schon bald würde die Morgenröte sie umspielen.

„Clemmie und ihre Freundinnen sind schon beinahe bei den Steinen", rief Edwin.

Tatsächlich kletterten die drei bereits über den Zaun, der Stonehenge umgab, gingen das letzte Stück den Hügel hinauf und betraten durch einen Torbogen aus drei Riesensteinen den uralten Steinkreis. Einen Augenblick später hörte ich aus dieser Richtung ein lautes Knirschen.

Merlin galoppierte los wie eine ungelenke Gazelle. Seine haarigen Füße flogen über den Boden, seine Flipflops schlappten.

Wir rannten hinterher. „Wir müssen sie aufhalten“, rief er. „Sie sind in Mordreds Gewalt.“

„Jetzt kommandiert der sogar meine Freundin rum!“, knurrte Edwin.

Wir hatten beinahe den Zaun erreicht, als ich sah, wie sich einer der Steine zu bewegen begann. Clemmie und ihre Freundinnen hatten sich um ihn versammelt. Ich verlangsamte meine Schritte und starrte verwundert darauf, wie die drei ihn in die Höhe hoben. Es war, als schaute man dem stärksten Mann der Welt zu, denn dieser Stein musste locker ein paar Tonnen wiegen. Die Mädels gingen fort, sobald der Stein aufrecht stand, und begannen, am zweiten Stein zu arbeiten.

„Die vervollständigen den Kreis“, keuchte Safi.

„Der Steinkreis muss geschlossen sein, damit man Schwarzes Feuer heraufbeschwören kann“, sagte Merlin.

Wir sprangen auf der anderen Seite vom Zaun hinunter. Ich schaute mich um, aber es war keine Spur von Mordred zu entdecken, auch von sonst niemandem. Ich sah nur die Mädchen, die einen umgefallenen Stein nach dem anderen aufrichteten.

„Kannst du sie irgendwie aufhalten?“, rief ich Merlin zu, der vor uns herlief.

„Vielleicht“, sagte er. „Ich muss nur näher rankommen ... Uff!“ Er prallte von einer Art unsichtbaren Barriere zurück, landete auf dem Rücken wie ein Vogel, der gegen eine Fensterscheibe geflogen ist. Es sah aus, als wäre er bewusstlos. Die Ritter und ich kamen schlitternd neben ihm zum Stehen. Ich streckte die Hand aus, und meine Finger berührten etwas Massives, das wie Glas war.

Rechts von uns hörten wir plötzlich ein lautes „Bong“. Wir drehten uns um und konnten grade noch sehen, wie Edwin von der unsichtbaren Wand zurückprallte und ein paar Meter über den Boden titschte.
Merlin schüttelte benommen den Kopf und wachte wieder auf. Die Sonne blinzelte bereits über den Horizont und färbte den Himmel rosa und violett und blau ein. Safi ging seitwärts, sie sah aus wie eine Pantomimin, während sie einen Spalt in dem unsichtbaren Schild suchte. Ich vermutete, sie würde wohl keinen finden. Gavin ging in die andere Richtung und versuchte dasselbe.
„Kein Durchkommen!“, rief er.
Als die Sonne noch ein wenig höher stieg, trafen uns ihre Strahlen voll ins Gesicht. Gleichzeitig glitzerten sie auf der durchsichtigen Kuppel, die wie eine Glasglocke über das gesamte Monument gestülpt war. Das bestätigte, was Gavin gesagt hatte – es gab kein Durchkommen. Drinnen hatten die Mädchen gerade einen weiteren Stein in die richtige Position gehoben.
Nathan rief die Lanze des Schicksals in seine Hand und schleuderte sie auf die Kuppel. Sie sauste durch die Luft und traf mit der Spitze voraus auf. Es gab ein jämmerliches kleines „Ping“, und dann flog die Lanze wie ein Bumerang zu Nathan zurück. Er fing sie mit einer Hand auf, wirkte aber nicht sonderlich glücklich.
„Du könntest es mal mit Excalibur probieren“, meinte Ellie.
Ich schaute auf meine Hand. Nicht mal ein kleines Jucken. „Ich kann nicht“, murmelte ich.

Merlin, der immer noch am Boden lag und sehr schwach wirkte, runzelte die Stirn. „Was meinst du, du kannst nicht?"
„Ich meine, es stimmt was nicht!", antwortete ich. „Ich versuche es, aber Excalibur kommt nicht."
Ich schwöre, Merlin verdrehte die Augen. „Nicht gerade die ideale Zeit für eine Existenzkrise, Michael."
Safi hielt zu mir. „Das hat vielleicht was mit den Gebeinen zu tun", meinte sie. Sie nahm meine Hand zwischen ihre kühlen Hände. „Dahinter steckt Mordred. Keine Sorge. Besiege ihn, und du gewinnst Excalibur zurück. Dieses Schwert lässt dich nie im Stich." Sie lächelte, und ich versuchte, zurückzulächeln. Ich wünschte, ich wäre mir da genauso sicher.
„O nein, nein, nein", sagte Gavin. „Seht nur."
Wir schauten in die Richtung, in die er zeigte. Die Mädchen waren doch nicht die Einzigen innerhalb des Steinkreises. Als wir dastanden und unsere Hände und Gesichter an die Kuppel pressten, trat hinter einem Steintor eine schmächtige Gestalt hervor, die ganz in Weiß gekleidet war und deren Umhang in der leichten Brise wehte. Sie kam hämisch grinsend auf uns zu.
„O ja, er ist da", murmelte Gavin. „Was soll denn das neue Outfit?"
„He, ihr Loser!", rief Mordred, und seine Stimme klang durch die Kuppel ein wenig gedämpft. Er verzog mitleidig das Gesicht. „Seid ihr sicher, dass ihr euch das anschauen wollt?" Er kam direkt bis an die Glasglocke spaziert, und seine kleinen, viel zu eng beieinanderstehenden Augen bohrten sich in meine. „Weißt du was? Es wird mir einen Riesenspaß machen, deine Seele in die ewige Vergessenheit zu zerquetschen."

30

Mordred ging langsam zum Mittelpunkt des Steinkreises. Clementine und die Mädchen standen auf der einen Seite, die Köpfe geneigt wie Altardienerinnen vor dem Tempel. Ich hämmerte mit der Faust auf die Kuppel, immer und immer wieder, aber nichts geschah.

Mordred zog die silberne Urne unter seinem Umhang hervor und hielt sie in die Höhe. Sein weißer Umhang blähte sich im Wind auf.

„Erkennst du das, Artus?“, sagte er kichernd. „Jetzt schau zu und weine.“

Er legte die Urne auf den Altarstein, einen einzelnen Stein mit einer geraden, flachen Oberfläche.

„Was für ein Mistkerl“, murmelte Gav.

„Ein Mistkerl, der gleich *Michael umbringt*“, sagte Safi.

Nathan stieß die Lanze des Schicksals erneute gegen das unsichtbare Kraftfeld, und wieder prallte sie zurück. „Ich kapier’s nicht. Meine Lanze dringt durch alles hindurch!“

Safi klatschte ihren Schild sicherheitshalber auch noch mal dagegen.

„Das ist ein wirklich spektakulärer Zauber“, sagte Merlin und kratzte sich am Kopf.

„Hör auf, dich davon beeindrucken zu lassen!“, knurrte Gavin. „Mach was dagegen.“

„Clemmie!" Edwin legte wieder los. Er hatte es aufgegeben, mit den Füßen gegen die Kuppel zu treten, und versuchte nun, die Aufmerksamkeit seiner Freundin zu erregen, indem er wie wild winkte, wobei der hässliche Siegelring mit dem Smaragd im Licht der Morgendämmerung blitzte.
Da kam mir eine Idee. „Edwin, kann ich deinen Ring kurz ausleihen?"
Er schaute mich misstrauisch an. „Wieso?"
„Ich geb ihn dir zurück", versprach ich.
Er schien ein paar Sekunden darüber nachzudenken, zog dann den Ring vom Finger und warf ihn mir zu. „Ich will ihn aber zurück. Mir gefällt es ganz gut, unverwundbar zu sein."
Ich fing den Ring auf und streifte ihn mir über. *Unverwundbar.* Genau mein Gedanke.
Drinnen in der Kuppel rückte Mordred die Urne auf dem Altarstein zurecht und begann einen Sprechgesang.
„Was hast du vor?", fragte Gavin.
„Was passiert, wenn eine unaufhaltsame Kraft auf einen unbeweglichen Gegenstand auftrifft?", fragte ich.
„Keine Ahnung", sagte Gavin.
Ich machte einen Schritt von der Kuppel weg und holte mit meinem Arm aus. „Dann wollen wir das mal rausfinden."
Ich hatte eigentlich immer gedacht, dass ich eine ziemlich gute rechte Gerade boxen kann. In meiner alten Schule hatten wir eine Boxhalle, und mir hat es immer Spaß gemacht, den Punching Ball nach Strich und Faden zu vertrimmen. Aber heute hatte ich keine Bandagen an den Händen. Keine

Boxhandschuhe. Das musste jetzt funktionieren, oder ich würde mir alle Knochen in den Händen brechen.
Ich holte aus und schlug auf die Kuppel.
Der Smaragdring traf zuerst auf, es gab einen grellen Lichtblitz, und noch in der gleichen Sekunde des Gleißens folgte ein winziges Krachen. Meine Hand war nicht zermatscht, worüber ich hocherfreut war. Der Ring hatte sie vollkommen geschützt. Mordred schaute von seinem Sprechgesang auf und grinste.
Ich grinste innerlich auch. Die Kuppel hatte standgehalten, aber ich hatte sie eindeutig beschädigt.
„Noch mal!", sagte Nathan.
Ich trat zurück und bog meinen Körper nach hinten.
Diesmal legte ich alle Kraft hinein, die ich aufbringen konnte, drehte meine Hüften in den Schlag und atmete beim Aufprall heftig aus.
Der Lichtblitz warf mich zurück, aber mein Herz begann wie wild zu pochen, als ich sah, dass sich Risse über die Oberfläche der Kuppel ausbreiteten wie ein Spinnennetz.
Mordred sang schneller.
„Noch mal", rief Gav.
Ich rappelte mich auf die Beine und rannte noch einmal auf die Kuppel zu. Doch kurz bevor ich mit der Faust zuschlug, fiel ein Sonnenstrahl durch den am weitesten entfernten Steinbogen und spaltete sich dort in einige goldene Lichtstrahlen auf. Die breiteten sich in perfekter Symmetrie durch den gesamten Steinkreis aus wie Fäden, die straff zwischen den Steinen gespannt waren. Das Licht malte ein

kompliziertes Muster, traf in unserer Nähe wieder zusammen, wurde dann als konzentrierter Strahl auf den Altar zurückgeworfen. Als es dort auftraf, schien ein tintiger Schatten durch das Licht zu fließen und verlieh ihm plötzlich die Farbe von Erdöl.

„Gar nicht gut", murmelte Merlin.

Die silberne Urne glänzte im Pfad des schwarzen Lichts, und aus ihr heraus floss weitere Dunkelheit in die Luft. Mordreds Umhang und Kleidung wirkten unglaublich weiß, und als er lachte, glühten seine Zähne förmlich.

Nathan, Gav und Safi kauerten sich nieder und bedeckten ihre Augen, als die Urne in schwarze Flammen explodierte. Das Un-Licht, das sie verströmte, brannte in meinen Augen, und ich spürte einen Schlag in der Brust, als hätte jemand mein Herz gepackt und fest zugedrückt. Meine Asche wurde aufgezehrt. Ich sank auf die Knie.

Ich glaubte, ich würde ohnmächtig werden, aber Ellie erschien an meiner Seite und schob ihre Hände unter meinen Arm. „Michael – nur noch einen Schlag!"

Ich erhob mich mühsam, aber meine Gliedmaßen fühlten sich ganz leicht an. Schwach und mickrig. „Ich kann nicht …"

„Doch, du kannst es. Du bist Artus, der vergangene und künftige wahre König. Du bist stärker als Mordred."

Mordred. Allein der Gedanke an dieses bösartige, gemeine Gesicht ließ mich wieder auf die Beine kommen. Ich richtete mich auf, sammelte alle Kräfte, die ich noch aufbringen konnte.

Los, mach's!, feuerte mich Gavins Stimme an.

Ich schaute zu ihm hin und sah, dass er mich grimmig anblickte. Safi und Nathan genauso. Ihre Blicke – voller wilder Verzweiflung – brachten mein Blut in Wallung.
In der Kuppel hatte Mordred die Arme zum Himmel erhoben, während das schwarze Feuer um die Urne züngelte. Es umhüllte sein Gesicht und warf tiefe Schatten. Seine Augen waren weit aufgerissen und voller Jubel.
Ich hieb meine Faust auf die Kuppel, erwartete, dass sie mich zurückwerfen würde, aber plötzlich stolperte ich vorwärts. Ich spürte immer noch einen Widerstand. Es war, als drückte ich gegen einen Luftballon, und mein Haar sprühte vor statischer Elektrizität. Ich taumelte noch ein paar Schritte weiter, ehe ich auf die Knie sank. Der Ring an meinem Finger zerfiel zu grünem Staub.
Ich schaute mich um und erwartete, dass die anderen auch hereinkommen würden, aber das Loch in der Kuppel schloss sich bereits wieder, heilte viel zu schnell, als dass die anderen mir hätten folgen können. Und obwohl Nathan und Safi und Gav versuchten, sich durchzuboxen, hielt die Kuppel stand. Sie schauten mich mit hilflosen, entsetzten Gesichtern an. Ich war allein.
Ich streckte meine Hand aus und flüsterte: „Excalibur …"
Nichts geschah. Ich hatte es gewusst. Ich würde der letzte Artus sein. Es würde keine weiteren Inkarnationen geben. Ich schaute zu Mordred hinüber, der die brennende Urne betrachtete. Im Feuer sah man Formen wirbeln, sich windende Körper, wild um sich schlagende Arme und kreischende Köpfe. Ich wusste irgendwie, dass sie zu all den anderen

Artus-Gestalten gehörten, die vor mir gelebt hatten. Ihre Seelen wurden eine nach der anderen vom Feuer verzehrt. Was bedeutete es schon, dass es in der Vergangenheit unser Schicksal war, jedes Mal jung zu sterben? Das hier war etwas völlig anderes. Dies war der letzte Tod, der wahre Tod – jetzt wurde unser Geist für immer ausgelöscht.

Und ich allein trug die Schuld und die Schande, dass ich es hatte geschehen lassen.

Ein kleiner Trost war, dass es nicht lange dauern würde. Ich konnte bereits spüren, wie meine Seele ausbrannte wie ein verglühendes Feuer. Eine Lähmung breitete sich in meinen Adern aus, saugte mir allen Kampfgeist aus, den ich noch besessen hatte.

Ellie drückte ihr Gesicht an die Kuppel, hatte die gespreizten Hände daraufgelegt. Plötzlich wurden ihre Augen ganz weit, und sie schaute auf ihre Füße hinunter. In der nächsten Sekunde schien sie in sich zusammenzusacken, zu verflüssigen und im Boden zu verschwinden. Ich begriff, was da geschah, und ein paar Sekunden später tauchte sie neben mir auf. Sie war unterirdisch zu mir gelangt.

„Du kannst hier nichts machen", sagte ich. „Geh zurück."

Ihre Augen waren über meine Schulter gerichtet. Dann verstand ich, was sie plante.

„Nein!", schrie ich und versuchte, sie zu packen. Meine Finger sanken durch ihren Arm, sie schmolz schon wieder dahin, bewegte sich dann über die Erde wie eine schimmernde Wasserpfütze, immer weiter auf den Altar in der Mitte zu. Ich taumelte hinter ihr her, zwang meine Beine durch bloße

Willensanstrengung, noch ein paar Augenblicke länger zu funktionieren. Ich musste sie aufhalten, aber der Wasserstrom floss rasch, schlängelte sich zwischen den äußeren Steinen hindurch auf Mordred zu. Er hatte ihn nicht bemerkt, war zu sehr auf die Urne konzentriert.

Ich stolperte und fiel hin, als Ellie sich unmittelbar neben Mordred aufbäumte. Endlich sah er sie. Sie schoss in einer Wassersäule hoch über ihn auf wie ein umgekehrter Wasserfall, und einen Augenblick lang leuchtete sie in dem seltsamen violetten Nachschein des schwarzen Feuers. Dann fiel sie in einer Kaskade auf die dunklen Flammen hinunter.

Sofort stieg eine ungeheuer Dampfwolke über den Steinen auf, und ich hörte, wie Gavin, Safi und Nathan, die uns von draußen zusahen, verzweifelt schrien. Mein eigener Schrei ging in Ellies Schmerzensschreien unter, als die Hitze der schwarzen Flammen sie verzehrte. Aber als der letzte Rest weggebrannt war, verlosch das böse Feuer mit einem widerlichen Zischen, das wie das Todesröcheln einer Schlange klang. Mordred taumelte zurück und brüllte vor Wut, hielt sich das Gesicht mit den Händen. Sein Mund dehnte sich weit, öffnete sich zu einem schwarzen Schlund hinter dem weißen Leuchten seiner Zähne. Er schaute mich mit wutverzerrtem Gesicht an.

„Glaubst du, ihr Opfer hat dich gerettet? Dann irrst du dich!"

Ich stand schwankend da. Ich fühlte mich immer noch schwach, und mir war das Herz gebrochen. Aber ungestraft würde er nicht davonkommen.

„Du willst einen Kampf?", brüllte ich. „Dann komm."

Er stürzte sich auf mich.

31

Mordred krachte gegen mich, und ich krümmte mich zusammen, wurde nach hinten geschleudert und schlitterte über das Gras, bis ich gegen einen der Stehenden Steine prallte. Wow. Für einen so kleinen Kerl hatte er einen ganz schön harten Schlag! Ich bemerkte, dass Clementine und ihre Freundinnen in der Nähe zusammengesackt lagen, als schliefen sie.

Ich rappelte mich unter Schmerzen auf, und wir umkreisten einander. Mordred grinste böse. „Ich werde dich zerstören, Artus", sagte er. „Du wirst dir bald wünschen, ich hätte deine Seele verbrennen lassen."

Von mir war nichts mehr übrig. Die Urne lag auf der Seite, von der sengenden Flamme geschwärzt. Ich dachte, er hätte mir eine Rippe gebrochen, denn sogar das Atmen schmerzte. Doch als ich Mordred beobachtete, verspürte ich das vertraute Prickeln in der rechten Handfläche. Ich versuchte, das Schwert zu rufen, aber es gehorchte nicht. Ich trat hinter einen der Steine.

„Versuchst wohl wegzulaufen, was?", höhnte Mordred. „O bitte! Was für ein Ritter bist du denn?"

Er bewegte sich blitzschnell und verstellte mir den Weg. „Kämpfe, du Feigling. Es wird dir zwar nichts nützen, aber mich wird es unterhalten."

Aus einer Schwertscheide, die an seinem Gürtel hing, zog er eine lange Klinge, eine Art Degen mit einem blutroten Griff. Er stieß die Waffe auf meinen Bauch zu. Ich taumelte zurück, und die Klinge traf Funken sprühend auf den Stehenden Stein. Doch Mordred gab nicht auf, trat mir vors Knie und warf mich so zu Boden. Ich krabbelte auf allen vieren davon, und er verfolgte mich leise lachend.

Ich sah, wie meine Freunde mit ihren Waffen auf die Kuppel einschlugen. Sie hatten mich noch nicht aufgegeben, aber das Kraftfeld zeigt keinerlei Anzeichen von Schwäche.

„Ich will doch nur ein ruhiges Leben …“, sagte Mordred. Dann hob er erneut den Fuß und trat mir mit aller Macht auf den Rücken. Mein Gesicht krachte auf die Erde. „Wieso kannst du das nicht verstehen?“ Er beugte sich über mich und trat mir gegen den Kopf. Die Welt wirbelte um mich herum, und ich wäre beinahe in Ohnmacht gefallen, als ich wieder auf dem Rücken landete. „Und warum stirbst du nicht einfach?“ Er senkte die Spitze seines Degens und hielt sie fünfzehn Zentimeter über meinem linken Auge. Ein Stoß, und ich wäre hinüber.

„Gute Nacht, Michael“, sagte er.

Seine Gesichtszüge strafften sich, und ich wusste, was jetzt kommen würde. Als die Klinge nach unten gedrückt wurde, fasste ich nach oben, um mein Gesicht zu schützen.

„Kling!“

„Hä?“, staunte Mordred.

Ich rollte mich zur Seite und sah Excalibur in meiner Hand. Mordreds Degen steckte im Boden, er war von meiner Klinge abgeprallt.

Meine Finger hielten den Griff umschlossen, und ich ließ mir die Wut heiß durch die Adern laufen. Ich rollte mich noch weiter weg und stand auf. Meine Beine fühlten sich stark an. Mordred zog seinen Degen aus der Erde.
„Die Sache wird langsam interessant", sagte er.
Er stieß und hieb, und ich wich zurück und parierte. Er war schnell, sicher, und seine Klinge war leicht, aber Excalibur war ein Teil von mir. Mordred machte eine wütende Miene.
„Nachdem ich dich umgebracht habe, kümmere ich mich um deine Freunde", sagte er. „Was für ein trauriger Haufen von hoffnungslosen Gestalten!"
Er wirbelte seine Klinge herum, und ich folgte ihm, schwang Excalibur in mächtigen, langen Bögen.
„Zumindest *habe* ich Freunde", sagte ich. „Im Gegensatz zu dir."
Das hatte gesessen. „Ich habe sehr wohl Freunde", brüllte er. „Wichtige und mächtige Freunde."
Er kam wieder auf mich zu, aber ich schwang Excalibur mit beiden Händen und hätte ihm beinahe den Degen weggeschlagen.
„Wo sind sie denn?", fragte ich. „Es sieht nicht so aus, als würden die sich die Mühe machen, dir bei deinem triumphalen Sieg über mich zuzusehen."
Seine Augen waren fest auf mich geheftet. „Okay, jetzt wird's langweilig. Ich hab noch zu tun und muss weg." Er stürzte sich mit einer Reihe von Hieben auf mich, die ich mit Mühe abwehren konnte. Ich ließ ihn an Boden gewinnen, wich zwischen die Steine zurück.

Da bemerkte ich eine kleine Veränderung in den dröhnenden Schlägen, die von den anderen außerhalb der Kuppel kamen. Ich riskierte einen kurzen Blick und sah, dass sie es geschafft hatten, einen Spalt in der Kuppel zu öffnen.

Mordred hüpfte förmlich hinter mir her, sein Umhang wehte. Mein Arm wurde müde vom Schwingen der schweren Klinge von Excalibur. Ich schlug ein paar Mal nach ihm, bewegte mein Schwert in weiten Bögen, um ihn zurückzutreiben. „Ist das alles, was du draufhast?", spottete Mordred. „Du kämpfst wie ein alter Mann!" Als ich erneut nach ihm schlug, schnellte seine Klinge auf mein Gesicht zu, und ich verspürte einen scharfen Schmerz auf der Wange. „Erster blutender Treffer für mich!", krähte er.

Da überkam mich die Wut. Mit einem wilden Schrei stürzte ich vor, packte Excalibur beidhändig. Ich hackte und hackte, und Mordred trat ganz gelassen zur Seite. Doch er hatte den Steinaltar hinter sich nicht gesehen. Als er mit dem Rücken dagegenprallte, schlug ich ihm den Degen aus der Hand, der in die Dunkelheit davonwirbelte. Auf einmal sah Mordred sehr ängstlich aus.

Mit einem riesigen Krachen brachen die anderen endlich durch das Kraftfeld. Es zerbarst in Stücke, die so leicht davonwehten wie Löwenzahnsamen. „Besser spät als nie!", rief Gav. Ich wandte mich wieder Mordred zu.

„Du faselst ständig davon, dass du mich umbringen wirst", zischte ich. „Nun, jetzt kannst *du* zur Abwechslung mal zuhören. Lass die Seele meines Vaters aus der Unterwelt frei."

Mordred lachte. „Warum sollte ich das tun?"

Ich schob ihm die Spitze von Excalibur unter das weiße Kinn. „Weil ich dich sonst umbringe."
Mordred runzelte die Stirn. „Aber dann würdest du ihn ganz bestimmt nie wiedersehen."
„Tu's!", drängte Nathan. „Mach ihn fertig."
Ich zögerte, denn ich wusste, dass Mordred recht hatte. Jedenfalls konnte ich mich nicht dazu überwinden, ihn so zu töten. Ich blickte mich nach Merlin um. Der würde wissen, was zu tun war. Aber ich konnte ihn nirgends sehen.
„Pass auf!", rief Safi mit schreckensweiten Augen.
Mordreds Fuß erhob sich in die Luft, traf mich an der Unterseite meines Kinns. Mein Kopf flog zurück, und ich fiel hin. Mordred machte eine rasche Handbewegung, und einige der riesigen Steine stürzten auf die Ritter zu. Ich hörte, wie sie erschreckt aufschrien. Die schwarzen Strahlen brachen und verschoben sich, wurden überall im Steinkreis wild verstreut. Mordred war blitzschnell über mir, fasste mein rechtes Handgelenk und drückte Excalibur auf meinen Hals zu. Ich dachte, ich wäre der Stärkere, aber er konnte sein ganzes Gewicht in die Waagschale werfen. Langsam senkte sich die Klinge, bis sie die Haut meines Halses berührte. Ich brauchte alle Energie, die ich noch hatte, um die Klinge daran zu hindern, mich zu schneiden. Ich konnte sie nicht mehr lange halten.
„Wie peinlich", zischte Mordred durch die zusammengebissenen Zähne. „Vom eigenen Schwert getötet."
Irgendwas traf Mordred in die Brust. Es war Nathans Lanze. Mordred schaute mit entsetzten Augen nach unten. Dann bohrte sich ein Pfeil in seine Schulter. Aber immer noch war

er nicht erledigt. „Ich nehme dich mit!“, keuchte er, als schon Blut seine Zähne einfärbte. Er lehnte sich mit seinem ganzen Gewicht mit der Schulter auf meinen Arm, beugte sich nach unten und zog einen Dolch aus dem Stiefel.
Den hielt er mir an die Schläfe. „Irgendwelche letzten Worte?“
„Michael! Das Feuer!“, rief Safi.
Ich sah, dass sie ihren Schild direkt in den Pfad der schwarzen Strahlen hielt und auf den Altarstein ablenkte, der neben uns stand. Ich ließ Excalibur verschwinden. „Das ist für Ellie“, sagte ich.
Mit einer mächtigen Bewegung meiner Hüfte katapultierte ich Mordred hoch über meinen Kopf und wirbelte dann herum. Er landete auf dem Rücken mitten auf dem Stein, und die Strahlen aus dunklem Licht fielen in einer Explosion schwarzer Flammen auf ihn. Ich wich zurück. Mordred kreischte wütend und verfluchte uns, während er sich in Schmerzen wand und verbrannte. Es war schrecklich, aber ich konnte die Augen nicht davon abwenden. Erst verschwanden seine Arme und Beine, dann schrumpfte sein Körper weg. Als Allerletztes, als das Feuer bereits seinen Kopf verschlungen hatte, blieben noch seine dunklen, trotzigen Augen übrig. Als die auch verschwunden waren, hob sich die Dunkelheit, und plötzlich zwinkerten wir alle im Tageslicht.
Ich sackte neben dem Altarstein zusammen. Edwin hatte sich mit Clementine und den anderen Mädchen zusammengekauert. Er hielt Clementine in den Armen und rief ihren Namen. Safi, Gav und Nathan kamen hinter den Steinen hervor, klatschen sich ab und lachten erleichtert.

„Die Lanze des Schicksals hat es geschafft!“, sagte Nathan. „Habt ihr diesen Wurf gesehen?“

Aber ich konnte nicht mitfeiern. Der Altarstein war geschwärzt und versengt. Nicht nur Mordred war hier umgekommen. Was war mit Ellie? Was war mit der Seele meines Vaters?

Sie ist tapfer gestorben, sagte Gavin in meinen Gedanken. Er und Safi kamen zu mir und legten die Arme um mich. Ein wenig später schien auch Nathan zu begreifen, was los war. „O ja, Kumpel“, sagte er. „Tut mir leid.“

Ein Falke flog vorbei. Er hielt die Urne in seinen Klauen und verwandelte sich dann in einen sitzenden Merlin. Der seufzte. „Heute habt ihr gewonnen, ihr Ritter. Aber lasst es euch eine Lehre sein – manchmal fühlt man sich nach einem Sieg schlechter als nach einer Niederlage. Und heute ist so ein Tag.“

„Was machst du damit?“, fragte Safi und deutete auf die Urne.

Merlin schniefte und rollte die Ärmel hoch. „Ich werde sie mit einem Zauber an Michael binden“, sagte er. „Damit ihr nie wieder voneinander getrennt werdet.“ Er nahm eine Handvoll Asche. „Mach die Augen zu, Michael.“

Das tat ich und ich hörte, wie Merlin tief Luft holte. Ich dachte, wenigstens dieses eine Mal würde ich hören, wie er einen uralten Zauberspruch aufsagte. Doch das tat er nicht. Er blies mir die Asche ins Gesicht.

Das meiste davon atmete ich ein und musste husten. Ich hatte Asche in den Augen, in der Nase, im Mund.

„Merlin!“, rief Safi. „Das ist ja schrecklich. Hättest du das nicht mit einem anderen Zauber machen können?“

Er zuckte die Achseln. Ich wischte mir die Augen und versuchte, mit dem Husten aufzuhören. „Ich mache das, was funktioniert", sagte er. Dann gähnte er und reckte sich.
Von fern hörten wir Sirenen näher kommen.
„Zeit zu gehen", sagte der Zauberer.
„Wartet auf uns!", rief Edwin. Er hielt eine benommen wirkende Clementine am Arm. Die beiden Freundinnen trotteten hinterher.
„Das war 'ne Wahnsinnsparty!", sagte die eine.
Als wir uns zwischen den umgefallenen Steinen auf den Weg machten, warf ich noch einen letzten Blick auf den Ort, an dem sich Ellie geopfert hatte. Merlin hatte recht. Manche Siege waren es einfach nicht wert.

32

Ich starrte niedergeschlagen aus dem Fenster des Taxis. Wir waren in der Park Lane, gegenüber von dem Wohnhaus, in dem wir gelebt hatten.

„Kennt ihr den Typen, der hier im Penthouse wohnt?", fragte der Taxifahrer. „Wie heißt er doch gleich? Ihr wisst schon, der immer im Fernsehen über Fracking faselt. Bumguard? So ähnlich jedenfalls."

„Hector Boomgardt", erwiderte ich. „Ja, den kenne ich. Kannte ich vielmehr. Der war mal mein Stiefvater."

„Ich nehm's dir nicht übel, dass du mit dem nichts zu tun haben willst", sagte der Taxifahrer. „Der ist ja für die Erdbeben und Erdrutsche bei Stonehenge verantwortlich. Anscheinend hat er das Monument beinahe völlig ruiniert. Obwohl das ja vorher schon ziemlich verhauen ausgesehen hat, wenn ihr mich fragt. Jedenfalls, jetzt hört euch das an. Die sagen – und ich bin ja kein Experte –, dass sich einige von den umgefallenen Steinen während einem von den Erdbeben wieder aufgerichtet hätten. Ich kann mir ja nicht vorstellen, wie das passiert sein soll, aber die Archäologen sind deswegen völlig aus dem Häuschen. Sagen, das Gelände wäre nun nicht mehr authentisch oder so."

Er redete munter weiter, aber ich hörte ihm nicht zu. Die Türen des Gebäudes, vor denen Trauben von Reportern und

Fotografen standen, öffneten sich. Die Presse strömte hinein. Kameras blitzten, aber dann wichen die Leute zurück. Aus dem Gewühl tauchte meine Mum auf und zog einen Koffer hinter sich her. Ihre hochhackigen Stiefel klapperten auf dem Gehweg, als sie eilig zu uns herüberkam.

Dann blieb sie stehen und schaute sich noch einmal um. Hector war in der Tür erschienen, und ich konnte von seinen Lippen ablesen, dass er ihren Namen rief. Sie drehte sich wieder um und überquerte die Straße zu unserem Taxi.

Hector sah blass und ausgezehrt aus, so als hätte er tagelang nicht geschlafen. Er machte einen Schritt hinter Mum her, und die Blitzlichter der Kameras leuchteten wie verrückt auf. Dann erschien jemand hinter ihm und legte ihm die Hand auf den Arm. Es war Miss Lott oder Morgause, wie Merlin sie genannt hatte. Sie zog ihn wieder ins Haus. Aus irgendeinem Grund hatten die Kameras mit dem Fotografieren aufgehört, und die Journalisten starrten Miss Lott nur an. Ich schätze, selbst *die* kriegten mit, wie gruselig die Frau war. Morgause starrte über die Straße, und ihre Augen trafen auf meine.

„Versuch du noch mal, meiner Mum oder meinen Freunden wehzutun, dann wirst du was erleben“, übermittelte ich ihr wortlos, als wir uns anstarrten.

Der Fahrer sprang aus dem Taxi, als Mum herangeeilt kam. Er verstaute ihr Gepäck im Kofferraum. Sie schaute sich nicht noch einmal um und stieg rasch neben mir ins Auto. Als ich zum Haus zurückblickte, war die Tür geschlossen, und Miss Lott war verschwunden. Ich fragte mich, was sie wohl da drinnen zu Onkel Heck sagte.

Oder was sie mit ihm machte.
„Wie hat er es aufgenommen?", fragte ich Mum.
Sie grinste mich an. „Gar nicht gut. Die Scheidung wird eine Weile dauern, aber die Sache liegt jetzt in den Händen der Anwälte."
Ich lehnte mich zurück und seufzte erleichtert. Dieser Teil unseres Lebens war vorüber, Gott sei Dank.
„Edwin zieht auch aus", sagte sie.
Ich setzte mich auf. „Das gibt's doch nicht!"
„Doch. Ich habe sie heute Morgen streiten hören. Du hattest anscheinend recht mit dem Ring. Hector hat zugegeben, dass er dachte, Mordred würde vielleicht versuchen, Edwin umzubringen. Daher die magische grüne Rüstung. Der Ring war wohl ursprünglich ein Geschenk Mordreds an Hector gewesen."
„Er hat funktioniert", sagte ich.
„Na ja, Edwin fand das nicht so toll", meinte Mum. „Er meint, er hätte trotzdem umkommen können, und Hector wäre nicht die Bohne an ihm gelegen, er würde sich nur für Geld und Macht interessieren. Aber dann hat er ihn trotzdem noch mal um das Auto gebeten …"
Ich lachte. „Wo ist er jetzt hin? Zurück zum Militär?" Es würde mich freuen, wenn ich ihn nie wiedersehen müsste.
„Zu Clementine", antwortete Mum. Auch die hoffte ich nie wiederzusehen, nicht weil ich sie hasste, sondern weil ich nicht riskieren wollte, ihre Eltern zu treffen, nachdem ich den Winnebago geschrottet hatte.
Mum warf mir einen besorgten Blick zu. „Wie geht es deinen Rittern?"

„Die ruhen sich aus“, erwiderte ich. „Jede Menge blaue Flecke und Kratzer, aber das heilt alles wieder. Wir treffen uns morgen.“
Mum nickte und fragte nicht weiter, weil der Fahrer wieder eingestiegen war. „Also, wo soll ich die Herrschaften hinbringen?“
„Ins St Pancras Hotel, bitte.“ Mum wandte sich zu mir. „Ich habe uns da Zimmer reserviert, bis wir alles geordnet haben.“ Sie strahlte mich an. „Alles besser als dieses Penthouse.“
Wir fuhren ein paar hundert Meter. Ich senkte die Stimme, damit der Fahrer mich nicht hören konnte. „Mum … wegen Dad …“, sagte ich.
Sie berührte meinen Arm. „Ja, Mikey.“
Ich fand es furchtbar schwer, ihr in die Augen zu schauen, und sprach nur sehr zögerlich. „Mordred hat gesagt, Dads Seele wäre noch immer gefangen, aber nun, da Mordred weg ist, weiß ich nicht, wie ich Dad je retten kann.“
Ich riskierte einen Blick nach oben und sah, dass Mums Augen feucht waren. „Dein Dad wäre stolz auf dich“, sagte sie. „Und er würde wollen, dass du in Sicherheit bist.“ Sie strich mir das Haar zurück. „Bring dich nicht wieder in Gefahr, hörst du?“
Ich machte ein Kreuz über meinem Herzen.
Der Fahrer blieb an einer roten Ampel stehen. „Moment“, sagte ich und drehte mich zu Mum hin. „Hast du was dagegen, wenn ich zu Fuß gehe?“
„Da brauchst du ja ewig“, sagte sie.
„Macht mir nichts aus“, antwortete ich. „Ich will nur eine Weile allein sein.“
Sie runzelte die Stirn. „Ist das nicht gefährlich?“

„Mordred ist fort“, erwiderte ich. „Bitte, Mum. Ich brauche eine kleine Auszeit.“

Sie tätschelte mir die Hand und lächelte. „Das verstehe ich. Na, dann geh.“

Ich stieg aus und winkte ihr nach, als sie fortfuhr. Dann bog ich in den Regent's Park ab. Es war ein warmer Nachmittag, und viele Leute sonnten sich oder spazierten über die Wege. Ich lief über den Rasen, ging zu einer ruhigen Ecke neben einem Zierteich. Dort waren Bänke frei, aber ich ging schnurstracks zum Rand des Teichs, zog mir die Schuhe aus, setzte mich hin und ließ die Füße ins Wasser hängen.

Ich wollte allein beim Wasser sitzen und an Ellie denken. Das würde sie nicht zu mir zurückbringen, aber so fühlte ich mich ihr nah. Seit dem Endkampf in Stonehenge war sie keine Sekunde lang aus meinen Gedanken geschwunden, auch nicht, als die anderen glücklich noch einmal das verrückte Abenteuer durchlebten. Jedes Mal, wenn ich die Augen schloss, sah ich wieder, wie sie sich aufbäumte und in die schwarzen Flammen stürzte. Und vor dem Schrecken dieser Erinnerung türmten sich die Fragen. War es wirklich die einzige Möglichkeit gewesen? Hätte ich sie aufhalten können?

Ich weiß nicht, wie lange ich da saß, aber ich wurde aus meinen Gedanken aufgeschreckt, als etwas neben mir auf dem Steinmäuerchen landete. Ein dunkler Fleck. Ich brauchte einen Augenblick, um zu begreifen, dass es ein Regentropfen war. Ein paar weitere platschten mir auf den Kopf. Regen. Er wurde ziemlich heftig, aber es machte mir nichts aus, dass ich nass wurde. Das passte gut zu meiner Stimmung.

Ich schaute mich um und erwartete, dass all die Sonnenbadenden in Deckung gehen würden. Seltsamerweise schien der Regen niemandem etwas auszumachen.
Dann schaute ich auf. Es war kein Wölkchen am blauen Himmel.
Ich kam mir ziemlich albern vor, weil ich beinahe bis auf die Haut durchnässt dasaß, während alle anderen knochentrocken waren.
Doch dann hörte ich hinter mir ein vertrautes Kichern. Ich brauchte mich gar nicht umzudrehen.
„Ellie?", fragte ich.
„Hi", antwortete sie. „Rück mal ein Stück."
Ich machte ihr Platz, und sie schwang die Beine neben mir über die Mauer. Sie sah genauso aus wie immer.
„Ich dachte, du wärst …"
„Tot? Nö. Da braucht es schon mehr als ein bisschen schwarzes Feuer, um einen Elementargeist umzubringen. Ich habe nur ein bisschen Zeit gebraucht, um mich zu erholen, das ist alles."
Ich schaute ihr ins Gesicht. Die Sonne ließ die grünen Pünktchen in ihrer Iris glitzern.
„Na ja, ich bin jedenfalls froh, dass es dir gut geht", sagte ich und errötete.
„Froh?", fragte Ellie. „Nur froh?"
Ich grinste. „*Sehr* froh."
„Schon besser."
Wir saßen schweigend Seite an Seite. Und zum ersten Mal seit langer Zeit fand ich, dass alles ziemlich gut war.